若隠居のススメ の、はず

ペットと家庭菜園で
気ままなのんびり生活。

WAKAINKYO
no
SUSUME

JUN
ill. LINO

TOブックス

CONTENTS

illust:LINO
design:Hotal Ohno(musicagographics)

第一章

本日より隠居見習い

一・若隠居の新たな生活と仲間

居たたまれない。まさにこの雰囲気はそういうものだった。

誰が見てもイケメンと言い、且つ優秀だと言うであろう先輩が婚約した。それ自体はおめでたい話だ。しかし、その婚約者が僕の元婚約者だったとなれば、微妙になってくる。

彼女は美人で優しいと医師の間で人気もあった皮膚科の看護師で、解剖部のこちらとは接点はなかった。それが、年度末にあった強制参加のパーティーで一緒になり、普段の疲れのせいかいつもより酔いが回り、気付くと彼女の部屋で一緒に寝ていた。

その日のうちに「恋人になりました」的な話が広がり、しかも、

「できたみたい」

と言われた。

皮膚科の女性部長に
「まさか無責任な事はしないでしょうね」

と脅された事もあるが、彼女は優しいし、

「ずっと好きだった。話してみたかったの」

と言われ、それならと婚約したというのが流れだ。

まあ、その後妊娠はしてなかったとは言われたが。

しかし別の病院から先輩医師が着任して来た数日後、突然、

「別れて。実はあの日、あなたとは何にもなかったの」

である。

それ以来、皆が気を使うようにこちらを窺って来るので、とてもやり辛い。

後から聞いた話では、彼女は計算高いと看護師仲間では言われていたそうで、

「麻生先生、お金持ちみたいだし、大人しいし、うるさいご家族がいないでしょ。狙われていたんですよ」

「そうそう。あの子に飲み物勧められたんじゃないですか？　一服盛られたんですよ、それ」

と言われた。

できれば先に教えてもらいたかった。

「マドンナと一時でも婚約したのがお前なんておかしいと思った」

そういう目を向けて嗤う者もいるし、主に女性達には同情されるし。腫れもの扱いされ、職場に居場所がなくなってしまった。まさか、

「手口だそうです」

とか言うのもおかしいし。

それに上司が気を利かせたのか嫌がらせなのか分からないが、

「麻生君も、違う環境の方がやり易いだろう」

と専門分野とはまるでかけ離れているにもかかわらず、離島の診療所にとばそうとしてきた。僕は何にも悪くないのに。

別に離島が嫌なわけじゃないが、僕は解剖が専門だ。生きている患者の相手は勝手が違うし、離島だと何でも診られないといけないのだから、余計僕には無理だ。

どうしようかと悩んでいたら、解剖した遺体の遺族が掴み合いの大喧嘩をしたり、遺産相続を有利にするために解剖所見を変えてくれとあの手この手で「お願い」され、断ったら罵詈雑言を投げつけられて脅され、上司には騒ぎを起こすなと僕が叱られ、ほとほと嫌になってしまった。

それで僕は、取り敢えず今の病院を辞める事にしたのだ。

幸か不幸か仕事が忙しくて給料もボーナスも貯めるばかりだったし、相続しているマンションと商業ビルからの家賃収入で生活費には困らない。しばらくはのんびりしよう。いや、もう隠居しよう、と。

僕は私物をまとめたカバンを持ち、ドアの横にある医局員のネームプレートから「麻生史緒」のプレートを外した。

私物を持って家へと向かう。

平日にのんびりと歩くのはこれが初めてではないが、休暇とは違う気持ちがする。これが自由というものか。

これからする事はもう決めている。幸いにも贅沢をしなければひっそりのんびりと暮らしていけるだけのあてはあるので、若隠居だ。それから家庭菜園でもして、野菜なんかを植えよう。あと、ペットを飼うのもいいな。

じゃあ、荷物を置いたら買い物だな。まずは家庭菜園の準備だ。

僕は足取りも軽く、家路をたどった。

が、思いがけない顔を見かけた。

「幹彦？　今日休み？」

それは幼馴染の周川幹彦だった。運動神経が良く、特に剣道と居合は師範の資格を持っている。顔もいいし、人が良くて明るく、昔からよくモテた。高校までは学校も同じ仲のいい幼馴染で、食品会社に就職したのを機に会社近くのアパートに一人暮らししている。

「あ、史緒か」

幹彦はほっとしたように笑い、小さく溜め息をついた。

「いやあ、退職したんだ、俺」

「奇遇だな。僕もだよ」

僕達はあははと笑ってから、近くの通りすがりの人の「無職なの」という目に気付き、気楽そうな顔を引き締めた。

「まあ、お茶でもどう？」

「おう」

茶飲み友達と昼間からのんびり。正しい隠居生活の第一歩だ。

「ストーカーか。酷い目に遭ったなあ」

そう言うと、幹彦は苦笑し、

「全くだな。お互いに」

と肩をすくめた。

家へ向かいながら、お互いの退職理由を話していた。

幹彦はやはり会社でもモテていたらしい。新しい部署に移ったら指導係である先輩の女子社員がストーカーとなり、盗聴、盗撮、付きまといの挙句髪の毛などを送りつけ、会社で婚約者だと触れ回ったそうだ。それを否定してストーキングをやめてくれと言ったら、

「結婚してくれないと死ぬ」

と目の前で死のうとしたらしい。

幹彦が彼女を先輩としてしか扱っていなかった事は誰もが証言したし、彼女の家族は謝罪して彼女を入院させ、それで収まったかに思えたがそうではなかった。

女性である上司やほかの女性社員が、

「大変だったわね」

と言いながら急接近をはかって来、ほとほと嫌になって、会社を辞めたという。

「本当に大変な目に遭ったんだな」

「ああ。実家も知られていて、今も先輩が近くにいたんだよ。だから家に帰れなくてな。はあ。しばらくは女のいない所にいたい」

幹彦はそう言って、深く溜め息をついた。

「じゃあ、うちに来ればいいよ。一緒に隠居生活しよう」

ここぞとばかりに誘う。

「そうだな。退職金も慰謝料もあるし、しばらくはそれもいいかな」

それで僕達はにっこりと笑い合った。


家は都内にはあるものの、周囲は広い庭のある屋敷や神社の雑木林に囲まれ、静かだ。和洋折衷の二階建てで、乗用車が二台停められるくらいのガレージと、普通乗用車三台分くらいの庭がある。そこには梅の木と柚子の木が植えられており、毎年母が梅酒や柚子ジャムを作っていたものだ。

会社員だった父は僕とは違い、やたらと運が良かった。それで宝くじを当て、投機に成功し、マンションとビルを建てた。しかしその後「結婚五十周年旅行」に母と出かけ、飛行機が墜落して亡くなった。

なのでここに住むのは僕一人だ。

使っていない部屋を幹彦に明け渡し、持ち帰った私物共々片付けていたら昼すぎになっていたので、昼ご飯を作ろうとキッチンの隅にある食料庫の扉に手をかけた。

扉を開けると棚以外は窓もない二畳ほどの小部屋があり、買い置きのインスタント食品やレトルト食品、缶詰、調味料、灯油、自家製の果実酒などが置いてある。梅酒などは五十年物だ。

「今日から悠々自適に楽しもうと思って。家庭菜園をして、ペットも飼おうかと思ってるんだ。そうだ。退職記念日だし、昼だけど秘蔵の梅酒も飲もう」

「いいな、そういうのも」

が、扉を開け、目を疑う。

「無い⁉」

泥棒が、というレベルではない。床、壁、棚ごと消えていたのだ。

木目だったはずの床は土のような地面に変わり、左右と正面の棚は壁ごと消えて岩肌の通路になっていた。

「何？　もしかして、戦時中は防空壕だった所とか？　陥没したのか？」

「それにしても、床や壁の残骸も無いぜ」

僕と幹彦はとにかくもう少し奥を覗いてみようと、玄関から靴を持って来、酸素の有無を検知するのに役に立つかとライターと懐中電灯を持って、食料庫——でいいのか——に足を踏み入れた。

防空壕は、大人が立って歩いても平気なくらいに天井が高く、横幅も二メートル程度あった。それに思ったよりも奥に長いようだった。

「こんなに本格的な通路を掘ったのか？　凄いな。民間の防空壕じゃなくて、軍事施設の移転とかのために造ったものだったりして」

思わず呟く。

大本営を移転させるために長野に地下坑道を掘ったとか聞いた事があるし、ここがもしそうなら何か面白いものが発見されるかもしれないと、ワクワクしてくる。

何より不思議なのは、どこにも光源がないにも拘わらず、懐中電灯がなくとも何となく視界が確保できるほどに明るいという事だ。

「よく今まで誰も気付かなかったな」

幹彦が周囲を見回しながら言うが、同意しかない。

空気も問題ないらしく、ピストル型のライターの火は消える事もなく揺らめいている。

どのくらい歩いた頃か、先の方から、子犬のものらしい鳴き声が聞こえて来た。

「何かいるのか？」

「あそこだ、史緒」

崩落に巻き込まれたのか——その割に地上につながる穴は見ていないが——と急いで先へと走って行くと、大きな縦穴のそばで、白い子犬がもがいていた。

よく見ると、透明なゼリー状の塊が体にまとわりついている。

「巨大ナメクジが子犬を襲ってる⁉」

「ナメクジって動物を襲うのか⁉」

「幹彦、まずは子犬を助けないと！」

近くを見回したが、小石程度しか落ちていない。

そうだ、ナメクジは熱に弱いんだった。そう思い出し、靴下を片方脱いで火を付け、ナメクジに近寄った。

「こ、こら！　離れろナメクジ！」

その巨大さに腰が引けながらも、ナメクジにそれを近付ける。

と、ナメクジはブルブルと震えて子犬から離れ、火から逃れようとする。なので少し離れた所まで追いやって靴下を投げつけた。

靴下がナメクジに当たると、ナメクジは驚くほど伸び上がり、バランスを崩すようにして縦穴に落ちて行く。

それを僕は穴の縁から目で追ったが、穴は意外と深いらしく、下の方は暗くてよく見えない。しかし仄かな明かりが落ちて行くのはわかった。

それが見えなくなった後、なぜかドーンとかパーンとかいう爆発音がいくつかして、下から一気に爆炎が上がった。

「うおっ⁉」

幹彦と並んで見下ろしていたが、反射的に身を引く。

「危なかった。灯油タンクが下に落ちていたのかな」

どうやらそれに引火でもしたらしい。しかし延焼するものもないのか、炎は目に見えて小さくなっていく。煙も上がって来ない。

それと同時に、お腹の奥がキュッと熱くなった。自覚していなかったが、緊張していたんだろう。

「あんなナメクジがいるとは知らなかったぜ。まあ、とにかく助かったらしい」

と、子犬の方を見た。

真っ白な子犬は、固まったように僕達の方を見ていた。

「ようし、よしよし。怖くないぞ。ケガはないか」

僕は子犬を抱き上げた。幸い子犬にケガもなさそうだった。

「お前、どこから入り込んだんだ？」

「ワン？　クウウン」

子犬が尻尾を振って見上げて来る。

「ウチの子になるか？」

「ワン！」

「じゃあ名前がいるなあ。チビ！」

言うと、子犬も幹彦もがっくりとする。

「史緒。金魚に金太郎、インコにインコ子という名前を付けたお前のセンスを忘れてたぜ。チビなのは今だけだぞ」

「じゃあ、何がいい、幹彦は」

「え、そうだなあ。シロ」

「どっちもどっちじゃない？　まあ、落ち着いて考えるって事で。今のところはチビな」

子犬は仕方ないとでもいうような顔付きに見えたが、暫定チビに決まり、僕はチビの頭を撫で回した。

「チビ、帰ったら首輪とリードを買いに行こう」

「ハッハッハッ」

一応は消火器を持って確認に行った方がいいだろう。そう話し合い、ナメクジがいないか気を付けながら、一旦家へ帰る事にした。

「火は消えてそうだけど、一応はな。あと、燃えカスか」

「ガスとか酸素が心配だな。それにしても、灯油が床ごと落ちたのかな」

二人で首を捻りながら、キッチンに置いてある消火器とゴミ袋を掴んで、意を決して防空壕跡へと足を踏み入れる。

足元に子犬がまとわりつくようにして付いて来た。

「お前も来るのか？　よし、ナメクジに気を付けような」

「ワン」

子犬は尻尾を振って応える。

それで心なしか僕は安心して、一緒に歩き出した。

子犬が襲われていた辺りから、完全に壁の片側は縦穴になり、ゆるい下り坂になる。辺りをよく見てみると、直径十メートルほどの縦穴の周囲をらせん状に下りて行く通路になっているらしい事がわかった。深さは、底が良く見えないのでわからない。

「思っていた以上に広いな」

幹彦が驚いたような声をあげる。

「それに変わった形の防空壕だよなあ。この穴の底に、ミサイルか何かでも設置する気だったのか？　ミサイルはまだなかったんだっけ？　いや、戦闘機『桜花』のエンジンがロケットエンジンだったとか聞いた事があるし、開発中だったとかかな」

考えるとドキドキしてくる。

同時に、あの爆発がその残っていた歴史的な「何か」を爆破したものだったりしたらどうしよう、まさかそんなわけがと、別の意味でドキドキしてくる。

それでいつの間にか僕も幹彦も早足になり、子犬と穴の底を目指して行った。

脇道のようなものは見当たらないままらせん状の通路を進み、とうとう穴の底に着く。

「……なんだ、ここ」

「キュウ？」

僕達と子犬は、周囲を眺めまわした。


穴の底は、直径十メートルほどの円形の平地になっていた。

ここに灯油タンクが落下し、落ちて来た燃える靴下に引火して爆発したのだろうか。

そして床一面に、大小さまざまな色んな色のついた小石のようなものが散らばっていた。大きさも、ビー玉サイズからソフトボールサイズまでがほとんどで、中にはそれよりも大きい物もあった。

見上げるとやはり穴は深く、天井ははっきりと見えない。高い吹き抜けだ。

「何だこれ」

小石を拾い上げる。まあ、よくわからないが、砂利の代わりになりそうだ。

「防犯上、窓の下などに砂利を敷いておくと、足音がしていいらしいぞ」

幹彦が言う。

「ちょうどいい。拾って裏口の周囲に撒くか」

裏が雑木林で人目が無く、塀があるとはいえ、空き巣などに狙われやすいと交番の巡査に言われた事がある。

燃えカスがあれば拾おうと思って持って来たゴミ袋を広げ、かがんで小石に手をかける。

「いやあ、燃えカスはなかったけど、袋を持ってきてよかったな、史緒」

「でも、たくさんあるな。面倒くさい。一気に拾えたら楽なのに――え」

小石が消えた。手が触れたものだけではなく、床一面の全ての小石が消え失せていた。

「何で⁉　え⁉　幻覚だった⁉」

「ああ。ストレスのせいか？」

幹彦が力の抜けた声で言い、僕は嘆息して、ゴミ袋を力なく畳む。

そんな僕達を子犬は見上げ、クウーン、クウーンと鳴いた。

「おい、史緒。あれは何だ？」

幹彦の声に、子犬の頭を撫でていた僕はそちらに目を向けた。

壁沿いの一部にテーブルのようになった所があり、その上にボーリングの球みたいな水晶玉のようなものがある。そしてその下に大きな箱があった。映画や小説のイラストなどに出て来る「ザ・宝箱」という感じの箱だ。さっきの爆発に巻き込まれなかったらしく、破損も焦げも見当たらない。

「何だこれ。まさか、大本営が隠した隠し資金⁉」

再びドキドキし始めた胸の高鳴りを抑えつつ、しばらく譲り合ってからオーナーである僕がふたを開ける。

そこに入っていたのは、剣だった。似たような形のものがおもちゃ売り場に置いてあるのを見た事がある。第二次世界大戦の頃のものには見えない。

「おもちゃか。誰がこんな所に置いたんだろうな？　いつ？」

眺めて首を傾げるが、わからない。剣を手に取ってみると、意外と重い。プラスチックではないらしい。

「粗大ゴミを誰かが穴の中に放り込んだのかな。全く」

言いながら剣を幹彦に渡し、不法投棄に怒りながら下を見れば、子犬が尻尾を振って見上げてくる。

それにしても、この子犬も宝箱もどこから入り込んだんだろう。地上につながる穴と言えば、我が家のキッチンの扉しか見当たらないのに。

それとも、よく捜したらどこかに穴があるのだろうか？

なければおかしいのだが。空き巣に入られたような形跡はなかったし。

「この刃、本物みたいにも見えるけどなあ。陸軍かなんかの装備品かな？」

「いや、陸軍なら軍刀だろう？　そういう形の剣は使ってなかったと思うけど。おもちゃだよな？」

言って、二人でじっと見た。

「切ってみないか？」

幹彦がそう言いながら、ワクワクしたような顔を向けて来た。

「じゃあ、キッチンに戻ったら何か適当に切ってみようか」

言い、改めて周囲を見た。

「広い地下室を発見したな！　まあ、食料庫が無くなってはいるけど」

「ワン！」

元気よく尻尾を振って、相槌を打つように鳴く。

「こんなものを掘っていたなんて驚きだな！」

幹彦も高い天井を見上げた。

「それにしても、気温は適温で湿度も適当、明るさもちょうどいいし、静かで本を読むのにも落ち着けるいい環境だな。くつろぐのに快適なところだ」

僕が言うと、チビが答える。

「ワン！」

「あのバカでかいナメクジさえ出なきゃなあ。どうせ出るなら、美味しいものがいいのにな」

幹彦が苦笑して言うと、チビが答えた。

「ワン！」

「まったく。レトルトはともかく、梅酒！　とろりとして、味が深くなっていて、凄く美味しかったのに。五十年かけてできた梅酒だったんだよな。惜しい。まあ、仕方がないけどなあ。また作ってみるか」

「お、いいな！」

少し迷ったが、水晶玉みたいなものはきれいなので飾る事にして持ち上げ、幹彦が剣を片手に、連れだって家へ戻る事にした。


キッチンに戻り、冷蔵庫にあった大根をその剣で切ってみた。

スッと抵抗なく刃が通り、滑らかな断面を見せて大根が切断された。

「包丁よりも切れ味がいいかもしれないぜ。これ、本物だ。オモチャどころか、かなりいい物じゃないかな。居合で使った真剣と同じ――いや、それ以上だと思う」

幹彦が静かに興奮し、僕は困惑した。

「何でそんなものがうちの地下室に？　いつから？」

「取り敢えず、手入れしておこう」

幹彦はいそいそと剣を持ってキッチンを出て行き、僕は大根を何のメニューにしようかと考え始めた。


キッチンの元食料庫の扉の所にスリッパを置き、プランターを置いてキッチン菜園というものを植え始めた。パセリや青じそや青ネギなどで、便利だと売り場のポップに書いてあったのだ。

確かに、本格的に作物を育てた事も無い僕には、パセリや青じそや青ネギは手頃だろうし、幹彦も似たようなものだろう。そして、ちょっと思いついた時に庭まで出る事無くちぎることができるのは便利だ。

植物を育てるのは小学生の時の朝顔以来だが、意外と簡単だった。

「おお！　丸一日でこんなに立派に大きくなるなんて！　キッチンで十分育つって書いてあったけど、本当だったんだな。僕って意外と家庭菜園の才能があったのかも。次はイチゴもやってみるか」

僕はフフフと笑って、プランターに水をやった。

「いくら何でも早すぎる気がしないでもないけど……ま、いいか。メロンとかできるって聞いたけど、やってみようぜ」

幹彦も楽し気に言う。

と、地下室――防空壕跡とは呼ばず、地下室と言い張る事にした――の奥に遊びに行っていたチビが、走って帰って来た。

「チビ、お帰り。枝？」

何かわからないが、四十センチほどの長さの枝を咥えている。チビは体長が三十センチほどなので、その枝はかなり長く見えた。

地下室のどこかに落ちていたのだろう。

「お土産か？」

「ワン！　ワン！」

これは、何だろう。

「取って来いって投げるには長すぎないか」

「投げて遊ぶのなら、フリスビーかゴムボールの方が良くないか？　ボールならあるよ」

するとチビは首を横に振り、少し離れると、その場の地面を足で掘るようなしぐさをした。

「そうか。チビも何かを植えたくなったんだな」

「ワン！」

チビは勢いよく吠えた。

「挿し木ってただ土に挿せばいいのかな」

木の表皮を削って水に浸けて根が出るのを待ってから、などという手順を、僕も幹彦もこの時知らなかった。

「よし、チビのお土産の木も植えような！」

「ワン！」

きれいな水晶玉を置いてある所の横がいいかな。

チビが嬉しそうにくるくると回り、幹彦がスコップを持って来て地面を掘った後、僕がそこに棒を挿し、周囲に土を盛ってパンパンと整えてからじょうろで水をやった。

「何の木かな。大きくなったらいいなあ」

僕が言うと、

「実のなる木ならなおいいな」

と幹彦も言う。

すっかり隠居仲間だな。

「ナメクジもあれから出ないし、木がやられる事も無いだろう！」

ナメクジは五十度以上の熱にさらされるとたんぱく質が凝固して死滅するが、寄せ付けないようにするのは、忌避剤や塩を撒いておくのがいい。なので、チビが襲われていた辺りに粗塩を撒いておいた。

それが効いているのか、ナメクジは見かけない。それ以外の虫や生き物も、見かけた事は無かった。

「大きくなって花が咲いたら、一緒に花見でもしようか」

「お、いいな！」

「ワン！」

隠居生活が楽しくなってきた。

居間に戻り、天気予報を見ようとテレビを点けると、特別報道番組を放送していた。

ダンジョンと呼ばれる不思議な空間が世界のあちらこちらに出現したのはほぼ半年ほど前になる。

これまでは政府主導で調査をしてきて、一般人は立入禁止とされ、詳しい事はわからなかった。それらはマンガや小説で知られたダンジョンや魔物と呼ばれるものに酷似しており、正式にそう呼称する事に決定したらしい事。魔物は人を襲う危険な生物で、幸いにもダンジョンから出て来ないらしい事。知られているのはせいぜいその程度だった。

だがダンジョン関係で重大な決定がなされ、それを近々発表するとの事だ。

「何だろうなあ」

「発表するほどの何か発見でもあったのかな」

僕と幹彦とチビは並んでテレビを見ていたが、それ以上目新しい事も放送されそうにないので、テレビを消して立ち上がった。

「さて、洗濯するか」

「俺は掃除機をかけて来るぜ」

「ワン！」

僕は洗濯しに洗面所の方へと向かい、幹彦は掃除機をかけにまずは二階に上がり、チビは地下室のパトロールへと向かった。

二・隠居の作法は趣味と家庭菜園

隠居生活は順調な滑り出しを見せていた。

とは言え、家の近くには例のストーカーがいるらしいのだ。幹彦が近付いてうっかり見つかれば、今ここにいることがわかってしまう。なので、幹彦の着替えなども、お兄さんが何気ない振りをして運んで来てくれた。

「地下室は温度も湿度もちょうど良くて、静かで快適なんだな。なぜかここにプランターを置くと葉っぱが青々として調子がいいみたいだし。日光は当たらないのに育つもんなんだなあ」

「確かにＬＥＤライトかなんかを当てて密閉空間で育てるとかいうの、あるもんな。ん？　でもここにそういう特殊なライトとかないよな？」

幹彦は首を傾げて地下室を眺めた。

並んだプランターに、レタスや青じそや青ネギやパセリ、イチゴ、ブラックベリー、柚子、よくわからない野草数種類が植えられている。そばにはよくわからない例の木も植わっている。どれも生き生きとしていた。

「これなんて三日前はただの枝だったんだけど、いやあ、ちゃんと根付いたみたいで良かったよなあ」

その時チビが戻って来た。今度は大物を咥えて引きずって来ている。

「あ、お帰り、チビ。おお、今日のお土産はウサギか！　随分と大きいな、偉いぞ！」

「ワン！」

「美味しそう。隠居、最高だな！」

「ワン、ワン！」

「待て、史緒」

幹彦は気を取り直したように口を開いた。

「それ、本当にウサギか？　よく知らないけど、絶対に違う気がするぞ」

言われてしげしげとそれを眺める。茶色くて四つ足で耳が長くて頭に角がある。

「ウサギじゃないのか？」

「ウサギってこんなに大きいか？」

それは体長が一メートルくらいあった。

「それに、ウサギに角はない」

まあ、僕もウサギに角は聞いた事は無いな。

「これがヒト頭蓋骨だと、成長の不具合とかかな。頭蓋骨の頭頂部は生まれた時には三つに分かれていて、それが成長するにしたがって段々と頭蓋骨も成長し、この隙間が埋まって行くんだよ。だから身元不明の遺体を解剖して年齢を推察する時には、この頭蓋骨の割れ目を見るんだ。成長してもまだ頭蓋骨が成長したら、こうなるのかもな」

幹彦は自分の頭を触って、

「頭蓋骨って、生まれた時からああいう風なんじゃなかったのか」

と呟いている。

「ま、開いて問題が無さそうだったら食べよう。ジビエだジビエ」

なあに、解剖は得意だ。

僕はさっさとウサギを解体して、肉にすると、ステーキにした。

「美味い！　いやあ、ジビエ専門の店でシカを食った事はあるけど、高いんだよな。チビ様様だな！」

「チビ、ありがとうな！　また頼むな！」

幹彦と僕が言うと、チビは尻尾を振って、

「ワンワン！」

と鳴いた。

食後、骨や内臓をどうしようかと考え、記念に角の部分を取っておく事にした。

そして何の気なしに、内臓も開いて見た。

「あれ？　このウサギ、心臓に石がある。動脈硬化でプラークが石灰化したものかな。大きいな」

心臓近くから出て来たピンポン玉程度の小石を見て驚いた。

「……野生の動物じゃなかったのかな。まさかどこかの食肉用に飼ってるウサギ？」

冷凍した残りの肉を、僕はそっと振り返った。


チビが獲って来たウサギと家庭菜園の野菜を中心にした食事をした後、チビがゴムボールで遊ぶのを見ながら、僕と幹彦は色んな話をしていた。

高校までは同じ学校へ通っていたが、それからは自然と顔を合わせる機会も減り、話す事も無くなっていた。それでもお互いに気兼ねなく付き合える仲のいい友人で、どちらも女性が因で退職したようなものでもあり、気詰まりなどはみじんもない。

「それはそうと、ニュース見ただろ？　ダンジョンについての重大発表っていうのがあるとか」

幹彦が思い出したように言った。

「ああ、あれ。そもそもダンジョンなんてフィクションの産物だと思ってたのになあ」

僕が首を傾げると、幹彦は目を輝かせた。昔からこういう種類のマンガとか、幹彦は好きだったからな。

「警察とか軍隊とかが入ったらしいけど、発表されている限りだと、マンガと同じで、中は洞窟とか平原とかいろいろらしい。魔物もいるらしいしな。動物を凶暴にしたようなやつで、角が生えてたりしてるんだってさ。あと、スライムとか」

「へえ」

「まあ、どれもほんの入り口だけだから、奥にはそれこそ、ゴブリンとかオークとかドラゴンだっているかもしれない」

想像してみる――が、うまくいかない。スライムはイラストを見た事があるので知っている。ボールみたいなやつだった。

「ふうん。まあ、危なそうだし、近寄らないに限るな」

「どうせ封鎖されていて、一般人は入れないしな。でも、新しくできるかもしれないからな。それに巻き込まれる事もあるぞ。現にダンジョンの生成に巻き込まれて行方不明になっている人は、世界中でそこそこいるらしいし」

それを聞いて、眉を寄せる。

「それは災難だったな。気を付けようがなさそうだもんな」

ダンジョンの入り口は突然現れるそうだ。

幹彦は目を輝かせて言う。

「ちょっと興味はあるなあ。できるなら、魔物とも戦ってみたい」

「危ないぞ、幹彦?」

「暇だし」

「暇なら一緒に隠居してようよ」

「この暮らしは楽しいけど、このままってのもなあ。それに俺はマンション収入とかないし、いずれは生活費を稼がないといけない。せいぜい骨休みして、また働かないとな」

残念な気持ちと心配な気持ちでシュンとなったが、気を取り直して話題を変えた。

「そうだ。それで、重大発表って何だろう」

幹彦は考えながら言う。

「それこそマンガみたいに、冒険者なんてやつができたりしてな」

僕は首を傾げた。

「危険なんだろう？　現実じゃ、誰もそんな事しないよ」

「そうか？　夢も希望もロマンもあるじゃねえか」

「安心安全、隠居がいいよ」

幹彦は呆れたように笑った。

「史緒らしいと言えばらしいけど、この年で老け込んでどうするんだよ。もしそうなったら、一緒にやらねえか？　俺とお前とチビと」

僕はその冗談にクスリと笑った。

「たしかにそれは楽しそうだな。毎日ジビエ三昧」

「今と一緒じゃねえか」

それで僕達は噴き出して笑い合った。

淡々と、首相がマイクの前で喋っている。

『これまで各国が調査し、それを照らし合わせて、結論を出しました。ええ、ダンジョンの魔物は危険ではありますが、基本的には外に出て来ません。ただし、手を付けずに放っておくと、魔物が増えるのが原因か、外に溢れ出し、人を襲う事が確認されています。なので、ダンジョン内に入って、魔物を、ああ、討伐する事が必要となります。次に魔物が体内で生成し、死後残す事がある魔石と呼ばれるものについてですが、安全でクリーンな発電が可能という実験結果がでております。今後の電力源として、期待しております。ええ、つきましては、ダンジョンは現在、一般人の立ち入りを禁止して研究、調査にのみ立ち入りを許可しておりますが、今後は探索者、冒険者という免許を持つ人間に立ち入りを許可し、討伐をお願いすることになりました。入手したものには報告義務を課し、魔石は全て政府が買い上げる事とし、それ以外の所持または売買は違法とし、厳罰を処します。ただし、魔石以外のものについては、報告後、売るも持ち帰るも自由とします』

記者のざわめきが大きくなる。

『おほん。このダンジョン関連の全てをとりしきる省庁として、新たにダンジョン庁を発足し、運営する事に決まりました』

僕と幹彦はテレビの前でコーヒーを飲んでいたが、その発表内容に、幹彦は両手を上に突き上げて喜んだ。

幹彦は機嫌よく竹刀《しない》の素振りをし、僕はそれを時々見ながら新聞を読んでいた。ダンジョン関連の発表についての記事だ。

ダンジョン庁ができ、初代大臣は、マンガが好きと公言しているダンディーな七十代の議員らしい。

もしダンジョンができているのを見付けたら、安全のために通報する事となっているが、罰則はない。単なる小さな穴にしか見えない場合や、滅多に行かない場所にある場合や、地権者がはっきりしない場合などがあるかららしい。

ダンジョンへは免許を取った一般人が入り、魔物を討伐したり、植物や鉱石を採取することができるが、一旦それらは国に報告しなければならず、魔石だけは必ず国が買い取る。魔石は取扱次第で危険ともなるため、違反した場合は厳罰となる。

私有地にダンジョンができた場合、それを私有化することは可能だが、その場合、魔物が溢れ出ないようにするなどの安全管理義務が生じる。

探索者の探索中のケガや死亡は個人責任であり、管理者に責任を求める事は出来ない。

大まかにはそんなところだった。

僕は新聞を畳んで、息をついた。

貸しビルもマンションも、メンテナンス費用はいるし、いつも満室とは限らないし、実はそこまで楽天的にしていられるものではない。それでも隠居をと言い張っていたのは、婚約破棄騒動のせいだ。

恥ずかしながら、彼女の件で女性が苦手になった。いや、人間不信に近い。子供の頃から仲のいい幹彦は平気だが、ほかの皆は本心では何を考えているのだろうとか疑ってしまい、誰かと一緒に働くのが苦痛になった。

こんな時自宅で働ける仕事ならばよかったが、解剖医だとそうはいかない。なので隠居して、細々と家庭菜園でもしながら生きて行こうと考えたのだ。チビもジビエを獲って来てくれるし。ビルやマンションのメンテナンス費用は、家賃収入でどうにかできればそれでいい。

幹彦は日課の素振りを終え、ふうと息をついた。

チビは解体して出たシカの角に噛みついて遊んでいる。

まあ、他のやつとなら嫌だが、幹彦とチビとなら、安全な仕事だったらしてもいい気がする。

「幹彦。免許、取りに行ってもいいぞ。たまに薬草を採ったりチビが獲って来るジビエを、そのうち一緒に獲りに行ったりして楽しんだりする隠居生活も優雅そうでいいからな」

「よし！」

こうして僕と幹彦は、探索者免許講習会に申し込む事になった。

書類審査の後、心理検査と面接審査を受け、危険人物が弾かれた。

年齢は十八歳以上で上限はない。それでも、集まったのは圧倒的に若い者が多い。少数中年が交ざっている程度だが、そのうちのいくらかは、現役の猟師らしい。

学科と実技、ダンジョンを使っての研修から成り、期間は三か月ほど。

「学生時代を思い出すな！」

幹彦は机に頬杖をついてにこにことしながら言った。

「雰囲気的には、自動車教習所が近いかな？」

僕は教室内を見回して言う。

「せいぜい、仮免テストに落ちないようにしようぜ」

幹彦が笑った時、ドアが開いて講師らしき人物が現れた。

なんにせよ、快適で楽しい隠居生活のためである。


学科は皆一緒だし、実技も体力づくり的なものは一緒だ。しかし、選んだ武器ごとに分かれて行う訓練が始まった。

武器も、銃器などは先に進むと効かなくなるらしく、刃物や鈍器という近接戦闘になるらしい。

幹彦は剣にした。このグループは若い人の人数が多い。

僕はチビを相棒にした「テイマー」になるが、自分でも戦闘の手段は持っていなければならない。

テイマーは命令して犬を戦わせるが、場合に応じて犬と連携したりとどめを刺したりするという。

なので、薙刀《なぎなた》にした。子供の頃に祖母から薙刀を教わっていたのだ。

まあ、チビはちゃんと一匹でやれるので、僕はついて行くだけになりそうだが。

薙刀を選んだのは、僕の他には、女性が三人だった。講師はお婆さんだ。ほとんどが剣、短剣で、薙刀は圧倒的な少数派だった。

しかし、全員が薙刀の経験者で、且つ真面目な人達ばかりだったので、ほかの武器のグループの男性にハーレムグループと羨ましがられたのに反し、最も厳しく、最も硬派なグループになった。

一番人数の多い剣のグループが一番軟派な人も多く、講師以上の実力の幹彦は当然のようにモテたのだが、そそくさと僕のそばに避難して来て、いつも一緒にいた。

幹彦は例のストーカーから逃れるために実家に顔を出さず、僕の家にいる。なので行きも一緒、帰りも一緒、弁当まで一緒だ。

そのせいで知らない所で腐女子たちからあらぬ疑いと期待を受け、変に目立っていたと知るのは、ずっと後の事である……。


「意外と体力あるな、史緒」

実技教習の休憩中、幹彦が感心したようにそう言った。

「まあな。解剖がどれだけ体力がいるか知ってるか？　それに、肋骨を切る時とかもそうだけど、腕力もいるんだぞ。嫌でも、学生時代より力が付いたよ」

まさに、肋骨を切り取る時などは植木ばさみみたいなものを使うし、体位を変える時など、生きていようが死んでいようが、意識のない人間は物凄く重い。解剖医も外科医も、体力が無くては務まらない代表みたいな科だ。

「医者って、ふんぞり返ったもやしみたいなもんだと思ってた」

「まあ、専門にもよるだろうけどな」

苦笑が浮かぶ。

「でもまあ、忙しくて寝不足とかだったからなあ。肩も凝ってたし。今はストレスもないし、規則正しい生活だし、食事のバランスもいいし、そのせいだろうな」

言うと、幹彦もうんうんと頷く。

幹彦もうちで一緒に住んでいるので、新鮮な家庭菜園の野菜やチビのジビエを食べている。

「本当に美味しいよな。新鮮だし、最高だな！」

「だろ！　隠居っていいよな！」

「あははは！」

久しぶりに体を動かすのも悪くない。そんな気分だった。

「でも、いよいよペーパーテストで、それが終われば研修か」

気が引き締まる。

「ああ。研修はこんなもんじゃないだろうしな。気を引き締めないと」

言いながら、ワイワイと騒いでふざけている若者グループと、へばって息を弾ませている中年グループを、そっと見た。

教習を受けている研修生は、大体三つに分かれていた。

ひとつは猟師のグループ。魔物ではないが動物を狩るという点ではもうすでにプロであり、ほかの素人達とは違うという自負があるらしい。

もうひとつは若い人のグループ。人数も多く、派閥としては一番大きい。体力もあり、大体、そつなくこなしている者が多い。

最後が中年グループだ。リストラなのか何なのか、「後がない」と顔に出ており、良くも悪くも必死だ。何に対しても一番熱心なのがこのグループである。しかし残念な事に、実技では一番残念な事になっているのもこのグループである。

そして少数人数のグループとして、僕と幹彦、一部の女性数人だった。

それぞれに事情もあるのだろう。このまま何事もなく、教習が終了する事を願った。


ペーパーテストと実技試験をクリアした者が「仮免」となり、ダンジョン研修へと進む。

法律関係や基礎的なダンジョン知識、マナーや常識などが学科の内容で、数人が追試にはなったものの、どうにか全員がクリアした。

実技試験も、最低限の体力と各々が選んだ武器を使っての基礎的な動きが必要とされ、これも全員がクリアできた。

なので一期生全員が、今日からダンジョン研修となる。

チビも鑑札を受けるので、今日からは一緒だ。

「チビ。他の人に吠えたりしたらだめだぞ」

「ワン！」

「勝手に動物を獲って来るのもだめだからな」

「ワン？　ワン！」

チビに言い聞かせ、集合場所に行く。

既に鑑札を持っている猟犬も連れて来られていたが、犬種は様々だった。

「へえ。てっきり、いかつい犬ばっかりだと思ってたな」

呟くと、幹彦も犬を見ながら頷いた。

「ああ。秋田犬とかを想像してたな」

意外と、小型の犬もいる。

しかしどういうわけか、どれもこれも、落ち着きなく鳴き、うろうろとし、尻尾を丸めはじめ、猟師たちが、

「緊張してるのか」

「動物は敏感だからな。ここにいるのが普通の動物じゃないってことがわかるんだろう」

などと言い合い、落ち着かそうと声をかけていた。

「チビは落ち着いたもんだな」

幹彦がチビを見下ろして言うと、チビは尻尾を振って、心なしか胸を張る。

「偉いぞ、チビ。今日も頼むな」

「ワン！」

チビが鳴くと、猟犬たちがますます落ち着きを無くした。

猟犬ってのも、意外と緊張とかしているんだろうか。それとも人ならぬ犬見知りか？

そこに教官たちが現れ、研修が始まった。


まずはここで調査を続けて来た自衛官が見本を見せ、それを皆で見る。その後グループに分かれてやってみる、というのが簡単な流れだ。

「研修はこのフロアのみで行います。このフロアに出るものは比較的対処がしやすいものばかりですが、気を抜いているとケガをします。なので、注意を怠らず、こちらの指示には従ってください」

引率の自衛官がそう言い、テンション高くはしゃいでいた若者グループも真面目な顔をした。中年グループはますます緊張し、顔色が酷い事になっている。それを講師やほかの自衛官らが、声をかけてどうにかリラックスさせようとしていた。

極端な反応だ。

並んで奥へと進む。

ここは脇道のある構造になっているダンジョンだ。ダンジョンによって、迷路のように入り組んだ構造もあれば、一本道のダンジョンもある。見晴らしのいい場所が舞台の場合もあればジャングルなどのような所もあるし、極地のように寒い所もあれば熱帯を通り越す暑さのところも見つかっている。

つまり、人に個性があるように、ダンジョンにも個性があるという事らしい。

「そこに出る魔物もダンジョンによって変化するが、最初は弱くて対処が簡単なものというのは一致しています」

学科で教わった事ではあるが、改めて自衛官が言いながら歩き、研修生も大人しく聞きながらついて行く。

そして、最初の魔物が出た。ボヨンとした、水まんじゅうの大きなものみたいな感じだ。

「スライムです」

「おお……！」

一様に研修生たちが声をあげた。

「学科で習ったはずですが、スライムと一様に呼んでいても種類があり、それによって特色があります。これはノーマルタイプですので、最も楽なタイプです。潰して」

言いながら、スコップを叩きつける。それでスライムは風船が割れるように弾け、小さな石を残す。

「この魔石を拾う。これだけです」

研修生が各々、「これならできそうだ」という顔付きになった。

「ただ、体液が強酸のスライムは突き刺したら武器が溶けるし、体液が飛んでかかったらやけどします。金属のスライムは硬いので、突き刺す事も切る事も潰す事も難しくはあります。体表が破れた瞬間に毒ガスを撒き散らすものもいます。その辺は学科で学習したはずですし、見付かっていないタイプがまだいないとも限りません。各自注意してください」

若者たちは目を輝かせ、中年たちは絶望的な目をする。

再び歩き出すと、今度は小さな緑色の肌をした人型の生物が出て来た。

「ゴブリン⁉」

若者は弾んだ声を上げ、女性と中年達は体を硬くして逃げ腰になる。

自衛官は落ち着いてシャベルを構え、サッと一気に距離を詰めると同時にそれを振って攻撃し、ゴブリンを倒した。

「このまま放っておくと遺体諸共ダンジョンに吸収され、魔石と、あればドロップ品を残して消えてしまいますので、それ以外のものが必要な時には解体する必要があります。持ち帰れば、解体費用さえ払えば全部やってもらえますが、当然ながらかさばりますし、どうするかは個人の自由です。練習のために今日は持ち帰り、後で解体して魔石を取り出しましょう」

それを聞いた研修生の反応は様々だった。

その後もいくらか犬やネズミに似た魔物を倒し、遺体を袋に入れて持ち帰る。

なかなか暴力をふるう機会もないのに、魔物とは言え殺すのだ。興奮したり怯えたりしてはいたが、自衛官が見本を示すのを見ているうちに、慣れていったらしい。

休憩を挟んでこれからはグループに分かれて中に入り、指定の魔物を倒し、持ち帰ることになっている。そして、自衛官がするのを見ながら、自分達で解体して魔石を取り出さないといけない。

グループは自分達で組めばよく、最低二人、最高五人となっていた。

勿論、僕は幹彦と組むし、チビもここから加わることになっている。

「やっぱり、映像とかとは違うな」

幹彦が興奮を抑えようとしながら言った。

「やっぱりね。できないって人もいるんじゃないかな」

泣きべそをかいている女性もいるのを横目で見て言う。

「まあ、スライムはともかく、イヌとかヒトに似ているのはなあ」

「向こうが攻撃してくれば反撃せずにはいられないから、それで平気になれる人も多いかも」

言うと、幹彦も頷いて同意した。

「チビも気を付けるんだぞ」

「ワン！」

チビが尻尾を振って応えた時、休憩が終わって、順番にグループ研修が始まった。

幹彦も僕も借り物の剣とシャベルを持っている。準備されているのがシャベルと剣で、そのどちらかを借りる事になっていた。このフロア程度ならこれで十分らしい。

スライムは、剣を刺したりシャベルで叩いたりチビが腕を軽く振るうだけで面白いように弾けた。色んなスライムがいた気がしたが、金属も酸のものも、チビが軽くパーンと破裂させていた。

平気かと驚いたが、全くの無傷で、ケロリとしていた。

「チビ、凄いな。でも、無理するなよ」

「ワン！」

ネズミもイヌも、どうという事は無い。チビはじゃれかかるように飛び掛かり、僕と幹彦は逃げるネズミとイヌを追って仕留めた。

「あとはゴブリンか」

子犬くらいの大きさのネズミも角付きのやけに凶暴なイヌもスライムも倒し、遺体を袋に入れて台車に載せて押している。

ゴブリンはいないが、途中で会う猟犬はチビを見ると怖がるように後ずさりするし、見かけた若者はやたらと大声で死ねなどと叫ぶか青い顔をしていた。中年のグループは覚悟を決めたような顔付きをしており、堅実に倒そうとしていた。

グループで違いがあるものだ。

「あ、いたぞ」

幹彦が見つけるのと、二匹のゴブリンに見つかるのは同時だった。

「ワン！」

チビが鳴くと、ゴブリンは一瞬棒立ちになり、そして、背を向けて走り出した。

「え!?　逃げた!?」

「追うぞ、史緒！」

「え、あ、うん！」

それを僕達は走って追いかける。

当然と言おうか、先に追いついたのはチビだった。

ガブリと足に食いつき、そのゴブリンを引き倒す。

それに追いついた幹彦が、そのゴブリンの首を斬ってとどめを刺す。

もう一匹の方にもチビは飛び掛かり、足止めしているので、こちらは僕がシャベルをフルスイングして首を落とす。

「チビ、偉いぞ。よしよし」

「ワン、ワン!!」

「猟犬として優秀なんじゃないのか」

幹彦もチビを褒め、チビは喜んで尻尾を振っていた。

「さあて。じゃあ、指定の分だけ集まったし、戻るか」

幹彦が言う。

「そうだな。時間もいい感じだしね」

僕も腕時計を見て言い、ゴブリンの遺体を袋に入れた。

「帰ろうか、チビ」

言うと、チビは足取りも軽く付いて来る。

が、ふと脇道に飛び込んで行くと、小部屋へと飛び込んで行った。

「チビ？　迷子になるよ」

声をかけた時、小部屋の中から、

「グギャアッ⁉」

という断末魔の声がした。

「ん？」

僕も幹彦もそちらへ慌てて近付き、小部屋を覗き込んだ。

ゴブリンよりも少し大きく、こん棒ではなく斧を持ったゴブリンの上位種と思われる魔物を、チビがかみ殺していた。

「チビ、大丈夫か⁉」

慌てて駆け寄り、ケガが無いか確認する。どうやら無事らしい。

「チビ、こいつをやったのか⁉　すげえぞ！　こいつはたまに出る上位種ってやつだ！」

という幹彦の弾んだ声に、チビが褒めて褒めてというように飛びついて来たのでほっとして、チビを撫でまくる。

「チビはやっぱりすごいな！　頼りになるよ。チビと幹彦がいればもう安心だな！　僕の隠居生活は安泰だな！」

「ワン！　ワン！」

そうして僕達は、引き上げる事にした。


「よく冷静に対処できましたね。たまに出るのですが、力も強かったでしょう」

説明を受けた、合流地点でもある入り口前のテントへ戻ると、自衛官や講師が驚いた顔で持ち帰った遺体を見た。

「いやあ、チビがやったんですよ」

そう言うと、皆、チビを見てしばらく黙った。

「まさか」

猟師の人達がチビをしげしげと眺め、ポツリと言う。

「兄ちゃん。こいつ、本当に犬か？」

僕と幹彦は顔を見合わせた。

「犬でしょう？」

「犬じゃないのか?」

「でも、こいつらが怯えるんだけどなあ。こいつを前にすると」

猟犬たちが、落ち着きなく鳴き、ソワソワしていた。

チビに目を戻すと、チビは真っすぐにこちらを見上げ、尻尾を振っていた。

「いや、犬です。チビは犬ですよ? 犬にしか見えないでしょう」

どう見ても犬だ。

「まあ、それはともかく。解体しましょう」

グループごとに持ち帰って来た遺体を並べ、自衛官の手本を見た後、自分達で解体するのだ。

ネズミを使うようだ。

流石にこれまでしてきただけあって、慣れてはいた。

見ていた研修生たちは、興奮していたり、嫌そうな顔をしていたり、硬い顔付きをしていたが、胸を裂くと言葉を発する人がいなくなり、数人が顔を覆った。そして心臓を開くと、数人が貧血を起こしてしゃがみ、数人が口を押えて走って行った。

「解剖実習で倒れるのって、男子が多いんだよな」

懐かしく思いながらそう言うと、

「この要領でやってみてください」

と言われ、グループごとに分かれて解体を始める事になった。

「幹彦。これ、やってもいいか?」

ゴブリンを指す。

幹彦は頷き、

「むしろ頼む」

と答えたので、嬉々として取り掛かることにした。使い慣れた自前のマイセットもある。

見たところ、ネズミの魔物の体は、心臓の中に魔石と呼ばれる石があるほか、変わりはないように見えた。ならば、ヒトとヒト型の魔物を比べてみたいのだ。どこがどの程度似ていて、どこが違うのか。

教科書には「ヒトとほぼ同じ作り」とは書いてあったが、心臓のどこにどのように石ができているのかは書いていなかったので、そこが気になる。

遺体を見下ろし、まずは黙とうする。死者へ対する礼儀として、いつもしている事だ。

次に観察する。皮膚の硬さはヒトよりも多少硬いようだ。身長は子供程度だが、これでも成人しているのだという。

形はヒトと変わらず。皮膚の色は緑色で、まだ死斑《しはん》は浮かんでいない。首には大きく深い刃物による傷があり、傷口にはヒトと同じ生活反応が見られる。

胸に刃を当てて真っすぐに下へと滑らせ、へそを迂回させて恥骨まで切る。次は鎖骨の辺りに横に十字になるように刃を入れる。そして、その角をピンセットでつまんで、皮膚を剥がしていくのだ。

しかし今は、解剖するのではない。知りたい欲求はあるが、仕方がない。

切り込みを入れて開くと、脂肪層はかなり薄い。筋肉層は平均というところか。

そして肋骨を大きな植木ばさみのようなもので切り取り、臓器を露出させる。

心臓、胃、十二指腸、肺など、確かにヒトとの差異はあまり認められない。これは驚くべき事だ。

それでも、胃は小さく、胆のうは大きく、肺も大きい。生活様式の違いからの差だろう。

心臓は、ヒトでいうなら心肥大とでもいうべき大きさだが、脂肪が巻き付いているわけでもない。

持ち上げてみる。

「やっぱり重いな。同じ大きさのヒトの心臓に比べても、一．五倍はあるかな。石の分の重さか」

呟いて、心臓を置き、心臓と、心臓にくっついているこぶのようなものに順に刃を入れる。

血が溢れ出す中から左右の心室と心房が確認され、石はくっついたこぶのようなものの中に形成されていた。

持ち上げてみる。血管がつながっているわけでもない。

腎臓結石などと同じ物だろうか。

「石ができるのと魔石ができるのは、同じ原理なのか。だとしたら、尿道とか別の場所にも石ができることもあるのか？」

ブツブツと言っていると、幹彦が嫌そうに言った。

「もし尿道結石みたいな場所にできていたら、解体して取り出すの、嫌だぜ」

「……まあな。慣れてないとハードルは高いかもな」

心臓につながる血管は、見たところヒトと大差はない。

この「魔石」とはなんだろう。ヒトとは違う何かをため込むもので、その何かとは地球にはないものであり、検知も現時点では難しいものだ。

なので、それをどうやってここに溜め込むのか、現時点ではわからない。

大体、秘密の処理をして水に浸けると発熱するというとんでもない危険物だ。そんなものを体内に有するなんて、生物として危険ではないのか。進化の過程上、不自然とすら感じる。

まあ、そういう調査は、専門の部署がやっているのだろう。せいぜい、それが開示されるのを楽しみにしていよう。

僕は石を横に置き、心臓を縫い合わせて元の位置に置き、肋骨を置いて筋肉と脂肪を元に戻し、丁寧に、しかし素早く縫い合わせた。

遺体は、後で痛いとも言わないし、傷口が乱れていると文句も言わない。それでも、丁寧にきれいに縫い合わせるのは当然の事である。

きっちりと閉じ、ふうっと息をついた。

そんな僕に幹彦が声をかけた。

「流石だな。でも、史緒。閉じる必要はなかったんじゃないか」

「あ」

三・ある追い詰められた男「人生のまさか」

結婚式の時に上司がスピーチで言っていた。人生には三つの坂がある。上り坂と下り坂、そして、まさか、と。

私は四十六歳、今まさに、人生のまさかのただ中に身を置いていた。

真面目にコツコツ勉強をして、一流企業と称される会社に入社。やりがいはなくとも、安定した人生を送っていた。

妻と大学生の息子と高校生の娘の四人家族。慎ましく平凡ながらも、平和な日常。

それが、会社がまさかの倒産。私はこれといった資格もなく、会社の代わりにハローワークに通う日々となったのである。

これという求人はなく、あればそれは資格や年齢でひっかかり、焦りと恐怖と「まさか」という思いだけが頭を支配する。

そんな中、私と同じような境遇にあった求人仲間が、起死回生の一手なるものをプレゼンしてきた。

そう、それが探索者だった。

ゲームみたいなダンジョンなるものが現実世界に現れ、恐怖と混乱が収まってみれば、それは夢のような恩恵をもたらしてくれるとわかった。

ただしそれには危険も伴う。その分、上手くやれば得られるものも大きい。

環境問題の面からも、自国でエネルギーを調達するという観点からも、魔物を間引いておかないといけないという安全面からも、政府は探索者を至急一定数必要としており、そのためのサポートも手厚いと聞いた。

税金の引き下げに、一期生については初の試みでもあることから、免許の講習会の費用も割安になるという。それに最初は武器や防具もレンタルできるという。

もう後はない。私はこれに乗るしかなかった。


講習会に集まったメンバーは、思った通り、若いやつらが多かった。やたらと自信と希望に溢れたやつらだ。

次に目を引くのは、年配の人達だった。現役の猟師らしく、「プロ」という空気を漂わせている。

その次に多いのが私達のような「やり直し」「起死回生」の中年だ。必死さや悲愴感や義務感が濃厚に漂っている。

それらから離れた、珍しいコンビがいた。二十代半ばほどに見える青年で、周川さんと麻生さん。二人共、妻や娘がテレビの前で私に向けた事の無い目を向けている俳優や歌手に似た顔立ちの、しゅっとした出で立ちをしている。

余裕のようなものがあるが、物静かで大人しく真面目だ。学科の小テストも成績がいいし、体力もあり、武器ごとの訓練でも、驚くほど腕が立つようだ。

目立つのに、大抵二人だった。いや、いつも二人だから目立ったのか。

ともあれ、私は失敗するわけにもいかない。息子がジョギングに付き合って応援してくれるのと毎日の妻の愛妻弁当を心の支えに訓練に励み、どうにかこうにか、仮免許まで到達する事ができた。

なので今日は、実際にダンジョンを使っての研修だ。

散々写真や録画映像で見てはいたが、やはり緊張する。

習ってはいたが、目の前で実際に引率の自衛官が魔物を倒して行くのを見ると、衝撃を受けずにはいられない。しかも見学の後は、グループを組んで、自分達で魔物を倒し、その後は解体して魔石を取り出すところまでしなくてはならない。

ケンカもした事が無い私は、誰かを殴った事も無い。ましてや、殺すなんてあり得ない事のはずだった。まさに、まさかの事態だ。

しかし周川さんと麻生さんは落ち着き払い、笑顔さえ浮かべ、猟犬にするという飼い犬の白い子犬に構っていた。

猟犬が見るからに強そうな犬ばかりではないとはわかっていたが、まさかそのかわいい小型犬が？猟師組を見ると、彼らの連れた猟犬は落ち着きなく、猟師の彼らは軽く戸惑っているようだった。

やはり周川さんと麻生さんは、犬まで含めて特異だ。

その後は各々ダンジョンへ入り、それどころではなかった。私は同じ「退職組」のメンバーと組んだが、見ていたのと、実際に魔物に向かうのとでは、全く違った。叫び、自分に気合を入れ、仲間を励まし、どうにかこうにか指定されたスライムとイヌとネズミとゴブリンを倒せた時には、膝も腰もガクガクだったが、やり遂げたという達成感に笑顔を浮かべ合った。

そして、戻ろうかとしていた時だった。

横の方に見えた小部屋に、大きな、少し違ったゴブリンがいるのが見えた。

まさか、たまに見かけるという上位種か⁉

考え、皆に知らせようかと思った時には、小さな白い影が小部屋に飛び込んでいた。周川さんと麻生さんの連れていた、白いかわいい子犬だ。

だめだ、殺されてしまう。敵うわけがない。そう思った私は目を疑った。その子犬は一瞬で犬とは思えないほどに大きくなって上位種の喉頸に食らいつき、噛みちぎってみせたのだ！

まさか！

しかし確認しようとした瞬間には元の姿になり、遅れて来た周川さんと麻生さんに尻尾を振って甘えていたのだ。

どういう事だ？　わからない。

「どうした？」

「ああ、いや」

私は何も気付いていないほかのメンバーと一緒に、ダンジョン入り口へと向かって戻り始めた。

人生には、何とたくさんの「まさか」があるのだろうと考えながら。

四・ある腐女子「ミキ×フミを見守る会」

探索者免許講習会。集まった多くは、予想通りに若い人がほとんどだった。その中でも、陽キャと言われるような人たちが多く、大人しいタイプが少ない。まるで学校と一緒だ。

異彩を放っているのは猟師のおじさん達。年配者が多く、ちょっと話すきっかけもない。

次に多いのが中年。「リストラされたか倒産したかだろう」「負け組ってやつでしょ」と陽キャの人達は見下しているが、確かに、学科も実技も必死さが凄い。そしてどちらにも苦労しているようだ。

私は、大人しい女子達と一緒になっている。大人しくて真面目。それともうひとつ、同じ趣味のにおいをかぎ取っていた。

そう、「腐」のにおいである。

その私達のアンテナに引っかかり、オアシスとなっているコンビがいた。周川さんと麻生さんという二十代半ばの男性二人だ。

周川さんは爽やかで明るく、誰もがイケメンと呼ぶに反対しないであろう顔立ちをしている。武器ごとの訓練では講師を圧倒できるほどの腕を持ち、女子が放っておかないタイプだ。

麻生さんは整った顔立ちの優しい感じの物静かな人だ。頭が良さそうだが、薙刀も強いのは少し意外な気がした。

どちらもモテるのは必至だったし、やはり、アプローチをかける女子はいた。

しかしこの二人はそれらに素っ気なかった。年齢的なものかもしれないと思いもしたが、私達の勘――いや、願望が告げていた。彼らはBLなコンビではないかと。

そういう目で観察してみれば、女性に対し、挨拶はしても、一定以上の関係は避けているようだ。

そして二人は武器別の訓練以外は大抵一緒で、行きも帰りすらも一緒だ。上手く聞き込んだ結果、一緒に住んでいる幼馴染という事だった。

なんと美味しい関係だろう！　私達は興奮した。

「周川さんが俺様攻めに違いない」

「いや、甘えて押し倒すのもあり」

「麻生さんは誘い受けかしら」

「かも。でも、恥ずかしがりながら強気にってのもいい！」

「麻生さんは姫ね。ゴブリンとかに襲われたりして、それを周川さんが助ける！」

「触手もあり！」

「きゃああ、イヤン！」

などと本人達には決して聞かせられない妄想に燃え上がり、議論をしたが、周川さんと麻生さんの立場は全員一致し、「ミキ×フミ」と密かに呼んで、心のオアシスとして毎日見守っていたのだった。


そんな私達も、どうにか揃ってダンジョン研修を迎えた。

流石に緊張の連続で、今日ばかりは「ミキ×フミ」を見守る余裕もない。

いつの間にかグループ研修では見失い、私達も必死になってゴブリンやほかの魔物をタコ殴りにし、切り付け、どうにかこうにか、解体を行う入り口付近に戻った。

ダンジョンの中では、死んだ有機物は時間を置くと消えてしまう。例外は、一定範囲の距離に生きているものがいる時だ。

なので、素早く解体するか、外に運び出してから解体するかという事になるらしい。

今回は外の講習会場で揃って解体の研修を行うのだ。嫌だ。自信が無いし、何か怖い。

講師役の自衛官は、無表情でさっと開いて、魔石を取り出した。

「今日はするけど、たぶん無理」

「私も。解体は有料でも頼むかも」

言い合い、ふと、習慣通りに「ミキ×フミ」を捜した。

ミキこと周川さんは、若干顔色が悪い。そして倒れてしまうんじゃないかと心配していたフミこと麻生さんは、淡々と——いや、嬉々として作業していた。

「え？」

我が目を疑う気持ちで、注目してしまう。

流れるような手さばきで、一切の躊躇も無駄もなく、素早く淡々と丁寧に進められて行く。

いつの間にか、全ての目が「ミキ×フミ」の作業台に集中していた。

無骨なハサミで肋骨を切り取り、心臓を手にしてしげしげと眺め、それを裂いて魔石を取り出す。

そしてまた、心臓を縫い合わせ、肋骨を戻し、皮膚を縫い合わせる。

何人かは貧血に倒れたり、吐きに行ったが、それは芸術的ともいえる手際だった。

「ヤバイ。血塗れな姫だった？」

誰かが呟く。

そして、我に返ったような自衛官が代表するかのように訊いた。

「随分と手慣れていますね」

それに対し、答える。

「解剖医をしていましたので」

なるほど。

そして翌日から、妄想中のか弱い守るべき姫の立場だった麻生さんは、ブラッディクイーンと名を変えた。

五・若隠居の希望と事実

疲労を残すのは良くない。わかっていても残ってしまうように、悲しい事に人間は段々となっていく。

「今日は春巻きにしよう」

僕はプランターから名前も知らない野草の葉を摘み取った。

ダンジョン研修はそれなりに疲れた。やはり集中の連続だった事が大きいのだろう。

そんな時には、この野草の葉だ。生だとかなり苦みが強いのだが、加熱すると苦みが和らいでほろ苦くて美味しい程度になって、食べたその時に体が軽くなるように感じるのだ。

最初はプラセボ効果なのではないかと思ったのだが、何も言わずに幹彦に食べさせてみたら、知らないはずなのに幹彦がそう言い出したので、これは民間薬的な植物なのだろうと、「元気草」と呼んで重宝している。

チビが苗ごと引っこ抜いて持って来たものだが、無事に根付いて、ありがたい事に数も増えている。

たくさん食べなくても効果が感じられるので、食べ過ぎは危険かもしれないと思い、一人二枚から三枚だ。

「ゆでたら苦みはましになるけど効果はやや薄いんだよなあ。水溶性なんだろうな」

天ぷらが効果も残って味も良くて一番なようだ。なので、これを巻き込んだ春巻きにしよう。

春巻きの皮にスライスチーズを置き、チビが獲って来た鳥をゆで鳥にして裂いたものを乗せてひと巻きし、元気草を挟み、巻く。そして巻き終わりを水溶きの小麦粉で綴じる。

元気草が外から青々と透けて見える。

あとはレタスとトマト、ポテトサラダを添えておこう。

考えながら下準備をしていたが、つい青々とした元気草をしげしげと眺めた。聞いた事もないし、図鑑にも載っていない野草だ。しかしこれに、随分助けられて来た。

「明日は免許証の交付手続きをした後午前中はほかのダンジョンの特色を習って、午後に免許証を受け取っておしまいか。長いようで短かったな」

洗濯物を畳んでいた幹彦は、うきうきと声を弾ませた。

「免許証を受け取ったら、武器と防具を買いに行こうぜ」

「そう言えば、あの剣はどうしよう。幹彦さえよければ使ってくれたらいいんだけど」

「え、いいのか？」

「うん。僕は薙刀の方がいいからなあ」

「うおっ、やった！　サンキュ！」

幹彦は嬉しそうにニタニタした。

日本刀を武器にと希望する日本人は多いのだが、日本刀は横からの力に弱いので魔物相手に連戦するのはきつそうだと幹彦はみていた。なので、実際に日本刀を使う探索者の感想を聞いてからと考えていたのだ。

でも、おもちゃじゃないとしたら、そんなものがどうして穴の底の箱の中に入っていたのかがわからないな。

そう考えながらも、いまから所有者を名乗る人も現れないだろうと、開き直る事にした。

翌日、朝から順番に証明写真を撮られ、免許証申請書類を提出し、僕達受講生は最後の講義を受けた。

日本のほかのダンジョンも海外のダンジョンも各々特色があるが、奥へ進むにつれて段々と魔物が強くなっていく事と、どこもまだ攻略が済んでいない事だけが共通している。

そして、わかっているだけの魔物と植物の種類と、植物を採取する場合の注意点などを教えられ、講義は終了した。

受講生は皆、講義どころではないと集中力に欠けた様子を見せていたが、免許証を作る時間稼ぎの講義だと講師も割り切っているのか、何か苦言を呈する事も無かった。

僕もやはり、免許証がどんなものかは気になる。

そわそわする幹彦と並んで、順番を待っていた。

おかしな事になっているのだと、ついぞこの日に知るとは知らずに。

探索者免許証は、形も大きさも運転免許証とほぼ同じだ。名前と生年月日と本籍地が書かれ、証明写真が付いている所は同じだ。しかしこちらには、血液型とアレルギーの有無などの救急時に必要とされる最低限の情報が内蔵されたチップが入っているらしい。これは万が一の時、病院にある専用のリーダーで読み取れるそうだ。

何よりも違うのは、裏だ。最初は無表記だが、これから行う精霊水を使った行為で、あれば称号が書き加えられる。そして今後変更があれば勝手に更新されるらしい。

これは個人情報なので普段は見せるという方法も見せないという方法も取れるらしいが、どんな称号なら見せるのだろうと反対にそう思った。何か疑われた時に「正直者」とかがあればか？

このシステムに関しては、まるでその仕組みがわかっていない。わかっていないが、海外でこれが正しく、安全だと実証されており、偽造が不可能になるという点で、全世界で採用する事が決定したらしい。

「何か凄い称号が出たらどうしよう」
「強そうなやつ、来い！」

ワクワクしたように若い人たちが言い合い、

「称号ってどういうやつなんでしょうなあ」
「崖っぷちとかだったりして」

と、中年グループもソワソワとして冗談を言って笑い、

「腐女子とか、そういうのじゃないでしょうね、称号って」

「出たら、絶対に他人には見せられないわ」

と一部の女子が思いつめた顔をしていた。

僕も幹彦と並んで待ちながら、それなりにワクワクしていた。

「隠居って出るかなあ」

幹彦は、

「無職とかだったら嫌だな」

と真剣な顔をしている。

「それ、僕も嫌だよ」

それで僕と幹彦は、「無職」は出ないようにと祈った。

「では、五十音順に並んでください。名前を呼びますので一人ずつ来てください」

いよいよだ。麻生が一番、周川が二番だ。

最初の一枚という事で、緊張する。

「麻生史緒さん」

「はい」

顔を何度も確認され、血圧計のようなものに手首から先を入れるように指示される。入れてみると、中には液体が入っていた。これが精霊水というものだろうか。

精霊水というファンタジー的な名前を、いい大人が真面目な顔で会議をしながら決めたのだと思うと、何だかおかしくなる。

しかし、精霊樹の枝を水に浸した水らしいが、その精霊樹というものは何だろう。精霊なんてものが確認された事は無いし、なぜそれが「精霊樹」であるとされたのか。それが気になる。

それも含めての、「わからない」なのだろうとは思うが。

考えていると、血圧計みたいなその装置のスリットに差し込まれていた免許証が出て来た。

「はい、終了です」

言われて手を抜き、ハンカチで手を拭いて免許証を手に取ると、

「ありがとうございました」

と言って立ち上がる。

わくわくした大人達がずらりと待っているのだ。早く退いて、称号などを見るのは後にしなければ迷惑だろう。

振り返ると、目を輝かせた受講生たちが注目していた。

何か訊きたそうな幹彦だったが、入れ替わりに呼ばれていそいそと装置の前に行く。だから僕は一つだけ言っておいた。

「先にハンカチを出しておいた方がいいよ」

幹彦とほかの受講生たちは、慌ててハンカチを引っ張り出した。

さて。

自分の免許証を眺めた。証明写真が気に入らないのはもう仕方がない。うまく写っていたと思え

た証明写真は大学一年生の時の学生証くらいで、これは嫌だと思ったのは高校二年生の時の学生証のものだった。あとはいつも、諦めだった。

髪がはねていた。気付かなかった。まあ仕方がないな。

写真もアレだが、もっと気になるのは裏だ。「女に騙された人」とか「婚約者に捨てられた人」とか出て来てたら流石に嫌だ。できれば「隠居」がいい。いや、なしというのは無いのか？

考えながら、ひょいと裏返した。

「え⁉」

予想外の記述に、僕は装置が壊れているのではないかと、免許証を睨みつけた。

称号

地球のダンジョンを初めて踏破した人類／神獣の主／精霊樹を地球に根付かせた人類／魔術の求道者／分解と観察と構築の王

「なんじゃこりゃあ⁉」

思い当たる節が、全く無かった。

おかしな声を上げてしまったが、愛想笑いでごまかし、幹彦を待った。

幹彦は自分の免許証の裏を見て、

「称号、一応あったけど……何だろうな、これ」

と眉を寄せてこちらに見せた。

称号
地球のダンジョンを初めて踏破した人類／神獣の主／精霊樹を地球に根付かせた人類／魔剣『サラディード』の持ち主／剣聖の候補者

僕はコメントに困ったが、大丈夫そうな所にコメントした。

「流石は幹彦。剣道と居合の師範だもんなあ」

「お前のも見せろ。絶対に関係あるだろう」

そしてまだ、裏面を隠していない僕の免許証の裏面を見た。

目を大きく見開き、叫び出そうとした口を掌で押さえて僕をまじまじと見た。

どうしていいかわからない。取り敢えず笑っておいた。

「史緒……これは、一体……？」

「よくわからないな。思い当たる節が無さすぎる。あの機械が壊れているんじゃないか？　大体、仕組みもわかっていないものだぞ。頭から信じていいのか？」

僕と幹彦は小声で言い合い、揃って例の装置の方を見た。

順番に受講生たちが免許証を受け取りに、装置に手を突っ込んでいる。そして、

「何も無い！」

「変なのが付かなくてまあ良かった」

「ここにこれから俺の輝かしい栄光を刻みつけてやる！」

などと騒いでいた。

やはり、何も称号が無い人の方が多いらしい。むしろある方が少数派で、中年グループや猟師グループの数名が、「不屈の魂」「部下想い」などの称号が出たらしい。

僕と幹彦は目を合わせ、こそこそと言った。

「取り敢えず、黙っておこう。ばれるかもしれないけど」

「うん。騒動の因にしかなりそうにないもんな」


解散になると、大抵の人がそのまま防具や武器を買うために、ダンジョン庁の下部組織である探索者協会が運営する店に行く。

そこで僕達も、必要なものを見た。

幹彦はメイン武器はあるが、ナイフもいるだろうし、防具もいる。

ただし服や靴など、ダンジョン素材のものはいいのだろうが、高い。取り敢えずはスポーツ用品店やアウトドア用品店、作業員の味方の店で買う事にした。

同様に薙刀もここでしか買えない。スポーツ用のものは模擬刀で、武器を取り扱うのは協会しかないからだ。

選んで、レジで会計する時に免許証を出す。これがないと、武器や防具は買えない決まりになっている。アルコールの年齢確認よりも厳しいのは想像に難くない。

会計を済ませ、家へと帰る。

そして、まじまじと免許証を見た。

「変わってないか」

「目の錯覚じゃなかったな」

期待はしていたが、たぶんダメだろうとは思っていた。

「そうなると、これが何の事だって事になってくるよな」

幹彦が腕を組んで、リビングのソファーにもたれながら考え込んだ。

チビは狩りに出ているのか、姿が見えない。

「まず、魔剣サラディードっていうのは、やっぱりあれかな」

僕は言いながら、武器を保管するために備え付けた鍵付きロッカーを見た。幹彦も見ていたが、気になったのかロッカーへと近付き、暗証番号を解除して扉を開けた。

そしておかしな声をあげた。

「んん？」

「どうした？」

幹彦は手を中に差し入れながら、

「いや、おかしな現象が、な」

と言い、剣を掴んで出した。

「……あれ？」

目と記憶を疑う。確かにそれは、剣だったはず。やや幅があり、真っすぐな刃の。

しかし今幹彦が持っているのは、それよりも長くてやや反りが入る、日本刀のシルエットをしていた。

共通しているのは、鞘と柄の色が白だという事だろうか。

「ちょうど使いやすいと思う、長さと形と重さと重心だな」

幹彦が真剣な顔付きで言い、それで思い出した。

「そう言えば、使いやすい刀について言ってたのと同じくらいなのか？」

幹彦は、困惑しているようにも見えるが嬉しそうにしか見えない顔付きで、鞘から抜いた刀を眺めている。

「持ち主の好みに合わせた、とか？」

言うと、幹彦は笑って、

「そんなものがあるわけ……」

と言い、思い出したかのように真顔に戻った。

「魔剣なら、ありなのか」

この元おもちゃの剣は、本当に魔剣らしかった。

僕と幹彦は、免許証の裏に現れた文言を、信じない訳にはいかなくなってきた。

しかし、全く腑に落ちない。

「僕がいつどこでダンジョンを踏破したんだよ？　研修でしか入った事もないのに」

僕はソファーの背もたれにもたれて天井を見上げた。

「まだまだあるぞ」

幹彦は二枚の免許証を並べて、睨みつけた。

「神獣って何だ。それに史緒、魔術師なのか」

僕は力なく笑った。

「何の魔法だよ。使えるものなら使ってみたいもんだね」

「何だろう。人を笑顔にする魔法とかいうやつだったりしてな」

幹彦が冗談を言うので、答える。

「遺族は泣くか喚くか脅すか買収しようとするかだったし、遺体は笑わん。生きた人間を相手にする医者とは違うからな」

「あ。分解とか観察って、そういう事か。遺体を切ったりよく見て調べるから」

僕はその意見を考えてみた。

「なるほど。じゃあ、構築ってのは、解剖の後で閉じる行為からか？」

「称号って、いい加減なのかな」

それで二人で笑ったが、同時に現実に立ち返って嘆息した。

あとはなんだったっけ。そうだ。神獣と精霊樹だ。

「神獣って何だよ。これまで飼った事があるのは、インコと金魚とチビだけだぞ」

幹彦がふと気付いたような顔をした。

「俺にも神獣の主があるって事は、俺達が共通して面倒を見た動物って事になるぞ」

「小学校の時、一緒に動物係をやったな。それから、高校の時は中庭の池にいた鯉によく一緒にエサをやったし」

「ああ。小学校の時に飼っていたのはザリガニとフナだったけど、どうって事の無いやつだったな。鯉も別に普通のやつで、近所の野良猫に襲撃されて死んだんだったな」

「ああ。あれが神獣だったとはどうにも考えられない」

「あとはチビだぜ」

チビは、狩りに出ているのか姿が見えない。

「あんなに小さいのに？」

それに幹彦は異を唱える。

「小さいくせにウサギやシカやトリにも立ち向かって簡単に仕留めるのは、異常だぞ。それにだ。チビが獲って来るジビエは、魔物だ」

まあ、それは、ダンジョン研修に行って気付いた。ダンジョンの魔物だというウサギは、角がある所も大きさも魔石の位置と大きさも、全てが一致していたのだから。

勿論何も言ってない。

「まあな。でも、猟師さんが連れて来てた猟犬だって――あ」

そうだ。小さいチビに怯えていたんだと今ならわかる。

「どうしよう。神獣だとばれたら連れて行かれるのかな」

もう、チビは家族だ。

「黙っていよう。チビは、犬だ。見かけより強いかわいい子犬なんだよ」

説得するまでもない。幹彦は元々犬派だ。チビを差し出すわけもない。今も可愛がって、よく一緒に遊んでいるのだから。

「おう！」

僕と幹彦は、チビの神獣疑惑にふたをした。

「精霊樹ねえ」

「これもさっぱりだよ。家庭菜園しか土いじりはした事が無いし」

再び二人で考え込む。

「そうだ。地下室の、やたらと大きくなるのが早い立派な木。あれって何の木だろうな？」

「さあ。元々はただの枝だったんだけど……まさか……」

「その疑いは濃厚だぜ」

地下室の扉の方を見た。

「なあ。やっぱりこの地下室、本当に地下室なのか？」

僕だって、それは知りたい。

「地下室を見付けた日の事を、もう一回よく考えてみようぜ」

言われて、僕たちは思い出しながらあの日の事を話し出す。

幹彦は組んでいた腕をほどいて僕を見た。

「穴の底まで見に行かないか」

「そうだな」

なので、歩きやすい靴を履いて地下室に入り、穴の底へ向かった。

土ばかりで光源もないのに、どこか明るいのは相変わらずだ。そして今回も気を付けて、どこかに通じていそうな穴や隙間がないか捜したが、長い距離を歩いて穴の底に着いても、全く見当たらなかった。

「チビはどこからジビエを獲って来るんだろう。いや、どこにもチビはいなかったな。チビ、どこに行ったんだ？」

穴の底で、僕は途方に暮れそうだった。

久しぶりに来た穴の底だが、あの日のままで、円形の広場のようになったそこには、焼け残りも焼け跡すらもない。その上、あの宝箱も無くなっていた。

箱は流石に大きいし重くて、抱えて上まで持って行くのが疲れそうだと思ったので、そのままにしておいたのだ。まあ、何かをしまう事もできるので。例えば肥料とか。

「なあ。ここに魔剣もあったんだよな」

「ああ。この辺かな。宝箱があったのは」

幹彦は僕に向き直った。

「なあ。チビに襲い掛かってたナメクジだけどな。本当にナメクジだったのか？」

僕はキョトンとしてから、思い出した。

「ブヨブヨしてて、火に弱かったぞ？　まあ、今ならあれだな。ちょっとだけスライムにも似てたかな」

目を逸らしながら申告した。

「ああ。俺もちょっとそう思う」

「でも、形が丸くなかったよな」

「それはチビを呑み込もうとして変形してただけなんじゃ？」

何か言い返さなくては。

「火を投げつけたら、ビヨーンってなったのは？」

「火に弱いタイプのスライムだったんだろ。たぶん」

ダメだ。どんどん退路が無くなっていく。

「スライムがいたって事は、ここは地下室じゃない。ダンジョンだ」

幹彦が重々しく言い、僕はガックリと肩を落とした。

ダンジョンだったらダンジョン庁に報告しなくてはならないし、報告したら、こんな風に家庭菜園などに使えないいんじゃないだろうか。

せっかく収穫できるようになって楽しくなってきてたのに。

「あ。踏破したって書いてあったな。という事は、ここはあの日に俺達が踏破したって事だよな」

「え。いつ？　どうやって？　スライム一匹だけのダンジョンってあるのか？」

幹彦はチチチと指を立てて言う。

「穴の下から連続してパパパンって聞こえただろ？　それ、下にいたほかのスライムが次々に破裂して死んでいった音だったんだろ」

「ああ、なあるほど。そう言えば、小石が一面に転がってたな。あれって魔石だったのかな。よく見てなかったのと、すぐに消えたからわからないんだよなあ」

「その消えたってのがわからないんだけどなあ」

「僕にもわからないよ」

黙って、どこかに一つくらい転がっていないかと目で探した。どこにもなかったが。

「戻るか」

僕達はキッチンへと引き返し始めた。

坂を上り切り、キッチンへと近付いて行く。

今はすっかり大きくなったチビの持って来た枝のそばで足を止めた。

「……これが精霊樹とか言うんじゃないだろうな」

「でも、桜とか紅葉とか松とか、知ってる木のどれとも違うし。ネットで検索してみたけどわからなかったぜ」

確かに、成長も早すぎるのかもしれない。

「まさか、うちのプランターの植物が良く育って美味しいのも、僕に実は家庭菜園の才能があったんじゃなくて？」

「サボテンも枯らすし水に浸けておくだけの水耕栽培のヒヤシンスでも全滅させるお前に、そんな才能があった方が驚くぜ」

僕は幹彦の無情な言葉に打ちひしがれた。

「家庭菜園とペットを楽しむ隠居生活は……」

溜め息が重なった。

そしてキッチンへと足を向けた時だった。背後で気配がして振り返ると、木のそばで一部が蜃気楼のように空気が歪んでおり、そこから何かがニュッと出て来た。長くてぐったりとした首、だらりと下がった翼、その体を咥える白い大きな犬か？

犬は咥えていた物を足元に置くと、伸びをして、

「ガウゥ」

と鳴き、ふと気付いたようにこちらを見た。

目が合った。

「チビ？」

犬はしまったと言いたげな顔をし、次の瞬間にはするするといつも通りの大きさのチビになると、

「ワン！　ワワン！　キュウゥ」

と鳴いて足に頭を擦りつけて来た。

「え。チビ、だよな？」

呆然とする僕をよそに、本日の獲物を覗き込んだ幹彦は、

「何だ、これ。新生物？　ワイバーンとかいうやつに似てる？」

と驚いた声を上げ、こちらを勢いよく振り返った。

チビも僕も幹彦も、動きが止まった。

ワイバーン。確かゲームでよく登場する、空飛ぶ大きなトカゲみたいなやつだよな。

見たところ、翼は片方で畳二畳くらいありそうで、尻尾は三メートル弱、体は衣装ケースくらいか。くちばしは鋭く、その内側にはずらりと尖った歯が並んでいた。爪も見るからに鋭く尖って硬そうで、マグロ釣りの針のようだと思った。トカゲというよりは、空を飛ぶ首の長いエイみたいだ。別の生物かもしれないな。

「チビ、どこもケガしてないか？　怖かったな」

「ワン！」

「史緒。現実を見ろ。チビはチビじゃなかっただろ？」

「嫌だ！」

「チビは犬じゃない。犬はあんなにデカくなったりこんなに小さくなったりしない」

幹彦は嘆息した。

「チビが神獣ってやつなんだろ？」

チビは幹彦を見、僕を見、頭を足でかしかしと掻いて、大きくなった。

「子犬生活も新鮮だったが、バレたか」

子犬の時に吠える声とは全く違う。

犬なのに、喋ったのか……。まあいいか。

改めて見ると、大きいな。胴体がマイクロバス程度の大きさがあり、そこに頭と尻尾が付いていて、尻尾がぶうんぶうんと緩く振られていた。子犬〜大型犬ほどの大きさなど、身体の大きさはかなり自由に変えられるらしい。

「うわ、ふかふか！」

「この滑らかな手触り、最高だぜ。これで昼寝したい」

僕も幹彦も、チビでないチビに抱きつき、毛並みに陥落した。

「そうだろう、そうだろう」

チビは毛並みを褒められて得意そうだ。

「チビはチビだ。犬種なんてどうでもいいんだよ。でもバレたらどこかに連れて行かれるかもしれないから、黙っておこう。よし。チビはこういう犬種だと言い張ろう」

「そうしよう」

「いや、それは相当無理があるだろ」

幹彦がそう反対意見を言う。

なので、

「よそでは大きくなるなよ、チビ」

と言うと、

「わかった、任せろ」

とチビは請け負った。

「いや、この姿でチビはどうなんだよ、史緒」

「初めは小さかったから……」

「名前あるあるだな」

「威厳は確かにないな……」

チビは苦笑した。

疲れと眠気と安心感が襲って来て、どうでもよくなってきてしまった。

これではいかんと再起動し、腕時計を見たら地下室に来てから十五分ほど経っていた。

エイのお化けを見た。これはどうしようか。

「エイって味噌汁に入れるんだよな」

「史緒、これ見て食うのかよ」

幹彦は呆れたようにそう言った。


エイの尻尾は牛のテールのようで、今度煮込んでみようと思う。胴体部分は、ステーキと唐揚げとフライにする事にして、そのように切り分けよう。首は網で焼いてみるか。翼は……唐揚げと煮付けかな。筍と白ネギと一緒に濃いめの味で炊いてみたら良さそうだ。味噌汁もやってみるか。

そんな事を考え、

「でも、かなり表皮が硬そうだなあ。包丁が欠けたりしないかな。何か、こう、スパッとできないもんかな」

と言いながらエイを触る。

と、エイは考えていたその形にばらされた姿に変わり、皮、爪、骨、内臓が別にまとまっていた。

「はあ⁉」

僕も幹彦も、今度こそ夢ではないかとそれを凝視した。

「驚くほどの事ではあるまい？　むしろ、なぜ今までわざわざ手で解体していたのだ？」

「え？」

チビと僕と幹彦は、お互いの顔を見合ってキョトンとした。

「あれか。史緒の魔術ってやつ」

幹彦がポンと手を打つ。

「まあ、そうだが……そうか。枝を使った簡易の鑑定しか受けておらんのか。ちょっと、そこの精霊樹に触れ」

チビはそう言って、例の木をクイッと示した。

「やっぱりあれが精霊樹か……」

何とも言えない顔付きで、僕と幹彦は言われるがままに木の幹に手を触れた。すると免許証を入れていた胸ポケットがほんのりと光り出す。

「ああ⁉」

取り出して何事かと確認すると、裏面に字が増えていた。

幹彦のはこうだ。

技能
体力増大／魔術耐性／物理耐性／異常耐性／魔力回復／体力回復／身体強化／
気配察知／刀剣／隠密／自然治癒

僕のはこうだった。

技能
魔力増大／体力増大／魔術耐性／物理耐性／異常耐性／魔力回復／体力回復／
解体／鑑定／製作／魔術の素質

「なんじゃこりゃあ⁉」

二人のひっくり返った声がはもった。

「ああ。こちらにはないものばかりだったな」

チビはそう言い、解説をしてくれた。

「まず技能というのは、その者の得意とするものとでも言えばいいか。何かを繰り返し修練していれば技能になる事があるし、魔物を倒した時にも、その魔物が持つ技能を得られる事がある。ほかには、特殊な何かをクリアした時に得られる事もある。ただし、魔術師寄りか物理寄りかなどで、得られる得られないがある」

チビはそこまで言って、僕と幹彦がなんとなく理解できていると見てとったのか、言葉を続けた。

「フミオは魔術師寄りで、ミキヒコは物理寄りのようだな。このスライムダンジョンにフミオとミキヒコが入って来て、底の魔物だまりに向かってスライム諸共火を投げ込んだ。火によってまずは火に弱いスライムがはじけ飛び、飛んだ体液に弱いスライムが破裂し――という形で連鎖的にダンジョンボスまで死ぬに至った。それで、色々なスライムを討伐する事で得られた技能とボスの討伐ボーナスとが、魔術耐性、物理耐性、異常耐性、魔力回復、体力回復だ。各個に当たっていれば、そういう特色を持ったスライムがいた事がわかっただろう。かなりおかしな攻略の仕方だったが、地球で初めてのダンジョン踏破者なので、フミオは魔力増大と体力増大、ミキヒコは身体強化と体力増大というおまけが付いたのだな」

よくわからないが玉突き事故のようなものだろうか。その結果だと思えば、申し訳ない気がしてくるな。

「神獣たる私の主となった事で私の技能からフミオは空間魔術を得て、ミキヒコは隠密と気配察知を得た。それから地球で精霊樹の枝を根付かせて精霊樹にまで育てたことで、精霊樹の治癒が付いたな。フミオは魔術師よりなせいで、恐らくスライムからのものと空間、治癒を合わせた結果、魔術の素質になったようだな。あとは、フミオは元々、切ったり、よく観察したり、縫い合わせたりという技能をもっていたんだろう。それで、解体、鑑定、製作になったようだな。ミキヒコは剣術に秀でていたから、刀剣だな」

ちょっとアバウトなんじゃないだろうか。それともこれが、はずみでうっかり地球で最初にダンジョンを踏破したという事になってしまった事へのボーナスなんだろうか。

幹彦はうんうんと頷きながら免許証の裏面を見ていたが、大きく溜め息をついて、

「まあ、感謝、だな。だよな？」

と言う。

「そうだよな。うん。その、ありがとう」

半分くらい事故で偶然だし、精霊樹に至っては土に挿しただけで、枯らさずに育ったことが奇蹟的だ。全く実感もありがたみも感じられない。

気を取り直すようにして幹彦が言う。

「そもそも、ダンジョンがどうして地球にできたんだ」

チビは面倒がらずに答える。

「異世界とこの世界が接点を持ってしまったためにダンジョンというものでつながり、魔物や精霊樹や私がこっちの世界に移って来た。向こうは魔素が全てのものに宿っているので、魔物も自由にその辺で生活している。その点こちらには魔素がない。なので、魔物は基本的に魔素の多いダンジョンの外には出ては来られない。しかし、放っておいて魔素が外に溢れるようになると、魔物も外に出る事ができるようになる。いわゆる、スタンピードと呼んでいる現象だな」

常識のように言われても、と思ったが、幹彦は納得したように頷いていた。

「精霊樹というのも、ダンジョンに生えるものなのか？　他にも根付いているのか？」

「まあ、魔素の多い土地に根付いてはいるが、ダンジョンには生えていないな。精霊樹は魔素の濃い所でしか生育できない。しかし、魔物は精霊樹を嫌い、精霊樹は魔物を嫌うので、ダンジョンでは根付かない。攻略済みのダンジョンは、ただの洞窟になるか、管理下に置かれた状態で魔物や鉱石を生み出すか魔素を出すかだ。ここは、核を外した事で終わり、精霊樹の枝を持ち込んだ事で魔物が生まれない環境になっている。精霊樹にとっては理想的な環境だ」

チビは満足そうに言って、笑ったように見えた。

「核？　外した？　え、僕が？」

「魔石は収納していたが、核は手で運んで精霊樹の根元に置いてあるじゃないか」

思い出した。

「水晶玉かと思ってた」

僕は曖昧に笑っておいた。

「待って、チビ。魔石は収納したって、何？」

そう言うと、チビは呆れたように嘆息した。

「消えたと騒いでいただろう。収納した事に全く気付いていないとは。普通は気付くがなあ。まあ、魔力も魔術もない世界の人間だとそんなものなのか」

それで、空間魔術で収納したはずの魔石を出すためにも、訓練をする事になった。

魔力を感じ取る事からと言われて、わかりやすいように魔素のない家の中に場所を移し、自分の中に注意を向ける事から始めた。そして、無意識で別空間に作った収納庫とのつながりを感じ取るようにと言われたのだが。

「んー、んんー？　どういう理屈なんだ、チビ？」

「考えるな、感じろ、フミオ」

チビが言うと、幹彦がポンと手を打った。

「そう言えば前に見たカンフー映画で言ってたな。『考えるな。感じるんだ』って」

「そう言われてもなあ。納得してから取り組みたいタイプなんだよ、僕は。あ、これか？」

何かあるのに気付いて、それを辿って収納庫を見つけ出し、地下室に場所を移してその中身を全部出すイメージを持つ。

途端に、地面の上に魔石が溢れ出した。

「うわわっ!?」

幹彦は驚いて声を上げ、小さくなったチビは幹彦の膝の上で丸くなったまま欠伸をした。

「これが魔力か。一旦気付いたら、何で今までわからなかったんだろうってくらい、すごくよくわかるよ」

興奮する僕をよそに、幹彦は魔石を拾い集めている。

「拾えよ、史緒。片付かねえぞ。これ、どうするんだよ。一度に売りに出したら不自然でしかないぞ」

僕も拾い集めながら考えた。

「少しずつ討伐したって言って換金して行く？」

「これだけの量、どれだけかかるんだ……」

気が遠くなってきた。

続いて幹彦の方は、隠密の訓練らしい。どういうものか聞くと、気配を消してわかりにくくしたり、こちらで言うインビジブル技術を魔力で行うものらしい。

これは魔素のある所でする方がやりやすいとかで、地下室で行った。

「フッ、ンッ、ホッ」

「ミキヒコ。感じろ」

チビが寝そべりながらアドバイスをする。

「む、難しいな、感じろって言われても」

幹彦が眉を寄せて言う。そうだろう。僕の苦労がわかっただろう。

しかし幹彦は、少し目を離した隙に姿を消していた。

「幹彦?」

「ワッ!」

「うわっ!?」

背後から肩を掴まれて跳び上がり、幹彦は満足そうに笑い声をあげた。

「これはいいな! いや、剣道でやっていた事の応用だな! それに魔力を使えばできたぜ!」

そこにチビがすかさず口を挟んだ。

「ではその調子で、身体強化だな。フミオも、まだまだ魔術の訓練だぞ。技能が付いても、元々持っていたものが技能化したものでない限り、練習しないと使えんからな」

なるほど。そこまで楽なわけではないという事らしい。

僕と幹彦は、大人しくチビ先生の言葉に従って、訓練を再開させた。

＊＊＊

ダンジョン庁下部組織である探索者協会職員は、探索者一期生達が無事に免許証を得て帰って行くと、やれやれと一息入れていた。

「いよいよこれから忙しくなりますね」

「ああ。魔術をダンジョンの外で使えないのはありがたいな。魔術を犯罪に使われでもしたら厄介どころじゃないからな」

「自衛隊の人達は、やたらと力が強くなったり動きが速くなったりしてるんでしょう？　それも魔法のうちなんでしょうか。それとポーションは外でも使えるみたいですけど、線引きは何なんでしょう」

「どうかな。まあ、ダンジョンにしてもあの精霊樹にしても、わからないことだらけで、わからないままに使ってるんだからなあ。どこか一つでも攻略できたら、何かわかるかもしれんがな」

「いつの事やら」

「まあ、期待ですね」

まさか既に攻略済みのダンジョンがある事など、想像だにしていなかったのだった。

六・若隠居の探索開始と異世界

チビの指導のもと、色んな技能を発現させる事には成功したが、面倒を避けるためにもバレないようにしてダンジョンへ通い始めた。

ダンジョンに入ったという証拠が無ければ、魔石その他を売る事ができない。なので、普通に自動車で行って、免許証を提示してダンジョンへ入場した。

時々顔なじみの同期生にも会うので、お互いに会釈してすれ違う――猟犬には怯えられたり吠えられたりするが。

そして早々に、研修で使ったチュートリアルフロアとでもいうべき一階を抜け、二階に進む。

現在見つかっているダンジョンは、全て地下へ地下へと進んでいく形になっている。なので、進めば進むほど地下深くなり、階数を示す数字は大きくなる。

「わあ。ここ、野草が生えてるよ。これ、元気草に似てるけど少し違う……わ、ある程度のケガの回復効果がある野草だぞ。これ、家庭菜園に移植しよう！」

僕はいそいそとその植物を根から掘り起こし、袋に入れて、こそっと空間収納庫にしまった。

「元気草って、本当に体力回復効果があったんだもんなあ。栄養ドリンクより効くもんな」

幹彦もしげしげと植物を眺めた。

技能というのはアバウトなのか、観察とは鑑定のことであるらしく、そのおかげで、元気草と呼んでいた植物が体力回復効果のある成分を含むもので、回復ポーションの材料だとわかった。

今見付けたのは治癒の効果のある成分を含むもので、治癒ポーションの材料だ。

ダンジョンに生えている治癒草、または魔物が落とすポーションは、ある程度のケガの治癒は可能だが、四肢の欠損や病気には効果が認められないと分かっている。それでも、聴力や視力の回復、火傷などのケロイドの治療には効果があり、高額での取引と保険適用外での治療が行われ始めている。その順番が回って来ない人の中で資産に余裕がある人は、お守り代わりに持っている探索者に個人的に商談を持ちかけたり、入手を依頼したりするそうだが、その金額はかなりのものらしい。

まあ、まだ日本人探索者は、治癒ポーションを落とす魔物が出るところまで至っていないので、個人的依頼は海外の話ではあるし、人工的に治癒草からポーションを製作できるようになれば、価格は安定するだろう。

まだ一定レベルのポーションを製作する事ができないでいるが、各種薬草の買い取り価格は高い。化学薬品からの合成ができない以上、必ず必要とされるものだ。これは安全で安定的な収入源として、優秀な産出物である。

「草もいいが、お客さんだぞ」

チビが、人がいない事を確認して喋った。

見ると、豚のような何かが先の方に現れていた。

「イノシシだって、幹彦」

「ボタンか！」

「いや、お前達」

「わかってるよ。食用も基本ドロップ待ち、だろう？」

ダンジョンで魔物を討伐し、そのままにしておくと、魔石や、場合によっては何らかのドロップ品を残して消える。ドロップ品も有用なので、食肉はドロップしたものが基本で、どうしてもの時だけ解体することにしたのだ。

「スピードが速いのと横にも曲がれるのに注意だぞ」

チビのありがたいアドバイスの途中で、イノシシは突っ込んで来る。

「早えよ！」

言いながら幹彦は当たる寸前で横にかわし、その瞬間に斬りつけた。イノシシの首元から肩にかけて傷が入る。それでイノシシは怒ったのか、少し先で方向転換し、頭を低くしてより速いスピードで突っ込んで来た。幹彦はそれも軽やかにかわし、かわしざまに頸動脈に斬りつけた。

噴水のように血が噴き出し、そばの木や木の根元に生えている元気草などに降りかかる。

そしてイノシシはヨロヨロと向きを変え、幹彦を睨みつけ、バタンと倒れた。

「おお、やったな、幹彦。こっちは出血性ショックによる心停止かな」

僕はそばに寄って行って、イノシシの絶命を確認した。

「フフン。でもまあ、これの切れ味が凄いぞ」

幹彦はサラディードをしげしげと眺め、嬉しそうに言う。

「さあ、何が出るかな」

ワクワクして見ている先で、イノシシの死体は煙のように形を崩し、魔石と座布団くらいの毛皮を残して消えた。

「毛皮だって。座布団カバー？　かばんとか？」

フェイクファーじゃないと動物愛護団体に抗議される時代だ。本物の毛皮を何に使えというのだろう。

「まあ、フェイクファーのフリしたかばんとかじゃねえの？」

幹彦が首を傾げて言い、チビは、

「本末転倒だな」

とつまらなさそうに言った。

イノシシの毛皮は、耐久性は大した事が無いが防水で、それなら地球で流通している製品と違いがない。それでも、「ダンジョンの魔物製」という付加価値がありがたがられるようだ。

魔物なら、動物愛護団体から抗議されるとかいう事もないのだろう。

「次行くぞ」

「おう」

僕達は、魔物と珍しい野草を探しながらの、ダンジョン探索を続けた。

こっそりと地下室の魔石を交ぜて売りに出そうと考えていたのに、できなかった。低層でそんなに何かが大量発生したのかと怪しまれてしまうからだ。

「参ったな」

魔石の個人所持は禁止だ。バレたら逮捕される。

「埋めておくしかないのかな」

幹彦が言い、ロッカーのカギをかける。

チビは大人しく子犬のフリをしていたが、もう家だからと猫を被るのをやめて、大きく伸びをして言葉を発する。

「面倒くさいな、地球の法律は。いっそ向こうで換金してしまえば楽なのに」

それに、僕も幹彦もバッとチビの方を振り返った。

「何？　向こうってどっち？　まさか異世界か？」

幹彦が期待をこめてチビを掴む。

チビはたじろぎながらも、

「わ、私がどこから『じびえ』を獲って来てると思っていたんだ？」

と言うので、僕と幹彦はその言葉を頭の中で三回ほどくりかえしてから、声を張り上げた。

「異世界⁉」

「別のダンジョンって言うから、地球の別のダンジョンと思ってたよ、幹彦！」

「そもそも地球に精霊樹のある所は他にないだろう、後は協会のビルの中の枝しか。異世界の、精霊樹の所に転移していたんだ」

聞いていたけど、わかっていなかった。

「なあ。その異世界。俺達も行けるのか？」

幹彦はあからさまにワクワクしている。

「フミオとミキヒコは私とつながりがあるから行き来できるぞ。向こうで冒険者になればいい」

異世界か！　興味はあるな！

「史緒！」

期待を込めた目で幹彦がこちらを向いたので、僕も大きく頷く。

「行こう、幹彦！」

「おう！」

チビは満足げに目を細め、付け足した。

「ただし、異世界人だとはバレない方がいいだろうな。異世界の存在を、為政者と教会のトップは知っているが、秘密にしている。昔それを明かそうとした王族がいたが、急な病気で死ぬ羽目になったしな」

僕と幹彦は、カメラだ折り紙だと浮かれていたが、急に真顔になった。

「え。何それ。そんな所に行くのって危なくないのか？」

チビに思わず詰め寄った。

「バレなければ問題ない。せいぜい田舎から出て来たばかりで疎いというフリで通すのがいいだろうな」

バレたら問題なんじゃないのか？

「神獣の仲間って事でなんとかなるんじゃないのか？」

幹彦が言い出し、確かにそれもそうかと安心したのだが。

「教会に監禁されて使徒扱いで拝み奉られるかもな」

それも嫌だ。

しかし幹彦は、興味を掻きたてられたようだ。

「バレなきゃいいんだろ、バレなきゃ。戸籍とか身分証とかどうなんだ？　服装や持ち物は？」

幹彦は乗り気らしい。

「戸籍なんて、貴族しか縁が無いものだな。服装は、まあ、ダンジョンへ行く格好なら大丈夫だろうから、まずは見て確認すればいい」

チビがそう言うものだから、幹彦はすっかりその気になってしまった。

「それならまずは確認に行かないとな！」

「え、危なくないのか？」

「大丈夫だって。もしヤバくなったら、またこっちに逃げて来ればいいし！」

自信満々に言って笑う。

どうしよう。気になるのは気になる。行くか？　でも……。

「こっちにはない薬草とか、魔道具なんかもいっぱいあるなあ」

チビがそう言う。

「バレそうになったら、すぐに逃げるからな！」

好奇心には勝てなかった。


都心のど真ん中とは言えないが、観光地の大通り程度には人通りがあった。

「ここが異世界か」

ポツンと小声で呟く幹彦に、チビが訂正を入れる。

「正確には、その中のマルメラ王国キルジイラ領のキルジス州エルゼだな。ダンジョンに近いし魔物が巣くう魔の森にも近いから、冒険者の多い町になっている」

僕達は初め、チビに連れられてこちらの精霊樹のあるところに行った。

チビと並んで地下室の精霊樹の下に立つと、体がふわりと浮くような、あるいは重力がらせん状にかかるような不思議な感覚に見舞われ、気付いたら周囲の景色が一変し、異世界の精霊樹が目の前にそびえ立っていたのだ。

異世界への転移というものが行われた瞬間だった。

ところがそこは、ほかに何も住まない、人が辿り着くのさえ困難な僻地で、町はおろか村にも遠かった。

そこで、主な教会にあるという精霊樹の枝の周囲に転移する事にしたのだが、大抵は人目の多い場所に枝があり、転移すれば嫌でも目立つ。その中でここだけは、精霊樹の枝の下の地下部分を真っ暗な廊下にし、人が死んであの世へ行き、あの世から再び母の胎内に宿って生まれるまでの壮大な黄泉路に見立てていた。長野県の善光寺の胎内巡りみたいなものだろうか。ここなら真っ暗で転移は見られないし、「あれ？　入る前にこの人が前だったっけ」という顔をされても、暗い地下で順番が入れ替わったのだと当たり前の顔をしていれば、どうという事は無い。

なので、今後も異世界側の出入り口はここにしようと決まった。

アスファルトもビルも、自動車も自転車すらも見当たらない。馬車が走っている。道路は土かレンガか石畳のようで、建物は木造か石造り。住民の服装は、色やデザインが地味なカジュアル服とでも思えば、そう違和感がない。ただ、靴は革が普通らしい。

冒険者と思われる人はその上に防具を着けたり、武具を所持しているが、デザインにそう変わった点はなさそうだ。

「時代が戻ったみたいだな——知らないけど」

幹彦が目をキラキラさせて言う。

「ああ。それに服装は確かにこれで何とか誤魔化せそうだな」

言うと、子犬のフリをしているチビが、

「防具や武器は、多少変わっていても魔物を加工したものかと思われるだけだから心配ない」

と請け負う。

「まずは早速、ギルドに行って登録しようぜ」

「確かに、身分証は必要だな」

連れ立って、剣と盾がデザインされた看板がかかる冒険者ギルドを探す事にした。

探しながら歩いていると、道の両サイドに並ぶ色んな店で、買い物客や店員がやりとりをしているのが見えた。

すぐそばで女性がバゲットを一本買おうとしていたのでさりげなく近寄って横目で見ると、受け取り、店員に茶色い貨幣を渡している。

その先では、子供が白い貨幣を店先の飴玉と交換していた。

白いのが十円玉、茶色いのが百円玉ってところか。そう予測すると、この上にもまだ、何種類かの貨幣が存在しているはずだ。

なおも歩いていると、剣と盾のイラストの看板がかけられた建物が出て来た。

「そこが冒険者ギルドだ」

小声でチビが言う。

「身元保証者がいない場合は、登録料がそこそこかかる。魔石を八つほど売っておけ」

「保証人かあ。確かに、身元がはっきりしない人間に身分証明証を出すんだから、おかしな奴にギルドに入られちゃあ困るって事だろうな」

言うと、幹彦は首を傾げた。

「マンガでは、犯罪の有無がわかる魔道具なんてものが大抵出てくるんだけど?」

「そんなものはない」

「犯罪の種類とか時期とかも指定しないと大変だろうからなあ。もう刑期を終了したものとか、ポイ捨てとかの軽犯罪も含まれそうだし」

それで幹彦は苦笑し、

「ま、そういう事だろうな」

と言って、ドアを開いた。

どこかに似ていた。

「あ。郵便局」

幹彦もポンと手を打つ。

「それも小さいやつだな！」

カウンターがあり、いくつかある窓口に職員が座っている。そしてその前に冒険者と思しき人たちが並んでいた。順番を待つチケットとか札とかは無いらしい。

壁にはたくさんの紙が貼ってあり、冒険者たちがそれを眺めている。

カウンターの窓口に目を戻すと、若い女性の所は列が長く、男の所は短い。僕も幹彦も、男のところでいいので、願ったりかなったりだ。

その中でも、端のひとつが全く誰も並んでいない。よく見ると、「案内・登録」という札が出ていた。

「あそこか」

幹彦が嬉しそうに言って、咳払いをひとつし、近付いて行った。僕は幹彦の後ろからついて行く。

そこでようやく気付いた。

「なんで日本語が通じるんだ？」

「あ……そうか、あれだ。大抵こういう時って、言語理解とかいう感じの奴があることになっているぞ、史緒」

それはマンガだろうに。

するとチビがこそっと言う。

「私の関係者特典みたいなものだろう」

「ああ、そういう」

ありがたい。

僕と幹彦は納得し、窓口に近付いて行った。

「登録したいのですが」

幹彦は愛想よく話しかけた。

「いらっしゃいませ。冒険者登録ですね。身元保証人はいらっしゃいますか。いない場合、一人金貨一枚いただく事になりますが」

職員はまだ若い子供のような男だが、にこやかにそう言う。金貨の価値がわからない。

「保証人はいないな。それと、ああ、田舎から出て来たばかりで、現金もないんだ。魔石があるから、それを現金化してそこから払いたいんだけど」

そう言って幹彦がこちらを見るので、僕はカバンから適当に魔石を取り出してカウンターの上にゴロンゴロンと置いた。チビの助言に従い、八つだ。

「失礼します」

そう言って、職員は魔石をひとつひとつ確かめるように見て並べ替えていった。

「傷もありませんし、全部で金貨四枚と銀貨四枚になります。よろしいですか」

幹彦は嬉しそうに頷いた。

「では、こちらの登録用紙に名前を記入してください」

用紙を差し出される。

ふむ。和紙より薄い白い紙だ。製紙の技術はそこそこ発展しているらしい。

しかしペンは、羽根ペンだった！　インクをつけて書くらしい。

チラリと横目で見ると、幹彦も困ったような顔で横目をこちらに寄こしていた。

中学の時に、マンガを書く趣味の友人がいた。その友人がGペンとかいうインクにペンを浸して書くペンでマンガを書いており、インクをつけ過ぎたり力を入れ過ぎたりしたらインクが出過ぎてダメだと言って、難しいと練習していた。

今ここで練習する時間はない。

僕はいつも胸ポケットに挿しているボールペンを出すと一本を幹彦に渡し、お互いそれで名前を書いた。

ひそひそと、

「魔道具か？」

「まさか貴族なんじゃ」

と声がする。

窓口の職員が、困ったような顔で僕と幹彦の名前を書いた用紙を見て言う。

「申し訳ありません。ギルドは立場上、国からの介入を拒否する場合があります。ですので国に帰属する貴族や騎士は加入できない事になっています」

「は？　いえ、俺達は庶民です」

「虚偽の場合、罰則もありますよ」

「間違いなく、庶民ですよ。な」

「うん、庶民です」

僕も頷いて同意する。

職員は少し僕達を見て逡巡していたようだが、笑顔を浮かべ直した。

「わかりました。では次に、ここに指を置いて指に針を刺してください」

上に針の付いたピラミッド形の何かで、向こう側にスリットがついていた。

「じゃあ」

幹彦が無造作に針に手を伸ばすのを、僕は慌てて止めた。

「待った！　ちょっとストップ！」

恐ろしい事を！

「あの、針の消毒は済んでいますか」

そう訊くと、職員は一瞬ポカンとした顔をし、周囲の人間は黙った。

「えっと、前の人の血は拭いていますよ？」

そういう職員に、僕は針の使い回しの恐ろしさを説いた。

「いいですか。キチンと消毒しなければ感染症の原因になり得るんです」

「は？　はい、はい？」

「肝炎やエイズ、エボラ出血熱。重篤《じゅうとく》な病気に感染する危険性もあるんですよ」

「えっと、すみませんでした」

しどろもどろに職員が言い、わかってくれたらしいと、僕は指先から小さい火を出して針を炙った。

「こんな事なら消毒液を持って来るんだった」

そうしてまずは幹彦が針で指を刺す。するとカタンと音がして、スリットから金属片が出て来た。

「はい、できました」

針を拭い、また火で消毒し、今度は僕が指を刺す。するとカタンと音がして、スリットから金属片が出て来た。

「できました」

差し出された金属片を受け取り、見る。

フミオ・アソウ
エルゼ冒険者ギルド

そう刻印されていて、チェーンを通せる程度の穴が開いていた。

「ドッグタグと同じようなものだなあ」

幹彦が小さい声で言った。

「依頼を受ける時、報告する時、これを出してください。別の支部に行ってもこれを出してください。それと、別の領や国に行った時も、これで通行料が無料になったりします。失くした時はすぐに最寄りのギルドへ報告すること。あと、失くした時は再発行に銀貨五枚かかりますので、注意してください」

最初よりも早口で職員は説明をし、「新人冒険者のしおり」と魔石を売ったお金から登録料を引いた分をもらって僕達はギルドを出た。

通行の邪魔になってはいけないと、横の路地に入って足を止めた。

「ふう。無事に登録は済んだな」

幹彦が言って、タグを感慨深げに見る。

「いや、無事かどうかはまだわからんようだぞ」

僕と幹彦の間に座っていた小さいチビは、そう言って後ろを振り返った。

僕と幹彦が振り返ると、ガタイがよくてガラの悪そうな男が三人、ニタニタと笑いながら近付いて来るのが見えた。

男達は、古い傷だらけの防具を着け、腰に下げた剣に手をかけていた。

「新人だろう。先輩として色々と教えてやるぜ」

どうも、ギルドにいたらしい。

「幹彦。これはまさか優しい親切な先輩？」

「カツアゲか強盗だろ」

言いながら幹彦も刀の柄に手をかける。

「どこにでもいるんだなあ」

言って嘆息している間にも、彼らはゆっくりと近付いて来る。

「兄ちゃん達。まずは有り金を全部出しな」

「言う事を聞けば、ケガはしないで済むぜぇ」

そう言い、とうとう剣を抜いた。

幹彦は目を据え、刀を抜いて返した。峰打ちで済ます気らしい。

「消えろ」

幹彦が言うのに、彼らは薄笑いを浮かべた。

「しかたねえな。じゃあ、まずは最初に、『先輩の言う事には絶対服従しましょう』だ」

ギャハハと笑いながら、剣を振り上げて襲い掛かって来る。それに対して幹彦は、スッと静かに半歩進み出た。それで、その男は崩れ落ちた。

幹彦の剣技は、とてもきれいだ。流れるように、しなやかに、舞うように。

こうなる事はわかっていたから、僕は後ろでのんびりとしているし、チビも丸くなって欠伸をしていた。

「な、この野郎!」

残りが激昂《げきこう》し、剣を握って突っ込んで来る。

その中をスイと泳ぐように幹彦は動き、刀を振るった。

「これに懲りたら、二度とこんな真似するなよ。先輩」

幹彦は瞬く間に彼らを打ち据えて地面に引き倒し、不満の残る顔付きで刀を納めた。

「はあ。一応警察に言う方が――いや、警察ってないよな」

「ギルドの人に言っておくか」

「そうしよう」

僕達は唸って起き上がれない彼らに背を向け、ギルドに報告すべく歩き出した。

その背後で、魔力が動いた。

「ん？」

振り返った僕は、中の一人が、地面に這いつく蹲ったまま構えた両手の中に火の球を作り出すのを見た。

「へへ。この距離ならいくら低級の魔術でも無事じゃ済まねえぜ！　ザマア見ろ！」

僕は唖然としていた。何てしょぼい火の球だ！

しかしその僕達の目の前に、いきなり土の壁ができた。

「大丈夫か⁉」

声は背後の大通りの方からした。男三人組が立っており、中の一人が片手を前に突き出していた。

この彼が、土の壁を魔術で作ったのだろう。

「敵、じゃなさそうだな」

幹彦がぼそりと小さな声で言う。

その三人も同じく冒険者なのだろう。三人共使い込んだような防具を着け、所々に返り血らしきものが見える。年齢は全員、二十代半ば頃だろうか。

土の壁を作った男は、弓を肩にかけて、呆れたような顔付きをしている。

剣を腰に差した男は、いかにも怒っているという顔付きだ。

大きな盾を背負った男は、顔をしかめ、

「お前らか……」

と言って溜め息をついた。

「噂は聞いていたが、本当だったんだな。これはれっきとした犯罪だぞ。衛兵に引き渡すから、観念するんだな」

剣を差した男が吐き出すように言って、背負っていた袋からロープを取り出す。

「ギルドに突き出しとけばいいんじゃねえの？」

面倒くさいというように弓使いが言った時、土の壁はさらりと崩れ、剣を持った男はつかつかと倒れたままの男達の方へと歩いて行った。

「一緒に行って事情を説明してもらえるか」

まあ、確かに当事者としてそれは必要だろう。

幹彦もそう思ったらしく、軽く目を合わせると、

「勿論です。ありがとうございました」

と笑顔で答えた。

襲って来た男達を盾の男と剣の男とで拘束して再びギルドへ戻ると、中にいた冒険者たちやカウンターの職員達は、「やっぱり」というような顔付きをした。

「明けの星だ。たまたま、こいつらがこの二人を襲おうとしている所に出くわした」

それに職員は頷き、言った。

「ありがとうございます。まあ、新人で、金貨も持っていて、魔道具を持っているほどですから。危ないとは思ってたんですよね」

じゃあ注意しろよ、と思ったのは僕だけでなく幹彦もだったようで、ムッとした顔をしていた。

軽く事情を説明し、明けの星の三人が今日入手してきた獲物を売ると、まあ礼をという事で、隣に併設されているカフェ——ではないな。居酒屋に席を移した。

「あいつらは行き詰まって足踏みしてるやつらでな。新人を食い物にしているという噂はあったんだ。先輩が、デビューしたての子供の面倒を見るならともかく、カツアゲしてどうするんだ」

盾の男、グレイがそう言って憤る。

「冒険者も玉石混淆《ぎょくせきこんこう》だ。気を付けろよ。困ったときは俺達に相談してくれればいい。これも何かの縁だ」

そう言って笑うのは、剣の男エインだ。

「はあ。助けるなら女の子でしょうが。何で男二人なわけ」

弓の男、エスタがテーブルに肘をついて嘆息する。

「女好きもいい加減にしろよなあ、エスタ。あっちもこっちも声をかけて。そのうち刺されるぞ」

エインが呆れたように言うと、エスタは、

「本望さ。女はいいよな。お前らだってそう思うよな」

とこちらに言って来たので、僕も幹彦もブンブンと首を横に振った。

「いや、女はちょっと」

「うん。ちょっと、勘弁」

それでエスタもエインもグレイも一瞬黙ってから笑顔を浮かべた。

「人の好みもそれぞれだしな」

「ああ。俺達は違うけど、同性同士の婚姻も認められているしな」

「そうだ。いい友達になろうぜ」

それで僕と幹彦もハッとした。

「そういう意味じゃねえよ」

「うん、違うから。男が好きなわけじゃないから」

チビが呆れたように溜め息をついて、丸くなった。


家へ帰っても良かったのだが、こちらの食事なども気になり、取り敢えず一泊して平均的な宿に泊まってみる事にした。

一泊夕食、朝食付き、二人部屋で、二人合わせて金貨一枚と銀貨四枚。

早速部屋へ行くと、ベッドが二つに小さいテーブルとイスが二脚、タンスが一棹《さお》。風呂は別料金で貸りるか近所の公衆浴場へ行くか、たらい一杯の湯を別料金でもらってこれで体を拭くか。もしくは魔術師の場合、自力で湯を出して済ませるらしい。

トイレはついており、日本の汲み取り式便所に似ていたが、汲み取りではなく、下の方にスライムがいた。

「これは普通なのか？」

スライムを睨みつけながら訊くと、

「さあ？　別に高級宿でもないし、普通の事なのかもな。でも、田舎はまた違うのかな」

と幹彦も、スライムを凝視しながら答えた。

どうやら、跳び上がって来たりする様子はない。

なのでやや安心して、ふたを閉め、トイレを出た。

もらった新人冒険者のしおりを開く。

人に迷惑をかけないようにしましょうとか、一般人に暴力をふるうと重い罪に問われます、などという常識がまず並んでいた。

次は依頼の受注と報告だ。ギルドの壁に貼ってある依頼票から受注するものを選び、紙を剥がしてカウンターへ持って行く。そこで受注手続きを取る。薬草採取などの常設依頼の場合は、受注手続きは必要ない。

依頼を完遂したら、または薬草などをとって来たら、カウンターへ持って行き、報告及び買い取りとなる。

依頼失敗の報告もカウンターで行う。

依頼の失敗が続くとペナルティーが発生するので、受注は自分の力をよく考えて行う事。

ダンジョンの魔物は死んだら魔石などを残して消えるが、ダンジョンの外の魔物は、魔石や討伐の印、売りたい部位などを自分で解体して持ち帰るか、丸ごと持ち帰って有料で解体してもらうかしなければならない。

読んでいて、僕と幹彦はうんうんと頷き合った。

「ダンジョンの外の魔物云々はともかく、その他は日本と同じシステムだな」

「どうしてもやり方なんて同じようになるものなのかねえ」

そして最後に、主な薬草と魔物の一覧が図解付きで載っていた。

これは役に立つ。

子供が図鑑を見て楽しむように、僕と幹彦は夕食だと呼ばれるまでそれに夢中になって、これがカッコいいだとかこれはどうやって倒すべきかだとか話していた。

それで、夕食だ。

下の食堂に行くと、宿泊客以外もテーブルに着いて飲食していた。宿泊客がテーブルに着くと、宿の従業員が食事を持って来てくれるらしい。

出て来たのは、何かの肉を焼いたもの、パン、スープ、野菜サラダ、果物だった。

ランチセットという感じか。

別料金でビールを頼み、

「いただきます」

と手を合わせて食べてみる。

「ポークソテーか」

「うん、美味いな。ソースは赤ワインベースか」

パンはバゲットくらいの硬さだった。果物は見た事の無いもので、見かけも味も桃に似ていたが、果肉がもう少ししっかりしていて、目を閉じて食べれば、桃の味のりんごみたいだった。野菜にはドレッシングなどはなく、塩をかけて食べるようだ。

「マヨネーズかドレッシングが欲しいぜ」

「この果物、美味しいな」

カトラリーはナイフとフォーク、スプーンと馴染みのあるものだったので、戸惑う事もなかった。僕も幹彦もリラックスして食事を楽しんだ。

チビにも肉と果物と水をもらい、僕達は部屋へ引き上げた。

そして、貨幣をテーブルの上に並べてみた。

「大体わかったな。一番安いのがこの白い硬貨で、十円玉程度かな。次は茶色ので、これは銅かな。たぶん百円くらい。次は銀で、千円かな。金はその上で一万円。たぶんだけど」

幹彦もふんふんと覗き込む。

「お釣りの感じからしても、そんな感じだな。この上とか下もあるのかもしれないけど、今のところはわからないな」

チビは満腹になって眠たくなったのか、丸くなって寝ている。

「明日はこっちのダンジョンへ行ってみようぜ。違いがあるのかないのか」

「そうだな」

それで僕と幹彦は、そうそうに寝る事にした。気分は、遠足前か修学旅行一日目だった。


その頃食堂では、僕と幹彦について居合わせた客達が噂をしていたらしい。

「見たか？　ナイフとフォークの使い方」

「あんな上品な食べ方、まさか貴族かねえ」

「こんな宿に貴族が来るもんかよ」

「訳ありなんじゃや？」

「跡取りあたりが、若いうちに武者修行とかかもしれねえ」

「ああ、たぶんそうだ」

そんな会話がなされていたらしく、日本人にとっては普通のマナーだったのだが、貴族疑惑がここでも起こっているとは想像もしていなかったのだった。


パン、コーヒー、サラダ、ウィンナーとプレーンオムレツというシンプルな朝食を摂り、僕達はチェックアウトした。

そしてギルドに来ると、チビが踏まれないように抱き上げながら、幹彦と並んでどういう依頼があるのかと依頼票を眺めていた。

「色んな依頼があるんだなあ。何か、簡単そうなお遣いって感じのやつもあるぞ」

「こっち見ろよ、史緒！　ドラゴンだってさ！　凄えな！」

「ワン」（お前ら、いい加減にしろよぉ）

はしゃぐ僕達の横で同じように依頼票を見ていた冒険者たちが、数人、鼻をヒクヒクとさせて言った。

「何かいい匂いしねえか？」

「何だろう。花？」

「香水か？」

「おいおい。どこの冒険者が香水なんてもん使うってんだ——本当にする？」

そして、一人、また一人と、僕と幹彦に目を向けて固まる。

「え？　何ですか？」

寝癖だろうか。それともシーツの跡がまだ消えてないとか？

そう思ってさりげなく髪を押さえるようにして、気付いた。

昨日の宿のベッドは硬く、シーツはごわついていたが、お日様の匂いがして清潔だった。

たぶんこちらでは柔軟剤はないのだろう。

僕のも幹彦のも、洗濯物は最後に柔軟剤を入れて柔らか仕上げをしている。それほど匂いのしないタイプだが、全く匂いのしないこちらの服の中では、目立つかもしれない。

そう思ったところで、エインに肩を叩かれた。

「おはよう！　ん？　いい匂いがする？」

動くたびに匂いが立つとかいう柔軟剤だ。叩いた事で匂いが立ったらしい。

「まさか朝から花を浮かべた風呂に入って来たのか。そういう事するのは、貴族か美女だろうに」

エスタが鼻をヒクヒクさせて言う。

「そう言えば服も、随分といい生地だな」

言われてみれば、皆の服よりも、柔らかそうなのにシャキッとしている。柔軟剤って凄いな。

と言っている場合ではない。

「まあ、田舎から出て行くからっていうんで、その、張り切ってみたんだぜ！」

幹彦が言い訳をし、それは苦しいんじゃないかと心配したが、

「なんだ、そうかあ。やっぱり貴族のおぼっちゃんかとおもったぜ」

と笑われ、通じた事に驚きながらも安心した。

「これからか？」

グレイが訊く。

「ああ。まあ、どんな依頼があるのかと思って見てたんだけどな。そろそろ行くか、史緒」

「そうだな。そろそろ行こう、うん」

僕と幹彦は手を振ってギルドを出た。

背後で、

「やっぱりあいつら貴族じゃねえのか?」

「貴族のご落胤《らくいん》とかかも」

と疑惑が再燃していたけれど、聞いていないふりをした。

「柔軟剤を使うのはやめようぜ。考えたら、匂いがするのは魔物にもまずいかもしれないし」

「ああ。うかつだったな」

そう言って、ダンジョンへと向かって歩き出した。


ダンジョンそのものは、地球のものと大差はないようだった。

まあ、日本にしろ海外にしろ、地球のダンジョンは入り口をガッチリと武装した人員で警備している上に物理的にも出入りをきっちりと管理しているが、こちらはタグを見せれば出入りできる。

一階は洞窟で、スライムばかりだった。ここにいるのは若い冒険者ばかりで、どうも新人しかいないようだ。

二階に行くとそこも洞窟ではあったが、イヌやウサギとすぐに会敵した。

「ここらから行こうぜ、史緒!」

「わかった!」

幹彦は張り切って飛び掛かって行った。


地下室から家に戻り、片付けをするのももどかしく風呂に入った。

そしてさっぱりすると、一緒にリビングで、取り敢えずビールで乾杯する。

「ああ、やっぱり風呂はいいなあ」

拭くだけとか嫌だし、共同浴場をちょっと鑑定したら、菌が繁殖していた。あそこに入るのも嫌だ。かと言って、風呂を借りるとバカ高いし、たらいじゃ行水でしかない。

「風呂もだけど、ベッドもなあ」

幹彦が首をコキコキとしながら言う。

ベッドは硬く、掛け布団は重く、敷布団はチクチクとした。

「向こうもいいんだけど、生活するにはちょっと、アレだな」

「だなあ」

すると大きな姿に戻ったチビは伸びをして笑う。

「こちらが快適すぎるのだと私は思うがね」

「まあ、一昔か二昔前は、ああいうのが普通だったんじゃないかとも思うけど」

幹彦は言って、ビールをグイッとあおった。

「通勤する？　地下室とあの胎内回帰みたいな所を使って」

「毎日教会のアレで厄除けする信心深いヤツって言われるぞ」

想像して、一緒に噴き出した。

「いっそ向こうで家でも買えばどうだ？　そこに精霊樹の枝を植えればいい」

チビが言うのを、お互いに想像してみる。

「いいな、それ！」

「おう！　それでこっちとの行き来も自由だし！」

「じゃあ、不動産屋をまわろう、幹彦！」

「おう！　風呂は欲しいけど、いざとなればここに戻れば済むしな」

「トイレもそうだけど、これはいるかな。もし誰かが来たら、変だと思われる」

「だな。カモフラージュの為だけど、別荘みたいな？」

「いいな、それ。隠居屋敷だ」

僕達はウキウキとして、とにかく向こうの世界の生活のために、分かった事を整理する事にした。

今日、ダンジョンで得た魔石やドロップ品にこちらの地下室の魔石を加えて売った売上金を並べる。

「貨幣の種類はこれだけみたいだな」

一番下が白い石貨で十円ほど。次は茶色い銅貨で百円ほど。それから銀色の銀貨で千円ほど。金色の金貨で一万円ほど。その次は金貨の縁を水晶が縁取った水晶貨で、十万円。その上からは板貨と呼ばれる金属板で、百万円、一千万円があるそうで、刻印が不正に変えられないように魔術処理を施してあるそうだ。

流石にこの板貨はここにはない。

「食べ物や宿の宿泊料金はあまりこっちと変わらないみたいだけど、服は高かったな」

それには深く同意した。

こちらのように工場での大量生産がないため、服は手縫いのオートクチュールだ。当然高くなる。

なので、貴族は違うらしいが、庶民はサイズが合わなくなればそれを古着屋に売り、そこで新しい中古品を買うのが普通らしい。もしくは、生地を買って来て自分で仕立てるか。

靴も、庶民は店で履いてみてサイズ的に近いものを選ぶようだ。ただし、貴族と、足元が大事な騎士や兵士や冒険者は、誂えるそうだ。

「向こう用の服が欲しいな」

言うと、幹彦も頷く。

「通気性とか耐久性とか伸縮性とかは大事だし、魔物由来の物って言えば誤魔化せそうだから、仕事用はこっちのものでいいけどな」

「うん。あと、柔軟剤は向こうの服には使わないようにしよう」

チビは膝に頭を乗せて服にスリスリと頭を擦りつけて残念そうに言う。

「肌触りがよくていい匂いがするから私は好きなんだがなあ」

「こっちの普段着はこのままだから、チビ」

僕と幹彦は、チビのフワフワの毛を存分にかき回した。

第二章

隠居修行は忙しい

一・若隠居の絶望と希望は手をつないでやってくる

翌日、エルゼへ行こうと地下室へ行きかけた時、電話が鳴り出した。

「何だ……え、マンションの管理会社？」

突然ここから電話が入るなんて、不吉な予感しかしない。

「何だろう。空調設備が壊れたとか？　それとも壁面がはがれたとか、天井か床が落ちたとか、水道管が破裂したとか」

嫌々だったが、湧き上がる不吉な予感を抑えつけながら電話に出た。

「はい。麻生です」

途端に、うちの担当の営業マンが焦ったような声をあげた。

『ああ、麻生さん！　大変です！』

胃がキュッとなる。一体どの大変なんだろう？

しかし返って来た言葉は、予想をはるかに超えていた。

『マンションの裏に未発見のダンジョンがあったらしく、氾濫を起こして、マンションが！』

ふうっと気が遠くなった。

「史緒⁉」

「フミオ、しっかりしろ！」

幹彦が慌てて体を支え、チビが大きくなって背中の下に入る。

『麻生さん⁉　麻生さん！』

電話の向こうから声がして、僕は気を取り直した。

「すみません。それで、どの程度の被害が」

『テレビを点けてもらえたら中継でもやっていますけど、ダンジョンの外に出た魔物にはミサイル攻撃できるんじゃないかと自衛隊が攻撃したのもあって、崩落しました』

幹彦が漏れ出る声を聞きとってテレビを点けに行った。

画面にはもうもうと土煙だか爆炎だかが立ちこめ、その奥に、廃墟と化したマンションと岩などでできているというゴーレムが見えた。

そのゴーレムが腕を振るうとマンションの壁面が容易く破壊され、ゴーレムに向かってミサイルが飛ぶと、爆発の後、ゴーレムは壊れていたが、マンションも壊れていた。

「……これ……うちの、マンション……？」

床にガックリと膝を突く。

「うおお、凄いな」

チビは声を上げ、幹彦は気づかわし気な目を僕に向けた。

『今現地にいるんですが、できればこっちに』

「……わかりました。今から向かいます」

電話を切ると、引き攣った笑いが浮かんだ。

「建設にかかった費用のローンはそのまま残るんだよな、こういう時」

「史緒、それって」

「億だよ、億」

「……隠居してる場合じゃなくなったぞ」

幹彦が言うのに僕はガックリと首を垂れ、現場に向かうべくよろりと立ち上がった。


マンションは——いや、元マンションは、すっかり崩れ果てて瓦礫の山となってしまっていた。

万が一魔物がダンジョンから溢れ出てしまった時は、大多数の国民の命を守るために、一時的に個人の持ち物などを接収したりすることができると法律で定められているため、マンションは壊してしまう事に決まったらしい。そしてその事では、僕も住んでいた住人も、文句を言えないのだ。

住人は取り敢えず用意された住居に入ったあと、国からそれなりの手当てをもらって新しい住居に引っ越す事になるそうだ。

でも僕は、何もない。まあ、完全に壊して更地にするところまではしてくれるそうだから、壊す費用と瓦礫の撤去費用だけは出さずに済んだと喜べと言うのだろうか。

マンションを建てた時の建設会社も、建設費のローンを組んでいる銀行も、ローンをチャラにはしてくれない。

「ああ……虚しい……」

色んな人が、機械的に、あるいは同情的に説明してくれたが、僕が安穏として隠居生活を送る計画は、先送りになりそうだ。

チビはくうんと鳴いて濡れた鼻先を押し当て、幹彦は肩を叩いて元気付けようとしてくれている。

「何で気付かなかったんだよぉ」

マンションの裏にある山は、いわゆる相続人が不明になっている山で、ダンジョンの管理不行き届きで裁判を起こそうにも、それで解決できる確率はゼロだ。

「とにかく、現場に行くか」

重い溜め息をついて、僕はイヤイヤ立ち上がった。


瓦礫の山の間に、タンスや絨毯や家具などの残骸が見える。このマンションの元住民の持ち物だ。

「見事だな」

関係者と幹彦と並んで元マンションを見ていた。

住民の避難が間に合ってけが人や死人が出なかったのが奇蹟のように思える。

「お話しした通り、住民の方は政府が用意した仮設住宅に移り、それから、補償金をもらって生活を立て直すことになります。住民の方への何かしらの補償は、麻生さんが負うことはありませんし、もし裁判を起こされる事があっても、負ける事はありませんし、その時は我が社の顧問弁護士がなんとかしますので、ご安心ください」

不動産会社の社員が、そう気遣うようにして言った。

「はい。その時はよろしくお願いします」

神妙に頭を下げると、やや申し訳なさそうに、防衛省の官僚が口を開く。

「どうしても出ていた魔物を無力化するために、マンションを含めて攻撃対象にするしかなく、ええ、これは法律でも」

「はい、それはわかっています。あれが出て来て、人が生身でどうにかできるとは思えませんしね。仕方がないでしょう」

転がったゴーレムを見て、引き攣った笑みを浮かべる。

全長五メートルもある、二昔ほど前のロボットのようなものだ。鉱石や金属でできているので硬い。それが暴れてマンションの破壊をし、ミサイルで狙うのに邪魔になるマンションを壊した訳だが、ダンジョン内ではなく周囲は生活空間だし、そこにいるのは一般人だ。とにかくそこから進ませずに早く倒さないと被害が大きくなるのは目に見えている。だから自衛隊の作戦に文句を言うつもりはない。

官僚は目に見えてほっとしたように表情を緩めた。

「ご理解いただき、ありがとうございます。撤去はこちらでして、更地にいたしますので」

「よろしくお願いします」

撤去費用もバカにならないからな。

「建設費のローンですが」

次は銀行員が、申し訳なさそうにしながらも強気な顔付きで口を開いた。

「災害などで現物が無くなっても、ローンは関係なく残る事になっておりますので、これまで通りに返済をお願いする事になります」

僕だけでなく全員が、何とも言えない顔になった。

「でも、何とかならないんですか？」

幹彦が言うが、銀行員は申し訳ないと眉を下げて笑った。

「個人的には大変心苦しいのですが、そういう決まりになっておりますので。免責事項にはあてはまりません。あと、間違いなくこの辺りの地価が急落するでしょう。あの土地を売っても、借り入れ分には届かないかと思います」

よろりと倒れそうになった。

「まあ、これまでの返済額は難しいというのであれば、月々の返済額を減らして期間を長くするという契約に変更が可能ですので」

それは、死んで生命保険で返すとかいう話になるのだろうか。

幹彦が何か言いかけて口を閉じ、チビは気遣うように手の甲を舐めた。

「少し、考えさせていただいてもよろしいでしょうか」

「はい、もちろんです」

そこで今度は色々な書類にサインするために、全員で近くの貸し事務所に場所を移した。

裏の山にひっそりとできていたダンジョンは、入り口付近だけは探索者が入って安全を確認しており、その外側を自衛隊が囲んで侵入者がないようにと備えている。

「氾濫が収まったのだけは良かったな」

幹彦が言うように、ダンジョンは普通程度の静けさと危険度を取り戻したと判断されていた。これからはここも、攻略対象になる。

「フフフ。できれば憎いこいつをどうにかしてやりたいな」

低い声で笑うと、幹彦は恐る恐るというふうに訊いた。

「どうにか？　攻略するってことか？」

「そうだな。それで、ダンジョンボスってやつがいるなら、泣くまで攻撃して土下座させるとか」

チビは寝そべっていたが、ムクリと体を起こして嬉しそうに言った。

「よし。じゃあ、あそこのダンジョンを攻略するんだな。任せておけ」

殺る気だ。

「それにしても、サラリーマンにはきつい返済額だろ？　よっぽど探索者としてがんばらないと……会社員をやめて自由業になったのに、やる事は同じ？」

幹彦は愕然とした顔をした。

「怪獣映画とかって、怪獣を倒して万歳で終わるけど、その後にもまだ戦いはあるんだなあ。地味だから全然出て来ないけど」

僕はフッと笑った。

何とかしないと、隠居どころではない。

先程から、目が合った魔物は体をびくつかせ、どうかすれば逃げ腰になる。

「ここのダンジョンの魔物はおかしいな」

言うと、幹彦がポリポリとこめかみを掻いた。

「いや、史緒の殺気というか、それが強くて、弱いやつがビビるほどなんだけど」

僕と幹彦とチビは、早速発見されたダンジョンへ来ていた。氾濫は終わったと思われるが確認するために探索者の募集がなされたので、それに応募する形でこの憎いダンジョンに来てみたのだ。ヤケクソというか八つ当たりで、見付け次第攻撃していた。たまたま近くに誰もいない事もあり、好きなだけ好きな魔術を撃ち、幹彦共々薙刀と刀を振り回していた。

それでもマンションのように壊れたりしないのがダンジョンの不思議だ。その場は多少壁などが崩れても一定以上は壊れないし、時間が経つと補修されている。これを住居にでも取り入れれば、さぞ頑丈な建物ができるだろう。

「四階は異常なしだな」

言うと幹彦は頷いて、

「この辺の魔物は小物すぎるな。もう少し進もうぜ」

と、言った。

「何か、ベテランみたいだなあ」

「へへっ、俺もそう思った」

笑いながら五階へと進み、鬱憤《うっぷん》を晴らすかのように目に付いた魔物を狩りまわったのだった。

ドロップ品や魔石を換金した僕達は、更衣室で着替えて帰る用意をしていた。

「やっぱり人が多かったなあ。特に今日は解禁初日だからこの近くの人しか午前中はいなかったけどよ」

幹彦はそう、刀を丁寧にバッグにしまいながら言った。

今日の朝から例のダンジョンへ行って来たのだが、午前中は空いていたのに、午後になるとやたらと探索者が増えて来たのだ。

見付けた魔物の数より、探索者の数の方が多い。

「あれじゃあ時間の割に得る物が少なすぎるから、まあ、そのうち勝手に減るだろうけど」

「皆そう思って、なかなか減らないって事もあるぜ」

「……ありえるな」

僕と幹彦は、肩をすくめた。

何と言ってもダンジョンが少ない。特に今は探索者にさほどの開きがないので、全員が低階層でかち合う事態となっている。

「これじゃあ、魔石とかドロップ品でローンを返すのは難しいんじゃやねえ？　あっちで貰える金は、こっちじゃ通用しないんだし」

こそっと、小声で幹彦が言った。

「それだよなあ」

頭が痛い。向こうでのドロップ品などをこちらで換金するにも、怪しまれるのが目に見えている。

荷物を持って更衣室を出て、駐車場の車に向かおうと歩き出す。

ズラリと並ぶ長蛇の列が二本あった。

「何、あれ？」

言うと、幹彦がああ、と言う。

「バス待ちの列とタクシー待ちの列だな」

「へえ。凄いな。今待ってる人だけでも、バス三台分以上いるだろ？　しかもギュウギュウ詰めで乗るんだろ？」

考えただけで酔いそうだと顔をしかめると、幹彦はそんな僕の顔を見て笑う。

「史緒はバスに弱いからなあ」

「バスで遠足の時が本当に嫌だったよ。徒歩で行ける所にすればいいのにって……あ……」

「史緒？」

訝し気にこちらを見る幹彦に、僕はニヤリと笑みを向けた。

「寄り道してもいいか？　早い方がいいかなって」

幹彦は僕の顔をちょっと見つめ、

「株は危ないぞ。それに宝くじもやめとけ。お前のくじ運は最低だからな。二七回連続スカなんてめったにない悪さだぞ」

と大真面目に言った。

ダンジョンによる打撃は、ダンジョンに支払ってもらう。

「探索者専用マンションですか」

融資の担当者はそう繰り返した。

「駅とつながるバスもタクシーも凄い列です。近くにホテルもないですし――まあ、ただのホテルには、鍵をかけてしまわなければならない武具をしまう設備もないでしょうから、あっても泊まれるかどうか怪しいですけど」

それに担当者は真剣な表情で考え込んだ。

「確かに、バス待ちのために早く切り上げないといけないなんて嫌だからな。賃貸マンションがあれば助かるだろうな。ウィークリーマンションだったらもっといいかも。でも、同じ事を考えているやつもいるだろうし、早い者勝ちかな」

幹彦もそう後押しするように言う。

「しばらくお待ちください」

慌てて席を立って上司の所に行く担当者を、僕と幹彦はニヤリとした笑みで見送った。

ウィークリーマンションタイプの探索者用マンション。武具を管理するための鍵付きのロッカーを備え付け、広めの洗い場のある浴場を造って防具も洗いやすくする。洗濯機に冷蔵庫、金庫は大きめで、大きくはないがキッチンもある。

すぐに工事に取り掛かる事になった。

「ホテルなんかもそのうちできそうだな。海外ではあるし」

幹彦は頷き、

「早くから民間の探索を認めてる国は、もうあるもんな」

と言いながら、地下室へのドアを開けた。

これからエルゼに行くのだが、僕も幹彦もなるべく地味で簡素で天然素材っぽいものでできている服を着ている。これなら向こうでもそう目立たないはずだ。

今日は向こうでの拠点とする家を探し、契約するつもりだ。

「こっちでも不動産、向こうでも不動産か」

おかしくなった。

「今は返済でいっぱいいっぱいだろうけど、いずれは賃料で楽になるといいなあ」

「隠居生活か」

幹彦は少し笑い、僕は頷いた。

「チビはいるし、家庭菜園もばっちりだし、あとはジビエだな」

プランターでは青じそとバジルが青々と茂っていた。

「そのためにも、いい物件が見付かるといいな」

チビが言い、僕と幹彦が頷いたところで、精霊樹のガイドでエルゼの精霊樹の枝へと僕達はとんだ。

この前と同じく精霊樹下の胎内回帰に出た僕達は、しれっとそこから出てギルドへ向かう。

チビは人の生活についてはよくわかっていなかったので、ギルドで訊いてみようという事になったのだ。

暇な時間帯らしくどこもカウンターは空いていたが、迷わず案内係の男の所へ行く。

「どこかこの辺で家を探しているんですが」

職員達がザワリとざわめいた。

「家、ですか」

「うん、そう。どこに相談すればいいかわからなくて」

職員は考えながら言った。

「いえ。宿や拠点の斡旋もしておりますので、構いませんよ。ええっと、大きさや間取り、使用人や馬、馬車の数などはどのくらいでしょうか」

これには幹彦も僕も顔を見合わせ、小声でこそこそと言い合った。

「使用人がいるのが普通なのか？」

「いや、そんなわけない。これはあれだ。一応の確認だろう」

「そうだな、うん。頼むよ幹彦」

幹彦は改めて職員に向き直り、答える。

「俺と史緒の二人だけで、ほかにはこのチビがいるだけです」

職員の目が史緒の抱くチビに向く。

「え、これは……まさかフェン――」

「犬です」

素早く僕は口を挟む。

「でも」

「犬です。犬の、チビです」

「ワン！」

職員が、悩むような疑うような目をチビに向けていたが、チビが子犬っぽく舌を出して「ハッハッハッ」としながら尻尾を振っていたのを見たせいか、僕と幹彦が堂々としていたせいか、犬でいい事にしたらしい。

「空き家が三軒あります。一緒に見に行きましょうか」

こうして僕達は、内見に出掛けた。


一軒目は、厩舎や離れはないものの、やたらときれいな建物だった。庭には花壇や蔓バラのアーチがあり、訊くと、子爵が愛人と彼女に産ませた子供を住まわせていた屋敷らしい。

二軒目は賑やかな所にあり、似たような家が並ぶ下町の住宅街という感じの家だった。隣の家との壁は薄く、庭はないが狭い物干し場がついていた。これがごく普通の庶民向けの家らしい。

三軒目は中心地からやや離れたところにある元は職人が住んでいた一軒家で、玄関側は庭が無いが、裏に十二畳ほどの庭があり、敷地はぐるりと塀で囲まれていた。二階建てで少し手を入れれば良さそうなものだが、井戸が枯れているのでどこかに汲みに行くか魔術でどうにかするしかなく、キッチンも古いので敬遠されているらしい。

僕と幹彦は向き合い、せぇので言った。

「三番」

職員は眉を下げた。

「水が出ませんよ？」

「大丈夫です」

魔術があるし、そもそも、ここは出入りするための拠点だ。

「一軒目は広すぎるし立派過ぎるので却下だし、二軒目は隣との騒音問題が気になりますし、ここがいいです」

幹彦はニコニコとして言った。

職員は僕にも確認するようにこちらを見たので、僕もニコニコとして頷いた。

「気に入りました」

職員は頷き、言った。

「わかりました。手直しなどの依頼もこちらでお受けしていますので、いつでもご相談ください」

ここは賃貸ではなく買い取りで、板貨というもので百五十万ギス。

これまでにチビが狩って来た魔物の魔石や素材や山ほどあるスライムの魔石で軽くその程度はあ

ったので、問題もない。すぐに契約して代金を支払い、鍵を貰った。

「古いけどしっかりしてるし、いいじゃないか」

幹彦が言いながら壁を軽く叩いた。

「リフォームしよう、幹彦」

言いながら、中を改めて見て回る。

二階建てで、玄関から入ってまっすぐ奥に廊下が延び、土間づくりの広い作業場につながっている。廊下の右側には手前から螺旋階段、トイレ、洗い場。洗い場とは洗濯をするところのようで、湯船や水道のない風呂場といった雰囲気だった。左側には手前からリビングとキッチンがあり、キッチンには水瓶と時代劇で見るような竈があった。

螺旋階段を上がれば一階の廊下の上に二階の廊下がある形で、作業場の天井が高いので、作業場の手前までしか二階は無く、廊下の左には二室、右には一室部屋があった。

「幹彦、どの部屋にする？」

「玄関側の部屋いいか？」

「いいよ。じゃあ、僕はその隣にしよう。階段の隣は、まあ、客間だな」

そう決めると、何だかウキウキしてくる。

肝心の精霊樹の枝だが、丁度いい所があった。

キッチンと作業場の間に幅二メートルほどの坪庭のようなものがあった。ここに元は井戸があって、キッチンからも作業場からも楽に水が汲めるつくりになっていたらしい。今は井戸が枯れ、単なるデッドスペースだ。

キッチン側にも作業場側にもドアが付いていて出入りできるし、二階の床部分が屋根になっているので雨の日でも困らなさそうだし、庭側は簡単な木の扉が付いているので外から見えない。

「ここで良さそうだが、狭くないか？」

チビが大きくなってみると、幅二メートル奥行三メートルほどのそこに、僕と幹彦は立てない。

「いっそ、作業場の壁を取って、ちゃんとした外壁も作って、ここを作業場の一部にしてしまったらどうだ、史緒」

「そうだなあ。何か持ち帰るとかしても、その方が便利だろうな。あと、キッチンの竈は撤去しないか。誰かが家に来た時、全く使えないんじゃごまかしようもないぞ」

「そうだなあ。魔道具ってことで、卓上ガスコンロを持って来てもいいな」

「そうしようぜ」

「あと、ベッドがこっちのは嫌だ。布団も」

「誤魔化せる範囲で、どうにかしよう」

僕達は真剣な顔で頷き合った。

壁の撤去と増設、竈の撤去が終わると、後は自分達でリフォームを始めた。洗い場をタイル張りにして浴槽を持ち込み、バスルームに替える。家具はナチュラルな感じの物を買って来て運び込み、布団もカバー類を綿のものにして持ち込んだ。竈の代わりに卓上ガスコンロを置いておく。そしてキッチンの流し台と作業場には水の出る魔道具を一応設置しておいたし、浴槽には水の出る魔道具と水を温める魔道具を設置済みだ。

魔道具というものに興味を引かれたので、色々と仕組みを調べてみたいと思い、いくつか分解する用に買った。

これでエルゼでも暮らしていけそうだ。

日本の方でもマンションの建設は急ピッチで進んでおり、できてもいない今から、問い合わせが相次いでいると不動産会社の担当者は言っていた。

「俺、結婚したら、広い庭で大きな犬を飼ってＤＩＹするのが夢だったんだよな」

幹彦はテーブルを器用に手作りしながらそう満足げに笑う。

その夢なら、結婚以外はもうかなっている。

「こっちはしたい事だけをする家にしよう、幹彦」

「そうだな。そうしようぜ」

顔を見合わせてにっこりする僕と幹彦を見て、チビは興味なさそうに目を閉じて昼寝し始めた。


こうして僕達は日本とエルゼを行き来する生活を始めた。

異世界では科学がまるで発展しておらず、医療すらも、魔術か薬草から作ったポーション頼りだ。なまじ魔術があるので、科学というものが発展どころか発生すらしていない。

それはそれで文化の形だし、郷に入っては郷に従えとも言う。なので僕達も、不便な所はこっそりと日本から持ち込んだ物を使いながら、こちらの生活も楽しむ事にした。

「なああ、史緒。こっちの魔物と向こうの魔物、変わりはないのか比べてみようぜ」

幹彦が言うが、それは確かに気にはなる。

「だったら、ダンジョンでもいいし、町の外にも魔物はいるぞ」

チビが言い、そう言えばと思い出した。

「やたらと高い塀が見えたけど、あれって魔物から町を守る為なのか、チビ」

チビは伸びをして説明する。

「魔物や外敵から防衛するためだな。この世界で魔素が濃いのは、ダンジョンか魔の森だ。だから魔物はそこで生まれるし、そこが一番多い。でも、魔の森から出て来た魔物もいるから、まあ、そこら中にいるな」

僕も幹彦もゴクリと唾を呑んだ。

「危険な世界なんだな」

「治癒は神官と一部の冒険者ができるくらいで、珍しい。だから冒険者は皆いつもポーションを携帯するものだ。形だけでも持っておくか？　治癒魔術を発動してる所を見られたら、騒ぎになりかねんぞ」

チビがアドバイスしてくれた。なるべく目立たないようにという僕と幹彦の方針を酌んでのアドバイスだ。

「ポーションか。そうだな。そう言えば地球でも、その方がいいな」

幹彦が思い出したように言う。

「確かにな。今までケガらしいケガをしてなかったからうっかりしてたな」

笑って、僕達は魔物狩りの前に買い物に行こうかと家を出た。


中心地にある商店街へ行き、ポーションを見た。

小瓶に入った液体で、緑色や黄色や赤色をしていた。

僕も幹彦も、ポーションを見るのは地球でもエルゼでも初めてだ。

「へえ。ジュースみたいだなあ。どんな味がするんだろう？」

興味津々で瓶を見ていると、幹彦も同じように見ていたが、

「どのくらい効果があるか試しておこうぜ」

と言い出した。

大事な事ではあるが、どこまで試すかは難しい。

店番をしていた店員は苦笑を浮かべた。

「まあ、気になるのはわかるし、大事なのもわかるけど、うちのは基準通りだから」

言って、黄色のものを指す。

「この体力回復薬は、下級ではバテて動けないのが歩いて移動できるくらい。上級なら元通りのピンピンになるくらい。中級はその間」

次に赤色のものを指す。

「この魔力回復薬は、下級は初級の魔術五回分。中級は中級の魔術五回分。上級は上級の魔術三回分」

最後に緑色のものを指す。

「この治癒薬は、下級は切り傷や擦り傷なんか用。中級は捻挫や深い傷用。上級は骨折や太い血管まで切れた傷用」

ざっくりとした説明に僕は首を傾げた。

「血管……大動脈でも？　脳内出血とかの場合は？」

店員は首を傾げ、

「死にかけは神官に頼まなきゃ、そりゃあだめよ、お客さん」

それで、一応全部のポーションを一つずつ買っておいた。

「なあ、幹彦」

「言うな、史緒。わかってる」

幹彦は頷き、チビは、

「物好きだな」

と嘆息し、そうして僕はいそいそとポーションをカバンにしまいこんだ。


門から外に出ると、人のいない方へとそそくさと移動する。

そこでチビは大きくなり、僕はカバンからポーションを取り出した。

「取り敢えず、疲れてもいないし魔力も減っていないし、これからだな」

緑色の治癒ポーションを見る。

と、何と説明すればいいのだろう。突然閃いたというのか、唐突に知識が生まれたというのか、そういう状態になった。つまり、眺めていたポーションについて、突然わかったのだ。

「うわ、何かよくわからないけど、色々とわかったぞ」

チビがああと頷いた。

「鑑定したんだな」

「鑑定……そう言えば、そんなのがあったな」

「ああ。いきなり色々あったから、忘れてたぜ」

僕も幹彦も思い出した。

「で、なんて？」

「うん。下級治癒ポーション。軽度の外傷に効く。原材料はエトワ草の葉と錬金水。葉をすり潰して錬金水を一対三の割合で混ぜ、沸騰させない程度の温度で半量まで煮詰めて作るらしい」

言うと、幹彦はポカンとした顔で僕の顔を見、一拍おいて叫んだ。

「ええーっ⁉　すげえ！　便利だなあ！　でも、要は青汁的なやつ？」

言われると、幹彦共々テンションが下がった。

「青汁一杯に、円換算で約五百円？　それは高いのか安いのか？」

僕は唸りながら答えた。

「この程度なら、消毒薬とバンドエイドでいい気がするな」

チビは、おかしそうに笑っている。

その調子でほかも見てみた。

原材料も製造方法も、効果もわかる。

「わかるけど、この上級薬の『そこそこ深い傷』のそこそこってどの程度だろう？」

僕が言うと、幹彦も考え込んだ。

「わかってないと、いざって時に困ると思うんだよ」

「まあ、それは否定しない。そもそも治癒魔術だって、どの程度までならいけるのかわからないまだしな」

そして、考え、同時に言った。

「やっぱり、やるか」

「おう」

「僕が斬るからもしもの時は頼むな」

「いや、俺がそっちをやるから史緒は万が一に備えろよ」

どちらが実験台になるかでもめだした。

「痛いぜ？　史緒痛いの嫌だろう。予防注射の時、いっつも反対向いて硬くなってたもんな」

「小学校低学年の話だろう、それ。幹彦だって自転車で転んで泣いただろう」

「骨折したんだよ！　泣くだろう？　小学生だったんだし！」

チビは退屈そうに欠伸をしていたが、耳をピクリとさせて言った。

「じゃれ合いはそのくらいにしておけ。誰か近付いて来るぞ。追われているようだな」

僕も幹彦も、すぐに気を引き締めて辺りを見回しながら耳を澄ました。

すぐに小さな声で、

「追いつかれる！」

「俺は置いて逃げろ！」

などという声が聞こえた。

「向こうだ！」

幹彦がそう言って森の中へと走って行き、僕とチビもすぐに追いかけた。

前方に、肩からも足からも血を流した男を含む三人と、その彼らを狙うクマがいた。

「ツキノワグマか⁉」

「いや、ビッグベアだ」

冷静にチビが訂正する。

そして幹彦は、刀を抜いて突っ込んでいった。

「下がれ！」

手を振り上げていたクマに斬りかかり、一時的に何歩か後退させる。

僕とチビも追いつき、襲われていた三人の前に立って構える。

「ガウウ！」

クマは吠え、両手を振り上げて威嚇した。が、それは幹彦にとっては大きな隙でしかない。がら空きの胴に刀を一閃させる。

しかし毛が硬いのか、刃が入らない。

クマは大きな爪を生やした腕を振り下ろし、幹彦はそれをすいとかわした。それをクマは、執拗に追う。

その足を土の杭で突き上げて転ばせ、幹彦に言った。

「目とか耳孔とかは硬くないはずだぞ！　生物なら！」

「おう！」

幹彦は躊躇うことなく目に刀を突き立てた。

「ガアアア!!」

両手を振ってクマが苦しむが、素早く刀を抜いて下がる。

「首の下の三日月形の部分は毛が柔らかい！」

チビが言うと、即、幹彦はその部分に刀の刃を入れた。

それでクマは、地響きを立てて倒れた。

「やっぱり、ツキノワグマじゃないか。幹彦、ケガはないな？」

言うと、幹彦は血ぶりをして振り返った。

「ああ、俺は大丈夫だぜ」

そして、追われていた三人の方を振り返り、同時に思った。

（チャーンス！）

追われていた三人は、ようやくほっとして力が抜けたらしい。血まみれの男を真ん中にして、男と女が座り込んでいた。改めて見ると、三人共日本だと高校生か中学生かという年齢だった。

「ケガですね。ポーションはありますか」

言いながらそばに膝をつき、傷を見る。

爪にやられたらしい傷が肩から背中に三本あり、押さえてはいるが、太い動脈を傷つけているらしい。地球なら血管縫合を必要とする重傷だ。ふくらはぎのケガは大した事はなさそうだが、足首を捻挫しているらしかった。

「駆け出しだから、下級のものしか用意できなかった。このケガじゃ……」

男が暗い顔をし、女は縋るように僕と幹彦を交互に見て言った。

「上級ポーションを持っていませんか⁉　お願いです！　必ずお金は払いますから！　どうか！」

それに、血の気が失せた男が弱々しく言う。

「よせ。どうせ、この傷じゃ、無理だ……。金も、ない……。もう、いい」

「そんな！　お兄ちゃん！」

「兄貴！　何をしてでも金はつくる！」

僕と幹彦は顔を見合わせて軽く頷いた。

「えっと、どうぞ」

カバンから高級治癒ポーションを出すと、それを彼らは凝視した。

飲むのかな。それともかけるのかな？　意識がなかったら飲めないだろうしな。そんな事を考えていたが、素早く妹らしい女がポーションを取り、フタを外すのももどかし気にそれをケガをした兄だという男の口元に当てる。弟の方はケガ人の兄の顔をやや上向かせ、口を開けさせる。そしてその唇の隙間にポーションを流し込んで行くと、喉が動いて、ポーションを嚥下《えんげ》した。

それを、全員が食い入るように見つめていた。

体が緑色の薄い光を発すると、流れていた血液が止まり、傷口が閉じて行く。

それを僕も幹彦も、驚きを以て眺めていた。

やがて傷口が無くなり、痕跡と言えば汚れた肌と、汚れて裂けた衣服、青白い顔だけという風体になった。

「よかった……！　神官に治癒術を頼むかどうかギリギリだったけど……！」

妹が泣き出すと、弟も泣きながら頭を下げた。

「ありがとうございました！」

それで妹も思い出したように頭を下げ、ケガをしていた男も頭を下げようとするので、慌てて止めた。

「やめてください。困ったときはお互い様って言うでしょう」

「そうですよ。じっけ——助かって良かったぜ」

危ない危ない。

「あの、必ずお代をお支払いしますから」

僕は、手を振って立ち上がった。

「気にしないでください。いいですから」

「そうそう。別に必要でもなかったくらいだし、役に立ったんならよかったぜ。な！」

言いながら、そろりそろりと離れていく。

「あの、お名前を」

「え……いや、通りすがりの隠居なので」

「じゃあ！」

それで僕達は素早くその場を離れた。

そして、充分に離れた所まで来てから、足を止めて息をついた。

「助かって良かったなあ」

「ああ。ケガ人を見て思わずチャンスと思ったなんて、言えないぜ」

「うん。反省しよう」

僕と幹彦はそう言って溜め息をつき、反省をした。

が、実験結果には満足だ。

「あれでギリギリとか言ってたな」

「ああ。大動脈を傷つけていればやばいみたいだな。出血が関係するのかも。傷が塞がっても出血性ショック死しそうな物だと無理とか」

幹彦も考えながら頷く。

「覚えておこうぜ。しかし、通りすがりの隠居かあ」

言いながら幹彦は笑い出す。

「うそは言ってないぞ」

「まあな。隠居と他人が認めるかどうかは別だけどな」

「今のは、更に快適で楽な隠居生活を送るための準備だからいいんだよ」

「なるほど。では、美味い夕食のためのジビエを狩りに行こうぜ」

幹彦が言って、僕達は森の中に入って行った。


ポーションの効き目というものが、なんとなくわかった。

「まあ、気を付けよう。即死したらポーションも魔術も役に立たないからな」

「ああ、そうだな」

「その心構えで、前から来たのをやってみろ」

僕と幹彦はチビに言われて、目を凝らした。

「あ、気配察知に反応ありだ。一体だな？」

幹彦が言うのに、チビは満足そうに頷いた。

「オオカミの群れのハグれたやつだろう。肉は硬くて食えないが、魔石と牙が採れる」

チビがそう言った時、やっと僕にもその姿が見えた。

オオカミかイヌか、四つ足の生物が近付いて来ていた。大きさは頭からお尻までが一メートルくらいあり、長い牙が口の左右についている。

と思った時には、頭を低くしてあっという間に近くまで接近して来ていた。

「うおっ」

飛びかかって来るのに幹彦が刀を振り、オオカミの腹に長い傷が入った。

探索者を始めてから、幹彦の反射神経や集中力が更に上がった気がする。

オオカミは幹彦を睨みつけるようにして、低く唸り声をあげて警戒するようにゆっくりと横に歩いている。

幹彦はそれから目を離さずに、リラックスしつつ隙無く構えている。

と、オオカミが飛び掛かり、同時に幹彦は体を低くして刀を振り抜いた。そしてオオカミは着地し、そのまま崩れるように倒れた。

「おお。お見事」

幹彦は血ぶりをし、その間に僕はオオカミのそばに寄った。致命傷となった傷は心臓近くにあり、開いてみると、大動脈を斬りつけていた。

「魔石と牙、やっておこうか？」

「うん、頼む」

魔石を取り出すのと牙を折り取るだけなので、手間でもない。ナイフで簡単に済ませた。

そして魔術で水をボール状に出すと、それで刀とナイフを洗ってきれいに拭く。

「死体は埋めるか燃やしておくといい。そのままだと、アンデッドになる事もあるからな」

チビが気持ち悪い事を言うので、魔術で骨まで燃やしておいた。

「アンデッド？　ゾンビか？」

幹彦が嫌そうに言うのに、チビが淡々と答える。

「そうだな。ほかにも、骨だけになったスケルトンや、思念体の存在のレイスなんかもいるぞ」

僕は周囲を見回して、

「死蝋化するには湿度が高いし、ミイラ化するには気温が低そうだしな」

と言った時、それを見付けた。

クリーム色のマスクメロン程度の大きさの実が木に生っており、甘い香りを放っていた。

「ほう。これは珍しい。甘くて美味いやつだな。人の、特に女子供が好むようだぞ。魔素の濃いところのものほど美味いから、この辺りに生えているのも珍しいが、甘そうな実が生っている事がもっと珍しい」

チビは言いながら、クンクンと実の匂いをかぐ。

「甘いかどうか、確認してみようぜ」

異議はない。僕達はもいだ実を囲んで座ると、ナイフで実を切った。

切った瞬間、ますます甘い匂いが立ち上る。真ん中に丸い大きな種があり、果肉の部分は白くて柔らかく、プリンのようにふるふると揺れていた。

「見た事も無い食べ物だな」

「確かに、女性や子供が特に好きそうだよな」

僕も幹彦も、果肉が落ちないように気を付けながら観察した。

僕と幹彦は四分の一を持ち、チビは半分のものを地面に置いている。

「では」

「うむ」

一口かじる。かじるという表現は、適切ではない気がした。滑らかなプリンかパンナコッタ、もしくは生クリームのような食感だった。甘さは控えめだが、それでも冷やして食べると十分に美味しそうだ。

チビは果肉をなめ尽くすと、ぺろりと口の周りを舐めて言った。

「うむ。やはり甘みは少ないな」

そこで考えた。

「これを地下室で栽培したら、甘い実が生るんじゃないかな」

揃って木を見る。

「挿し木？　それとも種を植えるのか？」

幹彦が言うのに、

「種を埋めて水をかければいいんじゃないのか？」

と言うと、チビは胸を張った。

「枝の方が早い。ミキヒコ、一枝斬れ。私が精霊樹のように根付かせよう」

チビもどうやら、この実が好きらしい。

あの枝にしろ、この辺から斬れというチビの指図に従って幹彦が枝を斬り、それを大事にカバンにしまった。

そして僕は、この調子でいろいろな薬草や美味しそうなものを集めようと決めた。

二・若隠居の異世界初キャンプ

日本では、マンションの工事が着々と進んでいた。それに従って色々な雑務もあり、それが面倒だった。

しかし造ったモデルルームは本当に探索者に便利にできていて、ダンジョンにも徒歩で行けるとあり、申込者は多いらしい。ローンはどうにかなりそうだ。

「でも、ダンジョンが踏破されればおしまいなのかな」

「コアだっけ？　あれを外したらただの洞窟とか原っぱとかになるんだよな。地下室みたいに」

幹彦が言い、僕は心配になった。

「明日とかに踏破されたらどうしよう？」

チビが子犬のフリをしながら呆れたように言う。

「それはない。我が家のダンジョン攻略はそうとうイレギュラーだぞ。そもそも、スライムばかりの特殊ダンジョンだったしな」

それを幹彦が聞きとがめた。

「そう言えば、スライムのみとかいうのは珍しいのか？　確かに聞いた事もないけど、そもそもそれほどダンジョンについて知らないしな」

チビは小声で答える。

「珍しいだろうな。まあ、スライムは種類がたくさんあって、子供でも対処できるものや無害なものもあれば、国を脅かしかねないほど危険なものもある。ほかの魔物とは、少し条件が違うとも言える。アリばかりのダンジョンとか、アンデッドだけのダンジョンってやつはあるぞ」

それに幹彦は嫌そうな顔をした。

「まあ、ここは縦穴でもないし、色々なタイプの魔物がいるようだし、普通に手こずるだろうから、そう心配せんでもいいだろう」

チビが言うので、取り敢えずはそれで良しとしておく事にしよう。

地下室の底にも精霊樹の枝を植え、底を一面、畑にしている。そこには採って来た薬草や役に立つ木や果物、野菜を植えてある。通称プリンの木も植えられ、すくすくと育っていた。

「実が生るのはいつかなあ」

精霊樹のそばにある上魔術で出した水で育てているため、相変わらず地下室の家庭菜園は育ちがいい。プリンの実が生るのはまだでも、確実におかしな速さで大きくなっていた。

「これ、売り出したら流行りそうだよな」

言うと、幹彦も頷く。

「持ち運びもできるしな。でも、少なくともこっちで見付からない限り、出せねえだろ。異世界に行き来してますとは、なあ」

それはあまり言いたくない。言うと、過去の植民地やアメリカ大陸発見後のような状態になるのは目に見えているからだ。

「まあ、それまでは私達だけで恩恵にあずかろう」

チビがそう言って、僕達は同時に笑った。プリンの実の事を考えると上機嫌になってくる。何も、スイーツが好きなのは女子だけではないのだ。僕達だけでなく、チビもプリンの実が好きらしい。

それで笑いながら、ダンジョンで魔物を狩って行った。

「ふははは！　この切れ味！　サラディード最高！」

幹彦は笑いながら絶好調で魔物を切り刻んでいく。

硬いとぼやかれる魔物だが、それを感じさせない切れ味だ。

「まだまだ行くよ！　ほら！」

僕も何か楽しくなって、チビが挑発して怒らせた魔物の足下をすくうように魔術をたたきつけると、魔物は体勢を崩して幹彦に無防備な背中と首筋をさらし、幹彦の刀の餌食になる。

「動いた後のデザートは美味しいぞ！」

「ワン！」

＊＊＊

それを、「ミキ×フミを見守る会」のメンバーが見ていた。

「まあ。ミキ様、腕前が更に上がったのね。凄いわ」

「あれって硬くて、斧を叩きつけるとかしないと剣が歪むか折れるかでしょう？　それをスパスパと」

「フミ様との連携も見事だわ。流石ね。それにしてもフミ様、なんて楽しそうに殺戮を。うふふふふ」

「あの子犬もやるわね。小さいのにしっかりと」

「やだ。獣は、ちょっと」

「あら。そんな事は言ってないわ」

「ふふ」

「ふふ腐腐腐」

聞いてはいけない会話が交わされていた。

いや、聞いても理解できるかどうかは、わからない。

彼女達も、楽しく元気にやっていた。

＊＊＊

そんな会話がなされていた事も知らず、ドロップ品と魔石を持ってダンジョンから出て、続きにある協会の買い取りカウンターへ向かうのを、彼女は見付けた。

野中亜矢、幹彦のストーカーである。

病院にいる間は看護師なり誰かしら監視の目があって抜け出すことができなかったが、自宅なので、どうとでもなる。

今日も、父親と兄が会社に出勤し、母親がトイレに入った隙に家を抜け出した。

（アパートは引き払っているし、自宅にも戻っていないみたい。引っ越したみたいだけど、自宅に郵便を出したりしないからどこかわからないわ。でも、探索者になっているとは聞いたから、こうしていれば必ず会える。そう思ってダンジョンを張り込んでいたけど、やっと見つけたわ）

周川家のポストを荒らして郵便を盗み見たりしているが、悪いとは思っていなかったし、自分は幹彦を愛しているのだから当然だと思っていた。何より、教えてくれない人たちが悪だと思っている。

「見付けた」

ニタリと笑うのを偶然目にした探索者はギョッとして身を引いたが、野中は眼中になかった。

ゆっくりと近付いて行くと、仲間らしい青年と楽しそうに会話している声が聞こえた。

「ああ、もう、愛してるよ、サラディード」

そう言って刀を大事そうに拭いている。

（誰、それは）

野中は笑顔を凍らせ、幹彦の死角から出ないように気を付けながら後をついて行った。

「本当に、運命だったのかなあ」

「そりゃあそうさ」

（何ですって⁉）

「何でもいけそうな気がするぜ」

「血まみれでニタニタしてると怖いぞ、幹彦」

「へへ。一緒に血塗れなら本望だぜ」

そう言って、もう一人のやはり返り血を浴びた青年に笑いかける。

（あら？　うそ、どうして？　あの人ってああ見えて女？）

野中は足を止め、遠ざかる背中を見送った。

（まさか。それよりも、血まみれがいいって、そういう趣味が？　いえ、愛してるもの。私も耐えられる……はず……かな……。でも……）

そして、溜め息をついた。

「ふう。ごめんなさい。さようなら」

野中は、急に目の前が晴れたような気分で踵を返した。

＊＊＊

新人冒険者として活動を始めた僕と幹彦だったが、異世界は何もかもが珍しく、新鮮だ。

「フハハハハ。できたぞ、幹彦」

錬金水というものをまず作れるようになると、そこから錬金術ができるようになり、ポーションの合成などができるようになる。

そして今僕は、体力回復薬、魔力回復薬、治癒ポーションを上級まで合成する事に成功した。

薬草採取のかたわら、自分の家庭菜園に移植する用にも採取してきたので、いつでも、出かけなくても薬草は家にある。錬金水とは水から魔術で不純物を取り除いて純水にしたもので、不純物がないほど薬草などの成分を取り込みやすく、価値が高いものになる。魔力も多いし、日本なら水は豊富だ。ポーション作りには今後困る事は無い。

「これが十万円か」

中級の治癒ポーションを見ながら、僕は複雑な気分になった。魔力の値段はつけようもないが、水と薬草数種類。原価はそんなにしない。

「でも、これまでなら即治る事も無かったケガがすぐに治るんだから。その価値はあるぜ」

幹彦はそう言う。

「例えば戦いの最中とかでも、これを飲むか掛けるかすればいいんだからな」

チビもそう言う。

「まあな。こっちでドロップした場合、どういうビンに入ってるんだろうな。その辺のビンとかペットボトルじゃドロップ品じゃないってわかるし、向こうで売った方がいいかな」

「ああ、今はその方が良さそうだな。まだそんなに出回ってないし、まずいだろう」

幹彦が言う通り、ポーション類はそれほどの数がドロップしていない。上級など、まだ存在していない。

「エルゼの方は、入れ物がちょうど似たものがあってよかったよ」

エルゼで売られているポーションが入っているビンは、日本の均一ショップや大手通販会社で売っているガラスビンとほぼ同じだった。

「空ビンを持って来ればいくらか割引するようにしたら、そのうちにこっちでそれほどビンを買わなくても済むようになるだろう」

「エコだな」

幹彦が納得したように頷いた。

そういう幹彦も、ナイフを作ろうとしていた。買いこんだ魔道具を分解してみた結果、僕は魔道具の自作に成功。それで、ポリバケツ程度の大きさの箱の中を特殊な空間にして、魔力を流すか魔石をセットすると内部が高温になる術式を刻み込み、持ち運び可能な特殊な炉にした。これで幹彦は、鍛冶をしようとしているのだ。

男のロマンだと、張り切っている。まあ、わからなくもない。

ポーションもこれでできたナイフ類も、出来たらギルドの売店で売ろうと思っている。

ギルドにはそういう委託販売のコーナーもあり、売り上げの数割という手数料を払えば何かを売ることができるというシステムがエルゼではある。駆け出しの職人などが主にこれを利用して販売しているのだが、冒険者が出品してはいけないという事は無い。

現金収入を増やしたいのは日本ではあるが、そう上手くはいかないものだ。

しかし、単に面白いというのも大きい。僕は魔道具の販売にも着手するつもりだ。

僕達はせっせと内職に励んでいた。

点けっぱなしのテレビでは、ダンジョン近くに建設中の探索者専用ウィークリーマンションの特集が放送されていた。

過去の氾濫の時の映像、無残に崩れたマンションに続いて見学用のモデルルームが映り、アナウンサーが不動産屋の社員に案内されて部屋の中を見て回っている。それで、「近い」「備え付けの鍵付きロッカーも広いし置きやすそう」「洗い場が広いし、備え付けの洗濯機も大型で便利」などと歓声をあげている。

「ああ。ダンジョンが簡単に攻略されませんように」

僕は心から祈った。

＊＊＊

同じ番組を、西野麻里も見ていた。

「解剖医よりももっと稼げそうな医者に乗り換えたまでは計画通りだったのに……！」

イライラとして、クッションをテレビに投げつけた。『ダンジョン』というダンジョンにまつわる色々な事を振り返り、検証するという番組で、今は新しくできる探索者専用ウィークリーマンションのモデルルームが映っている。

西野が新しく婚約し直した里中秋人は、最初のうちは西野を大事にしてくれたし、羽振りも良かった。しかし最近は妙に他人行儀になり、おかしいと思っていたら、別れてくれと言い出したのだ。何でも、もっと若くて美人なパリコレモデルと知り合い、結婚するつもりだという。

「顔だけの女が！」

里中が自分の前に付き合っていた女性医師がやや地味だったのをいい事に割り込んで略奪したのだが、その自分が略奪される側にまわるとは考えた事も無かった。

ブーメラン、または自分のことを棚に上げてると、人は言うだろう。

病院内では、計画的に大人しい医師を狙って薬を盛って騙して婚約し、それ以上のカモが現れたから捨てたというのが知られている。流石に院内ではもう結婚相手は見付からない。

いや、意外とこの世界では噂が流れるものだ。要注意人物として自分の名前は流れているかもしれない。そう考えると、割り込んで来たモデルの女が腹立たしい。

そこで、ふとテレビに注意が向いた。

『元は医師をされていた方で、今は探索者をされている方です。それで、探索者が便利な家というものもわかっていらっしゃるんですね、オーナーの麻生さんは』

「は？　もしかして、麻生先生？　まさか。麻生なんてそこまで珍しい名前じゃないし……」

しかし、探索者第一期生の集合写真がテレビに映り、誰がその麻生かは言わなかったが、知る人には十分だった。

「何で⁉　今からでも謝って、騙されたんだって言って、何とか婚約し直そう！」

西野は人生の立て直し策を見付けたと思った。

＊＊＊

エルゼでの冒険者活動にも、慣れて来た。

とは言え、日帰りの仕事しかした事は無いし、魔の森という所には行った事も無い。相当ヤバイというのがエイン達からの話でもわかり、ジビエも町の近くの森で十分だからだ。

「でも、魔の森に生えているとかいう薬草とキノコを自家栽培できれば、作れるポーションも幅が広がるんだけどなあ」

言えば、幹彦も、

「魔の森には興味はあるな。もっと強い魔物がいるんだろう？　魔の森のイッカクジカとかいうシカの魔物とか」

と目をぎらつかせる。

「行くか」

チビが、ソワソワと尻尾を振って言った。

「よし。じゃあ、魔の森へ行こう」

「で、どこにあるんだ、チビ？」

僕と幹彦がチビに注目する。

「私ならすぐだが、乗合馬車だと一泊は確実だな」

「夜行馬車か」

言うのに、チビが首を振った。

「夜は泊まるものだろう」

そして幹彦が、ああ、と合点がいった様子で言った。

「野営だな？　もしくは、街道沿いの村で泊まるとか。マンガとかではそうしてたぜ」

それを聞いて、僕はキャンプを想像した。

「テントがいるな！」

「ん？」

「飯盒とか寝袋とか――直火はいいのかな。焚火台はいる？」

「史緒。キャンプ用品を持ち込む気か？」

幹彦は苦笑し、しかし、目を輝かせた。

「ま、いいや。魔道具とかダンジョンでのドロップ品と言い張れば」

チビは呆れたように嘆息した。


そうして地下室からエルゼの家へと転移し、リュックを背負って乗合馬車に乗り込んだ。

チビは小さい姿になって膝の上におり、それに乗り合わせた乗客の子供が撫でようと手を伸ばしたり、幹彦にチラチラと視線をやる若い女性がいて、幹彦は必要以上にそちらを視界に入れないようにしていたりするうちに、夕方になって馬車が停まった。ちょっとした空き地のような所で、ほかにも馬車が停まっていたし、火を起こすグループがいくつもあった。安全な野営地というところなのだろう。

「ここで野営します。朝は七時に出発です」

そう御者が言って、ぞろぞろと乗客は馬車を降りて行き、馬車に護衛として雇われていた冒険者は周囲を見回しながら近くの同じ護衛らしき冒険者に近付いて行った。

「さて。俺達もテントの準備をしようぜ」

幹彦がウキウキと言い、空いたスペースへと移動する。

事前にチビからあまり離れると危険だと言われていたので、そこそこ馬車の近くだ。

「この辺でいいか」

言って、リュックを下ろす。

まずはテントを平らな地面に置いて広げ、ポールを伸ばして固定し、紐を引くとテント設営はほぼ完了だ。あとはペグを打って支柱を固定し、テントの上に防水の布をかけて支柱に固定する。

「ワンタッチテントは楽でいいな」

幹彦は展開し終えて満足げに言った。

「楽がいいよ、楽が」

言いながら、中に敷布を敷いて荷物を入れ、夕食の準備だ。

「キャンプなんて何年振りだろうなあ」

「中学の時が最後じゃねえか、一緒に行ったの」

「ああ、そうかも」

言いながら、土を掘り、石を積み、かまどを作る。その中に木炭や枯れ枝を入れ、枯れ葉をのせる。着火剤は使えない。木炭は、燃えてしまえば枝の燃えたものと区別がつかないだろうと思ってこっそりと使う。ライターも使うわけにはいかないので、魔術で火を出し、枯れ葉に火を付けた。

その後、今度はちゃんと火が回るようにうちわの代わりにオオコウモリの羽根であおぐ。

放っておいても大丈夫になったので、網をセットして水の入った鍋を置いて沸騰するのを待つ。

レトルトや缶詰は出せないので、保冷バッグに入れて来た肉や野菜やウィンナーを使う。焼きそばもだめだし、こちらにない野菜も避けなければいけない。

「マシュマロ焼きたかったなあ」

「その代わり、プリンの実を冷やして来たからデザートはプリンだぜ」

「ワン！」

湯が沸いたので、切って来た野菜とベーコン、コンソメの素を入れてスープにするのだが、インスタントコーヒーを入れたカップに先に湯を注ぐ。

「はあ」

一息ついて辺りを見れば、夕日は沈んで暗くなり、ほかの皆が火を起こしたり、焚火を囲んでいるのが見えた。

「あれ？　バーベキューとかしてないな」

そう言うと、チビが、

「途中で獲物を捕まえたりできれば焼いて食ったりするが、まあ、携帯食料で済ますのがヒトは普通だな」

僕と幹彦は真顔でチビを呆然と見た後、

「先に言えよ」

「まあいっか」

とコーヒーを啜った。一日馬車に揺られて、疲れた。

飲み終わると、そろそろバーベキューだ。

「この前のハネウサギだぞ」

「おお、あれは弾力があって美味かったよな」

「私は塩がいいな。あ、でも、焼肉のたれも捨てがたい」

チビもかなり日本の食事情に慣れ切っている。

「焼肉のたれは持って来てないぞ。ヤバいだろ」

コソッと言えば、チビはやっと思い出したかのように、

「む、仕方がない。たれは今度にしよう」

と言った。

こうして異世界初のキャンプ——じゃない、野営が始まった。


夜空は星がきれいに見えたが、生憎と、知っている星座は一つもない。それでも、驚くほどにはっきりとたくさんの星が見えて、気分は良かった。

順番に起きて魔物などに備えるらしいのだが、チビがいるし、結界を張っていればドラゴンでも襲って来ない限り大丈夫だと、揃ってテントの中で寝た。

何度もこちらに寄って来ようとしていた女性がいたが、諦めたらしい。

御者は馬車で毛布をかぶって寝ていたし、ほかの皆は、テントを用意していたり、ただ毛布やマントにくるまってごろ寝していたりしていた。

僕達の持って来たようなワンタッチテントはやはり誰も持っていなかった。

朝日が昇る前に小さめのアラームで起き出し、木の枝を少し燃やして昨日の残りのスープを温めながら、食パンを出す。あらかじめマヨネーズを塗って来たそこにハムとチーズと卵をのせてもう一枚でサンドし、網に載せる。コッペパンにはキャベツとソーセージを挟む。

それを食べ終わってテントを畳み、集合の声で馬車に戻れば出発だ。

そこからまた夕方近くまで乗合馬車に揺られて小さい村に着く。そこが僕達の降りる予定の場所だ。

「今夜はここの宿に泊まって、明日の朝魔の森に出発するぞ。ほんの二時間ほど歩けば着く」

チビが事も無げに言うが、僕と幹彦にとっては、二時間も歩くというのが普通ではない。ピクニックとか何かの訓練とかでない限り、現代日本人は、二時間も歩かないものだ。

「長いな」

「そんなに歩くのは、耐寒遠足の時以来だぜ」

ぶつぶつ言いながら宿に向かう。

が、唖然とした。

ベッドが藁の上に布を敷いただけで、ランプの使用は別料金。風呂は無し。夕食はパンとスープに肉が付いただけで、朝はパンとスープのみ。それで料金は、以前泊まった宿の二日分だった。

僕と幹彦の頭の中には、「ぼったくり」という言葉が浮かんだ。

「魔の森に近いところで、一応は塀に囲まれていて村を守る守備隊もいるという安全地帯。それでその料金だな」

チビが小声で解説してくれるのに、こそっと言い返す。

「チビの結界の方がよほど安心だろ？」

「当然。塀や守備隊も、小物にしか通じない」

チビは胸を張った。

「じゃあさ、森の手前でキャンプしねえ？」

ニヤリとして幹彦が提案する。

間違いなく危険だろう。しかし、チビがいる。

いや、過信は禁物だし、どうだろう。

そう思って同時にチビを見ると、チビはフンと鼻を鳴らした。

「宿の部屋も食事も大した事は無いしな。よほどテントで野営する方が居心地がいいだろう。よし。行くぞ」

それで僕達は、夕焼けの迫る中、魔の森へと歩き出した。


魔の森の手前で足を止め、テントを張って火を起こし、今日は湯を沸かしてレトルトのごはんとおかずを温めて食べる事にする。

食後のコーヒーを飲んでいると、真っ暗な中、小さい光が見えた。

「ほかにも野営する人がいるんだな」

言うと、チビは、

「同じ馬車にいた連中だな」

と丸まりながら言った。

幹彦は少し考えながら真剣な声音で言う。

「実は、昨日の夜中、何度か誰かがテントに近付いて来てたんだ。中を窺うような気配もしてた」

「へえ。何か用だったのかな」

それに幹彦とチビは呆れたような目を向けて来た。

「全く。フミオは平和だな」

「強盗目的とかだったに違いねえだろ」

「ええーっ⁉」

「史緒。ここは日本ほど安全じゃねえよ。地球でも外国なら日本ほど安全じゃない所はザラだし。危機感、持てよ。危ねえなあ」

「目が離せんな」

しょぼくれる僕だった。

何もこちらからはしないままコーヒーを飲み、テントに入って寝る。

僕は今にも誰かが襲って来るんじゃないかとドキドキして、これまで解剖して来た他殺死体を色々と思い浮かべては、あれは痛そうだ、これは苦しそうだと考えて、いつの間にかうつらうつらしていた。

じゃり、という小さい音がして、僕は目を覚ました。

動きかけるのを幹彦が無言で止めており、片手には刀を持っていた。

チビはと見ると、テントの入り口の方を見て伸びをしている。

僕だけ寝込んでいたのか、皆も今日を覚ましたのか？

どうでもいい事を考えているうちに、小声が聞こえて来る。

「どうやって開けるんだよ、これ」

「外から斬っちまえ」

「こんなテント見た事ねえぞ。待てよ、きっと金になる」

「この前の奴らはしけてやがったからなあ。こいつらは金持ってればいいけど」

夜中に訪問して来た相手は、強盗殺人をもくろむ奴らしかった。


頭が痛くなって、ふと気付いた。息を止めていたと。それで静かに、大きくゆっくりと呼吸を繰り返すと、どうにか頭痛はおさまってきた。

それでも自分以外の人にも聞こえるんじゃないかと思うくらい心臓がドキドキとしている。

チビは落ち着いて見えるが、元々表情はわかりにくい。

幹彦は、真剣な表情でテント入り口の方を見ながら、ゆっくりと音もたてずに抜いた刀を片手にいつでも動ける姿勢になっていた。

それで慌てて僕もと思ったが、片手で幹彦がそれを制した。

その間にもテント入り口のファスナーを開けようとしているらしい気配がする。

「布くらい、切っても後でそこに当て布でもして塞げばいいだろ」

イライラと誰かが言い、

「よし。せめて切るのは一カ所だけにしておこうぜ」

と別の声が答え、じゃり、という音がした。

それでチビと幹彦が目を合わせ、頷き合うと、幹彦が素早くロックを外してファスナーを引き下ろし、隙間からチビが先に飛び出して行った。

「わあ⁉　なんだこいつ⁉」

慌てたような声がする。それを聞きながら、僕も急いで起き上がって薙刀を掴み、テントを出た。

大きな姿に戻ったチビと、逃げ腰の男、血を流して転がっている男、剣を向けている男が目に入った。

「危ない！」

言った時には、剣を構えて飛び掛かって行く男を、幹彦が躊躇なく刀で斬っていた。

男が肩を押さえて膝をつくのをただ眺める。

これは、何回も遺体を解剖しながら想像した、亡くなった状況のうちのひとつに似ている。そういう意味では想像し慣れた映像で、見慣れたものではあった。

しかし、その片方が幹彦だとは考えた事は無かったし、へたをすると、倒れた方が幹彦になっていたというのも、考えた事は無かった。

要は、異世界という場所の社会ルールを、確実には理解せず、覚悟を決めていなかったという事だ。

頭の後ろが、シンとした。

逃げ腰で震えていた男が剣を構え直してこちらを睨んで飛び込んで来るのに、僕は薙刀を突き、横に一閃する。それで男はあっけなくくたりと倒れた。

時間にすれば大したものではなかったのだろうか。気付くと僕と幹彦とチビ以外に立っている者はいなくなっており、血の臭いと呻き声がしていた。

「どうするんだ、これ」

一一〇番しても警察は来ない。救急車も来ない。

「警備兵に引き渡すかこのまま殺すのが普通だな」

チビがあっさりと答える。それに襲撃者達は、意外そうなそぶりは見せない。ただ、

「待ってくれ！　出来心だったんだよ、その、別に殺すつもりはなかったし！」

と言い訳を始めた。

「ほう？　じゃあ、身ぐるみ剥いで、放り出すと？　魔の森のそばで真夜中に？　そもそも、これは初犯じゃないだろう。そう言っていたが」

チビが冷静に問いかけると、男はチッと舌を鳴らして下を向いた。

「突き出そう。罪を償えばいいだろう。幸いこっちにまだ被害は出ていないんだから」

幹彦は頷き、

「そうだな。ここで殺しても、血の臭いで魔物や夜行性の動物が集まって来るだけだしな」

とどこかホッとしたように言い、手分けして、荷物から出して来た紐で後ろ手にした両親指をきつく結びつけた。

その間、おかしなマネをしないようにと男達を睥睨《へいげい》しているのはチビだ。

それから手早くテントを畳んで、男達を連れて村の方へと移動し始めた。

村の門に着いたのは明け方の開門前で、門番に幹彦が訳を話して男達を示すと、警戒しながらも門を開けて中へ入れられる。

警戒しながら男達の顔を見、冒険者タグを見た警備兵達は、こちらに対する警戒をやっと解いた。

「こいつら、強盗の疑いで指名手配されているグループだ。状況証拠しかなくて思い切った手段が取られないまま逃げ出したと王都から連絡があって。小さめの商人やそこそこの冒険者に目を付けては、皆殺しにして金品を根こそぎ奪うやつらで。ブツは仲間がすぐに転売したり溶かしたりしやがるし、逃げ出した後はどこに潜んでいるのか尻尾を掴ませなかった。これで仲間の事も吐かせて、一網打尽にしてやる」

そう興奮したように言うのを、男達は、項垂れたり、憎々し気に睨んだり、ふてくされたりして聞いていた。

「報奨金も出るから、朝になるまでは待ってくれ。朝までゆっくり休んでいろ。相当疲れているみたいだぞ」

言われて、疲れているのに気付いた。歩いた事や斬り合った事そのものよりも、人に殺されかけ、凶器を人に向けて攻撃したという事への精神的な疲れだろう。

「朝まで休ませてもらおうか、幹彦、チビ」

幹彦も頷き、とうに小さくなっていたチビもクウンと鳴いて足に体を擦り寄せた。

朝になり、連絡を受けて来た領都の兵士から報奨金を受け取ってサインをする。この後彼らはどうなるのかと訊いたら、死刑か無期犯罪奴隷になるだろうと言われた。

こちらでは、死刑がある。その下には懲役刑があるが、その期間中は犯罪奴隷となり、刑務所や刑務所になっている鉱山などに送られて働かされる。罪の重さで、重労働だったり軽作業だったりの違いがあるし、刑期も変わる。日本の懲役刑では作業で得た賃金を出所の時に貰えるが、こちらではそれが国や領のものとなると考えればいい。

「行くか」

護送のために馬車に乗せられる彼らから目を離し、僕達は再び魔の森を目指した。

雰囲気的には富士の樹海という感じだった。樹海も、遊歩道があり、そこを歩いている限りは森林浴ができて気持ちがいい。しかし木々の茂る奥に道から逸れて入って行くと、方向が分からなくなったりして、恐ろしくなってくる。

魔の森も、ほんの入り口は普通の森の周辺に見えた。小鳥の声もしているし、小さな花も咲いている。しかしほんの少し森に入ると、鳥は鳥でも、「ギャアー」などという怪獣みたいな声が聞こえ始め、花も、食虫植物や、「食べるのは虫じゃない。動物だろう」という花が咲き始める。

「怖い所だな」

びくついてしまうが、チビは平気そうに散歩の如く歩き、幹彦も悔しい事に意外と平気そうだ。

「へへっ。気配察知で、魔物がいればわかるからな」

「くそ、いいな」

思わず言えば、チビが、

「気配を断てるやつ、ミキヒコもあるだろう。あれがあってミキヒコよりもその能力が上なら、気配がわからんぞ」

と言えば、幹彦も途端に挙動不審者の仲間入りをした。

それでも、浅い部分にいきなり高ランクの物凄く強い魔物がいる事はほぼない。それなりに弱い部類で、奥へ行くほど強くなるらしい。

なので、奥へといきなり進む事はせず、珍しい薬草などを見付けては移植用に引き抜いたり、手に負えそうなものを狩ったりしていた。

それで何だかんだと持ち帰る部位が増え、肉もたくさん集まり、日も暮れて来たので、キャンプだ。間違えた。野営だ。

流石に魔の森の中では怖くて夜を明かせない。なので昨日と同じように、森の外でテントを張る事にした。

「今日はどれにする？　イノシシもトリもウサギもシカもあるよ」

「そうだなあ。トリはどうだ？　イノシシもシカも、ソースや味噌で食べた方が美味いだろ」

「私も賛成だ！」

幹彦とチビが言い、それではトリにしようと空間収納庫からトリの肉を出す。

「幹彦にもあったら便利だろうにな。そういうバッグがあるらしいから、どこかで術式を見られないかな」

いろんな魔道具を解体して術式を読み解いたのだが、空間拡張の魔道具はまだ見た事が無い。

「マジックバッグとかいう名前のやつな。エルゼでも買えば相当な値段がするらしいぜ。まあ、駆け出しの冒険者には手は出せねえだろうし、持ってる奴は、盗難を恐れてバレないようにしてるんじゃねえか」

幹彦が言い、オオコウモリの羽根で火を大きくする。

トリの腹の中まで魔術で水を出してよく洗い、腹腔内に香草やニンニクやショウガを詰め、卵白と塩を混ぜたもので包んで焼く。塩窯焼きだ。

卵黄の半分は牛乳と砂糖を混ぜてロールパンを浸しておく。明日の朝これを焼けば、フレンチトーストだ。

もう半分の卵黄は、ゆでたパスタと炒めたベーコンを入れて混ぜ、塩と黒コショウで味を調えて、カルボナーラだ。

「今日の晩飯は何何?」

「トリの塩窯焼きとスパゲティカルボナーラ、コンソメスープ」

「美味そう! あ、キノコ発見。ちょっと炙って塩を振って食ったら――」

「やめろ、ミキヒコ。死ぬぞ」

「げ」

危ないところだった。

こうして肉が焼けるのを待っていたのだが、ガラガラと馬車の近付いて来る音がして、何となく緊張した。

「ん？　追われてる？」

幹彦が真面目な顔になった。

「そのようだな。馬車を二十人ほどの人間が追いかけているぞ」

どうしようかと互いに顔を見合わせ、同時に嘆息して立ち上がった。

＊＊＊

馬車は街道を急いでいたが、村に着く前に追いつかれてしまった。

「盗賊か」

忌々し気に、主人のモルスが嘆息した。

少し前に怪しい男らが前方でたむろしているのを商会が雇っている護衛の斥候が見付け、回り道をして急いで次の村へ入ろうとしたのだが、見付かり、追い付かれてしまった。

モルスは大商会の創始者で、のんびりと旅行がてらに行商して隣国に住む兄弟の所に行って来た帰りだった。

「あと少しでエルゼだというのに」

「何としても食い止めますので、馬車から出ないでください」

護衛はそう言って、馬車の外に出た。

護衛の彼らは、ベテランで真面目なメンバーだ。これまでにも、魔物が出た時も小規模の盗賊が出た時も、上手く追い払ったり仕留めたりして来た。

しかし今回の盗賊は二十人ほどだ。

「来たか」

矢が飛来する音がして、モルスは自分と彼らの無事を祈った。

飛来する矢を上手く叩き落し、あるいは盾で弾き、こちらからも攻撃を仕掛けていく。

盗賊の方も矢を弾いたり叩き落したりして接近戦へと変わって行く。

と見えて、火の玉が飛来した。

「魔術士か！」

魔物でも魔術を使うものもいるので、魔術士と戦えない訳ではない。しかし人間は魔物と違って知恵もあるので、厄介である事は間違いがない。

それでも冒険者をする魔術士なら、そこまで連発できる者はいないし、大きな魔術を使うものもいない。そういう魔術士は冒険者などにならず、国の魔術士団員なり何なりになるのが常だからだ。

なのでいつもの如く、魔術士に魔術を撃たせてガス欠にし、ポーションを飲む暇を与えずに潰してしまう作戦に出た。

しかしここで思わぬ事が起こった。

別の方向からも水の玉が飛んで来るし、それとは別の火の槍も飛んで来た。

「こいつら、魔術士を複数仲間にしてやがるのか⁉」

「リーダー⁉」

「とにかく防げ！　それで隙を見て攻め込むぞ！」

嫌な予感がしながらも、依頼主を放って逃げるわけにもいかないし、逃げ出せるとも思えなかった。

「ポーションもたっぷりあるぜ！　へへっ！」

盗賊のリーダーだろう男がそう言って笑い、要求を出した。

「有り金と商品を積んだ馬車を置いて行け。そうすれば命は見逃してやるぜ」

不安と迷いを浮かべた仲間がリーダーの様子を見るように顔を向ける。

「騙されるな。こんな所に放り出されて無事に済むわけがないし、口封じに殺されないわけがないだろう。依頼主を何としても逃がすぞ」

悲愴な決意でリーダーは言い、

「すまん」

と仲間に謝った。

「いいんだなあ？　じゃあ、やっちまえ！」

盗賊のリーダーが言って、盗賊たちは笑い声や勝鬨を上げた。そして、魔術士が一斉に攻撃を仕掛けて来た。

その時、強い竜巻が吹き荒れ、全員が目をつぶって体を低くした。

「どこにでもいるもんだな、ゴキブリどもめ」

新たな登場人物が現れた。

＊＊＊

こっそりと近付いて話を聞き、彼らが何者かおぼろげに理解した。

「どこにでもいるんだな、ゴキブリどもめ」

ゴウッと風を吹き上げるだけで、盗賊たちの魔術士が放った攻撃は霧散した。

「あれ？　思ったより弱いよ？」

「それはラッキーじゃねえの」

幹彦は言いながら刀に手をかけて走り込んで行く。

「食前の運動といくか」

チビも大きくなって走って行く。

「うおっ⁉」

どちらもが驚き、目を見開くが、僕達が盗賊側に向かって行くのを見て、どちら側かわかったようだ。

「助かった！」

言いながら、盗賊に向かって行く。

位置を覚えておいたので魔術士を先に潰して行き、残りを片付けて行く。

幹彦は盗賊たちに囲まれたが、舞うように動いたかと思うと、盗賊たちの方が斬られて倒れて行く。チビは吠えかかるだけで盗賊たちが逃げ腰になるので心配ない。僕も薙刀の実地訓練だと思って頑張った。

そう時間も経たないうちに、盗賊たちは全員が地に伏せていた。

「助かった。あの、あなた達は？」

ホッとした顔でリーダーが話しかけて来る。

「気にするな」

幹彦が言い、僕も付け加える。

「通りすがりの隠居です」

「えっと、あれはもしかして」

全員がチビを見る。

「ペットの犬で、チビです」

「犬じゃねえだろ」

「チビでもないでしょ」

突っ込みが来た。

「犬です」

「ワン」

「拾った時はチビだったんだ」

「ワン」

その時馬車の方から、老人が歩いて来た。

護衛達は、「忘れてた」という顔を一瞬浮かべたが、にこやかに彼を迎える。

「今声をかけに行こうと思っていました」

老人は近付きながら、

「助けていただいて、ありがとうございます。冒険者の方ですか」

と言いながら、チビを二度見した。

「私はエルゼに本店を置いている商人で、モルス・セルガと言います」

それに、幹彦が答えた。元営業マンなためか、つい名刺を出そうとして手を胸元にやっている。

「ミキヒコ・アマネガワです」

「フミオ・アソウです。こっちは犬のチビです」

「ワン」

倒れている盗賊の一人が、

「そんな犬がいてたまるかよ。チビなんてサギかよ」

と言った。


盗賊たちを残らず確保して縛り上げたところで料理を思い出し、礼をと言うモルスに、気にしないでいいと言ってテントのそばに戻る。

「良かった。塩窯もいい具合だぞ」

チビも小さくなって、座り込む。

「幹彦、ガツンと割ってくれ」

「よし」

塩窯を台の上に載せて、刀のつかでガンと叩く。するとパカリと塩のドームが割れて、香草の香りと鶏肉が現れる。

「うおお、美味そう！」

「待てよ、切り分けるから」

足を外し、胸をいくつかに切り分け、骨は別に除ける。付いた肉をこそげ落としてスープに入れると美味しいのだ。

パスタもゆですぎにはなっておらず、湯切りをして黄味の入ったボウルに入れ、炒めておいたベーコンも入れて塩と黒コショウをして混ぜる。それを皿に分けて黒コショウを少し上にかける。

骨から外した肉をスープ鍋に入れて混ぜ、カップに注ぐ。

「できたぞ」

「腹が減ったぞ」

「美味そう。さあ、食おうぜ」

幹彦が言って手を合わせた時、どこからかグウと音が聞こえた。

僕も幹彦もチビも音のした方を見た。

「盗賊の、褒賞の話とか……」

言いながら目は料理に釘付けのモルス達がいた。

盗賊たちをそばに転がして、一緒に食事をした。

モルス達も基本的に野営では日持ちするクラッカーと干し肉とドライフルーツなどを食べているらしいが、水も火も僕がいくらでも出せると言うと、昼間に狩ったウサギを焼いて、モルスが土産に買って来たワインも開ける事になった。

「隠居ですか」

「そうなんじゃ。店を息子に譲ろうと思ってな。それで隣国にいる兄弟の顔を見に行きがてら行商をしてきたところだったんだよ」

「へえ。僕も隠居しようと思ってましてね。そのために今は、準備中です。隠居見習いですね」

「隠居見習いか。それはいい。わははは！」

隠居に悪い人はいない気がした。

「すげえな、さっきの。元騎士か何かか？」

「いや、ただのサラ――冒険者だぜ。ちょっと剣が好きで子供の頃からやってただけだ」

幹彦はリーダーと剣の話などで盛り上がっている。

「もう犬でもフェンリルでもいいわ」

「かわいい」

「キュウウ。ワン！」

チビも満更でもないようだ。

「腹減ったよう」

盗賊たちだけが、泣き言を言いながら腹の虫を鳴らしていた。

三・若隠居を追いかけてきた過去

また会おうと言って別れ、エルゼの家から地下室へ戻って来た僕達は、遠足か何かから帰って来たような気分だった。

採って来た薬草や木を地下室に移植し、武具の手入れをして片付ける。

「明日はマンションの件で不動産会社に行くんだろ？」

「うん。最終確認でね。これが終われば、後はもう楽になるはずだよ」

「だといいな」

チビが冗談めかして言い、夕食になった。

翌日は、入居希望者の募集や入居者の選定、賃貸料などの件で話をし、ほかの色々な事を決めて契約を交わした。

今は一時的に借金が膨らんでいる。考えたくもない金額ではあり、とても、隠居などしていられない状況に思える。

しかし、マンションが上手くいけば二十年で全てのローンが完済される計画だし、家庭菜園の薬草や果実など、他にもポーションや魔道具が上手く売れるようになれば、本当に楽隠居も夢じゃない。

それもこれも、マンションの裏のダンジョンが安全なまま攻略されずにあり続けてくれなければ困るし、早いところ、地球でも色々なポーション類がもっと出てくれなければ、日本では売るに売れない。

祈るような気持ちで、印鑑を押した。

これで終わりと立ち上がり、ついでに協会の売店を覗いて来ようと幹彦と連れ立ってダンジョンのそばにある協会へ向かった。

が、そこで思わぬ人物と会った。前の職場で同僚だった人だ。

「麻生先生？　うわ、お久しぶりです！」

解剖医としての免許を取り立てだった若い医師で、柴という名の犬のような人だ。

「柴君。久しぶりだなあ。どうしたんだ？　医者は辞めたのか？」

見るからに駆け出しの探索者という感じなのでそう訊くと、

「魔物による外傷とかもこれからは出るでしょう？　だから、一度は魔物を直に見ないといけないって事になって。それで、若い奴が行けって」

と、そう言いながらも、楽しそうに笑った。

「こちらは同じパーティーの方ですか」

「周川幹彦。幼馴染で、一緒に住んでもいます」

幹彦がにっこりと笑いながら手を差し出すと、

「うわあ、噂の！　本当にカッコいい！　よろしくお願いします！　柴　耕助です！　麻生先生の後輩で、随分お世話になりました！」

と柴君も笑って手を握り返す。

僕も幹彦も、柴君の言葉に首を傾げた。

「噂って何？」

「あ、ヤベ。ああ、気にしないでください。その、ちょっと引率の探索者グループの人に聞いてたんで」

柴君は笑って頭を掻いた。

何だろう。まあいいか。マンションの件で知られたのかもしれないな。

「それよりも聞きました？　西野さんが里中先生に婚約破棄されたんですよ」

声を潜めて柴君が言い、僕は驚いた。

「里中先生、女性関係が派手で。検査に来たモデルといい仲になって、西野さんは捨てられたんですよ」

幹彦がフッと唇の端で笑った。

「まあ、同情はあんまりしないな」

言うと、柴君は嘆息した。

「先生は人がいいんだからなあ。皆は『ザマア見ろ』って言ってますよ。その西野さんも、このダンジョン体験のグループに立候補して入ってます。後は、救急の先生と外科の先生と看護師と」

「確かにその辺りの科は経験が必要だな。でも、西野さんもいるのか。ちょっとまずいな」

ううむと頷く。

幹彦は、

「ここのダンジョンを使うのか？　だったらここには来ない方がいいか。あんまり会いたい相手でもないだろ、史緒」

と言う。

が、遅かったようだ。

「麻生先生！」

背後から声がかけられ、振り返れば、上目遣いで目をウルウルさせる西野さんが、ほかの先生達や同期の女性探索者達と立っていた。

「やあ、久しぶり。君達そう言えばパーティー組んだんだっけ」

幹彦が営業的笑顔で言うと、同期の彼女らはにこにこと答えた。

「はい！　ミキ×フミも相変わらずで！」

知らない所で、あだ名で呼ばれていたらしい。

「皆もお久しぶりです」

一応元は顔見知りのスタッフたちだ。僕はそう言ってなんとなく頭を下げると、彼らも頭を下げた。

しかし、どこか空気は、西野さんを中心にぎこちなかった。

会話は全く弾まなかった。

体験は終わったところだと柴君たちが言い、参考のためにもこれまでの色々な話を聞かせてくれと頼まれ、同期のチーム『貴婦人』からも是非にと頼まれ、協会の中にある喫茶店でテーブルを囲む事になったのだ。

気は進まないが、貴婦人との情報交換も有意義かと承諾したのだが、右隣に幹彦、左隣には柴君を押しのけて西野さんが座った。

最初は、爪で負った傷はどうだとか、ポーションの効きはどうだとか、そういう医療に関係する事を話していた。

しかしその話も出尽くして隣同士で雑談を始めた頃、西野さんが小さく鼻を啜り上げて小声で話しだしたのだ。

「麻生先生。会えてとてもよかったです」

「はあ？　はあ」

助けてくれと視線を元同僚達に向けるが、全員、困惑した顔をしているか、気まずい顔をしているか、面白そうな顔をしているかだった。あてにできそうにない。

幹彦はというと、西野さんを視界に入れるのも嫌なのか、チビの背中を撫でている。普通の人が普通の態度でいるだけなら女性でも営業マン的な感じで挨拶も話もできるのだが、すっかりこういう女性は苦手になってしまったらしい。

「私、やっぱり先生の所に戻りたいの」

「いやあ、それは無理です。お断りします」

言いながら、コーヒーを飲む。

「私が悪かったと反省しています。でも、私だって騙されたんです。顔だけはいいモデルと結婚するつもりだって。私は遊びだったたって里中先生。酷いでしょう」

言いながら、涙ぐむ。

どっちもどっちだろうと、言っていいのかどうか。大人だから、言わないでおこう。

だが、貴婦人その一が言った。

「あら。薬を盛っておいて、何も無かったのに関係があったと嘘をついて、妊娠したとだますのは酷くないの？　それでもっといいカモ――失礼――に乗り換えるからって、一方的に婚約破棄するのは、酷くないの？」

思わずコーヒーを噴き出した。

「何でそんな事を知ってるんですか？」

慌てる僕に、貴婦人たちはオホホと笑った。名前まで覚えていないのだ。

「あら、フミ様。そんな手口はフミ様で三人目ってさる筋から聞きましたよ。前の二人は、片方は別の病院に行って逃げ切り、片方は開き直って結婚しなかっただけ。フミ様は三人目だったんだけど、なかなかなびかないからってパーティーの時に一服盛って騙したんだって。看護師は皆知ってるって」

貴婦人その二が言い、看護師が目を合わさないようにコーヒーを啜っている。さる筋というのは彼女か。

「あ。僕も知ってました」

柴君も言い難そうに言い、僕はがっくりと下を向いた。

「恥ずかしすぎる……！」

「いいえ。先生はその、世間知らず——いいえ、お人好し？　慣れてない？　ああ、誠実、真面目だったんですよ」

貴婦人その三が慰めるような笑顔を浮べて言うが、言葉選びに苦慮してたな！

「何よ！　しょ、証拠でもあるの!?　見てたの!?」

いきり立つ西野さんに、チビが低く唸り、幹彦が鋭い目を向ける。

「史緒はあなたと結婚せずに済んでよかったようだな。里中先生？　その人に感謝するぜ。あんたに史緒はやれねえ」

「なんであなたなんかの許可がいるのよ！」

「いや、僕が西野さんとよりを戻すとか嫌だけど」

「どうしてよ！」

西野さんが癇癪を起しかけた時、背後に新たな人物が立った。

「失礼。多摩川署の木村です。声をかけようかと迷っていたんですが、随分と興味深い話で盛り上がっていらっしゃったのでね」

盛り上がってない！　と信じたい！

心で叫ぶ僕とは違い、西野さんの顔色は青くて硬い。

「何よ。何で警察が」

「里中さんから訴えがありましてね。嫌がらせを受けている。過去に薬物を混入したものを不法に

飲ませた事があるような人だし、何をされるかわからない、と。この続きは場所を変えて細かく伺いたいので、署までご同行願います」

ドラマのような成り行きに、全員がポカンとしていた。

四・「ミキ×フミを見守る会」改め「貴婦人」のティータイム

西野さんが連行されて行き、残った病院スタッフとフミ様は事情を訊かれている。

私達は別のテーブルに移り、小声で乾杯をしてティータイムをしていた。お茶のお供は何と言っても、

「あんたに史緒はやれねえ」

「キャー！」

「ミキ様最高！」

「愛ね！」

これでお茶を何杯でもいける。

病院スタッフの「魔物を実際に見てみるダンジョン体験会」の引率は、講習会で回る浅い比較的安全な所だけのものだったが、それでも完全な素人を引き連れて歩くので気は使った。しかも協会からの料金はそれほど高くはなく、ババを引いたという感じはした。

しかしいざ話を聞くと、フミ様の元同僚がいる、前の勤め先だったとわかった。

なので雑談も弾み、特に女性看護師とは同じ趣味のにおいもして、色々な話も聞けた。そう、西野さんの話である。

「フミ様になんてことをするのかしら、あの牝狐」

「でも、ミキ様がバシッと！」

「決まったわぁ」

「いやあ、やっぱりミキ×フミよ」

「いいものを見させてもらったわ」

「ええ。依頼の料金以上の価値は十分あったわね」

「引き受けてよかった！」

そうしてにっこりと、貴婦人のような笑みを浮かべた私達貴腐人は、フミ様とミキ様の座るテーブルへ目をやった。

「これからも、陰ながら見守りましょうね」

我々の結束は固い。

五・若隠居の修行はロマン

マンション裏のダンジョンは、資源ダンジョンだ。資源ダンジョンとは、魔物はいるにはいるが、動物が変化したようなものよりもロボットのようなゴーレムと呼ばれるものが中心で、ドロップ品も金属のインゴットになる。壁にも鉱石を含んでおり、他では壁などを掘る事はできないが、ここでは壁を掘って採掘する事ができる。ただ、時間が経てばその穴も塞がれるらしい。本当にダンジョンというのは不思議なものだ。

そんな事を考えながら、僕と幹彦はチビに警戒を任せて採掘に挑戦していた。

「硬えな！」

サラディードをツルハシに変化させて幹彦は壁を掘っていた。僕はツルハシを持ち込んでいる。

「爆破はできないっていうのがわからないよ。どうやってダンジョンが判断してるのか？」

言うと、幹彦は肩をすくめた。

「どこからか試験官が見てるのかもしれねえぜ。さあ、もういっちょやるか」

言って、ガンガンと壁を叩き始めた。

よそからも、採掘のために壁を叩く音が聞こえる。銅や鉄がインゴット状で見付かっているほか、ルビーが塊で見付かってもいる。掘り出され方が地球で知られた形ではないが、インゴット状でみつかるなら加工が楽だとでも思えばいい。

「いいもの出ないかなあ」

言いながらも、自分のくじ運の悪さを思えば、碌なものは出ないだろうと嫌な予感がする。

「まさか、オリハルコンとかヒヒイロカネとか大それたものを頼みはしないし、ルビーとかダイヤとか身の程知らずなものも頼まない。でも、初めての採掘なんだから、何か出てほしい。石ころ以外で」

神頼みしてみながら掘っていると、幹彦はゲラゲラと笑い出し、チビは同情するような目を向けて来た。

しばらく掘っていると、違う音がした。

「ん？　何かあるぞ？」

幹彦とチビも、何が出るのかと近寄って来て、手元を凝視する。

「運が向いて来たかなあ、ようやく」

ドキドキワクワクとしながら掘り進め、ようやくそれは姿を現した。

「……花崗岩かな？」

「珍しいものなのか？　私はよくわからんが」

「よく墓石とかになるやつじゃないかな」

珍しくもなんともない……。

幹彦はこぶし大のルビーと銀のインゴットを掘り出し、初の採掘作業は終了した。

こんなもんだよと、僕は掌の肉刺を見て嘆息した。

その時、幹彦が表情を引き締めて、

「何か来るぞ」

と言い、チビは満足そうに、

「フン。よく警戒を解かずにいたな」

と言った。

チビと幹彦が警戒している方向を見ていると、鈍く光るゴーレムが現れた。

「昔のロボットアニメみたいだな」

幹彦が呑気にそう言う。

まあ、確かにそう見える。「懐かしの昭和のアニメ」に特集されていそうな感じはする。

「やたらと頑丈だから気を付けろ。それとものによっては、魔術を使って来るぞ」

チビがそう言うのと同時に、風の刃が飛んで来た。

「危ねっ！」

サッと避け、まずは幹彦が接近して斬りつけるが、傷がつかないほど硬い。

ならばと炎を浴びせてみたが、変化は見られない。

「そうだ。高温と冷却を繰り返すと脆くなるな。やってみる」

僕は炎を浴びせては次に凍らせて、また炎をと繰り返して行く。ゴーレムは炎を受けても平気そうにしているし、凍らせても力任せに氷を砕いて攻撃してくる。それを、チビは僕と幹彦の前で盾のように障壁を張って防いでいる。

我慢比べのような時が過ぎ、やがてゴーレムから異音がして、腕がゴトリと落ちた。やっと、温度変化が金属の劣化を起こさせたらしい。

「幹彦！」

「よっしゃ！」

幹彦は飛び出して行き、刀を一閃させる。

それで足を斬られてゴーレムは地響きを立ててうつ伏せに倒れ、幹彦と僕とで倒れて何もできないゴーレムに攻撃を浴びせかけた。

そのうちにゴーレムは光って形を崩して消え、魔石と金属塊を残した。

「はああ。やっとかぁ」

幹彦が嘆息して言う。

「硬いと厄介だな」

僕もホッとしながら言って、魔石と金属塊を拾う。

「でも、硬いだけじゃねえな。これまで、魔術を使って来る魔物ともやり合った事はあるけど、これほど連続して使って来る事はなかったからな」

それにチビが付け加える。

「これまでは幸いにも、その前に倒すことができていたからな。言わば、そこまで格上のやつとはまだやり合ってないという事だ」

それに、幹彦も僕も、やや落ち込んだ。

「まだまだって事だな」

「ああ。ちっ。本格的に魔術を使う相手との戦い方を考えねえとな」

そう言って、僕達は帰途に就いた。

「ほらほらどうした？」

煽るように言いながら、涼しい顔で水球を飛ばしつつ剣でも攻撃して来るのを、幹彦は避けようとしたり、隙を見て攻撃しようとして失敗し、水浸しになったりしている。

魔術師相手の戦い方を練習するのは、地球でよりもエルゼでだろう。そう考えた僕達は、エルゼで特訓する事にした。

まだ僕は魔術が使えるので、どうとでもなる。より問題なのは幹彦だった。

幸いにもエルゼに戻ってすぐにモルスさんと再会し、セルガ商会の護衛をしていた彼らに会って、どうすればいいのかアドバイスを求めたら、こうして訓練に付き合ってくれる事になったのだ。

それに知らなかったが、セルガ商会というのはエルゼに本店がある由緒ある大きい商会だったらしい。

皆が知っているような大商会で、知らなかったというのは不自然だったので、「ああ、あの」という体を装った。

「身体強化が使えるから強引に避けようとするんだよなあ。でも、飛んで来る魔術が石ころひとつ、水球ひとつとは限らないからな」

「防具でどうにかするっていう手もあるわよ。魔術無効の付与の付いたものを使うの」

「でも、相手の魔術無効を破らないと攻撃が通らないからなあ。やっぱり何かしらの手は必要だ」

皆、ああでもないこうでもないとアドバイスをくれる。

彼らはどうしているのかと訊けば、魔術を防ぐのは防具か魔術無効のスキル、攻撃を通すのは、より強い力と答えた者もいるし、通る攻撃手段でチマチマと答えた者もいた。

ただ、幹彦は完全な近接戦闘者で、僕が近接戦闘から遠距離戦闘までできるとは言え、二人組だから、幹彦も何かしらの中距離戦闘の手段があった方がいいと言われた。

そこでこの特訓だった。

その他にも、僕はほかの術式も見ようと本を見、それらから術式を自作しようと試みていた。

そんな風に、僕達はエルゼで修行を行っていた。

チビ？　昼寝とおやつに忙しそうだったな。


日本に戻り、日本のダンジョンにも行く。

日本のダンジョンよりもエルゼのダンジョンの方が、強い魔物がいるように思う。魔素の濃さの違いが原因だろうか。

エルゼのダンジョンや町の外や魔の森で魔物を相手にしている経験があるせいだろうか、僕と幹彦は、気付くと日本のダンジョンでは一番先に進んでいるらしいし、比較的落ち着いて対処できている。

それも、日本のダンジョンではエルゼほどに魔術を使って来る魔物はまだ出て来ないからで、いずれはエルゼのように、魔術無効を持つ魔物も出て来るのだろう。

「くそう。エルゼほどいやらしい奴は今のところいないけど、いつかは出て来るんだろうな。それまでに何とかしねえとな」

「焦らなくてもいいと思うよ」

「なんの。修行ってロマンを感じねえか？」

子供の頃から剣術に没頭して来た幹彦ならではの感性なのだろうか。

「ええっと、そう、かも。うん」

僕はどちらかと言えば、まず理論を納得してからの方が理解も習得もしやすいタイプだったので、何とも言えないが。

「よおし！　やるぞ！」

幹彦は、必殺技を練習する小学生みたいな顔付きをしていた。


そうして魔物相手に色々と試したりしていたが、その日出くわしたのは、カマキリの大群だった。

「デカい！　気持ち悪い！」

僕は見るのも嫌な気分だったが、ここを突破しなければ先には進めないし、逃げ出したところで、背中から攻撃されそうなのは確実だった。

「しかたねえ。やろうか」

幹彦が言い、チビも大きくなる。

「カマがどうにも鋭そうでヤバそうだな」

言ったそばから、羽を広げて素早く接近して来ながらカマを振り下ろす。それを避けているうちに、気が付くと僕と幹彦とチビは、完全にバラバラになってカバーし合うという事ができない位置になってしまっていた。

「諦めるな！　ピンチはチャンスだ！」

幹彦が言うが、カマを必死で避け、弾きながら、

「ピンチはやっぱりピンチだよ！」

と叫ぶ。

カマキリは立ち上がると二メートルはあり、カマを振り上げるとさらに大きい。こんな化け物サイズのカマキリを見たら、子供でも、二度と昆虫採集などしたくなくなるに違いない。

どうやら火に弱そうだが、下手に火を付けると、そいつが飛んで行って火が広がったら、こちらも焼死しかねない。なのでここは大人しく薙刀で何とかしないといけないようだ。

しかし、斬っても斬ってもカマキリが襲って来る。何匹片付けたのかなんて、数えている暇も余裕もない。カマは鋭いし、体は硬いし、飛ぶし、大量だし、嫌なやつらだ。

あとどのくらいやれば終わるのか。そんな事をちらりと考えたのが隙になったのだろうか。薙刀の刃が関節を斬ったあと外骨格に食い込んで、抜けるのが遅れた。それを狙っていたかのように、横合いからカマキリがカマを振り上げて襲い掛かって来る。

それがスローモーションのように見えた。

ああ、これに斬られるのかな。スパッといくのかな。当たりどころによっては、死なずに動けないだけになりそうだ。そうしたら寄ってたかって斬られるのだろうか。

鋭利な刃物のようなものだから切り口はきれいだろうな。

そんな事を高速で考えていたら、どこかから飛んで来た風の刃によって、そのカマキリの上半身が斬れてずり落ちた。

それを見た瞬間、取り巻く時間感覚が戻ったようになり、同時に食い込んでいた刃も抜けたので、近くのカマキリを斬る。

そうして大量のカマキリを片付けていき、逃げ出したのを追いかけようか燃やしてしまおうかと考えた時、幹彦が刀を鋭く振った。

するとそこから風の刃が飛んで行き、カマキリをきれいに寸断した。

「ああ。やっと片付いたぜ」

幹彦がやれやれと言いながら刀を振って納刀する。

「幹彦！　さっき助けてくれたのって、今のやつ⁉　ありがとう！　凄いな！」

言うと、幹彦は照れたような得意そうな顔をして、頬を搔いた。

「へへ。やればできるもんだな！」

チビは手を舐めて近付いて来ると、目を細めた。

「よくやったぞ。ミキヒコは魔力を魔術にはできないからな。魔力を風のように放ったのがあれだ。考えたな」

それに首を傾げる。

「魔力を魔術に？　ん？」

「何ものにも魔素が宿っている。この地球ではその限りではないが、ダンジョン内においては、そういう状態になる。そして、その魔素を取り入れたものが魔力だ。その魔力に法則を持たせて任意に外に出すのが魔術。例えばフミオは、魔力に術式を書きこんで魔術として外に出す事をしている。

ミキヒコは、これまではその魔力を体の機能をあげるとか内側にしか使えていなかった。身体強化というものだ。これを、術式を書きこめないまでも、刀という媒体を通して魔力のまま飛ばしたものが、さっきのあれだ。風の魔術と似ているが、風とは違う」

僕達はチビの解説を聞き、

「へえ」

と感心していたが、誰かが来るのに気が付いて我に返り、慌てて魔石とドロップ品をかき集めた。

なんにせよ、幹彦の必殺技の完成だ。幹彦も僕も、気が付けば笑っていた。

六・若隠居の追悼

スパスパと近くのものから離れたものまで斬る幹彦だが、注意しなければいけない事があった。

それは、遠くに飛ばそうとするその瞬間は、体を覆って硬く守るバリア的なものが無くなってしまうことだ。

早いうちにその事に気づけたのはよかった。

「まあ、近くに敵がいる状態で飛剣を飛ばす事もないだろうしな」

幹彦は言いながらも、気に留めておくと言う。

例のアレを、幹彦は「飛剣」と名付けた。

それで僕達は、更に飛剣の精度を上げたりするために、エルゼの町の外に来ていた。セルガ商会の護衛達と合同での訓練だ。

「へえ。大したもんだ」

護衛部隊には、元騎士や元衛兵、元冒険者などがいる。どの人物も腕利きだ。

リーダーは元冒険者で、サブリーダーは元騎士。リーダーは豪放磊落《ごうほうらいらく》に見えて意外と繊細な男だが、魔術は使えない。サブリーダーは魔術も使える剣士で、基本を知っているから、動きもスマートだ。それでも堅苦しさと上司である貴族のボンボンとそりが合わずに辞めたという、気さくな男だった。

「成程な。それなら風の魔術に見えるのに、風魔術無効には引っかからないから攻撃も通るな。対人戦闘でも切り札になるかもな」

サブリーダーはそう言ってうんうんと頷いていた。

人とやり合うのは、僕も幹彦も、なるべくなら避けたいというのが本音だ。だから、護衛などはやりたくない。襲って来るのが魔物だけで盗賊が来ないのなら話は別だが、護衛を必要とする者は、大抵強盗や暗殺者を含めて想定している者らしいので。

「まあ、こんなもんか。新人とは思えんやつらだな」

リーダーが言い、サブリーダーが、

「じゃあ、日も傾いて来たしそろそろ帰るか」

と空を見上げて言うと、揃ってエルゼの町へと歩き出す。

街道を日のあるうちにエルゼへと急ぐ人々が、歩いたり馬車を走らせたりしており、それが何だか、家路を急ぐ小学生の頃を思い起こさせた。

あの頃もやっぱり、幹彦が棒切れを肩に担いでいたりしていたなあ。

何だ。結局あんまり変わっていないという事か。そう結論付けると、笑っていいのか、成長していないと嘆けばいいのか悩ましい。

そんな事を考えつつもエルゼの町を囲む塀の門へと辿り着く。

町の外の人間の並ぶ列とは別の住人用の列に並ぶと、門番と軽く挨拶して中に入る。

それでモルスさんに一言挨拶しようと、一緒にセルガ商会へ行った。

夕方で通行人や買い物客はいるが、高級品コーナーの辺りは却って人がいない。見知った人物が一人いるだけだった。

「エスタ。久しぶり」

以前路地で絡まれていた所を助けてくれた「明けの星」のメンバーだ。

「あ。おう！　久しぶりだな！」

機嫌良さそうに片手をあげる。仕事終わりなのか、弓を持っている。

「頼んでいたスカーフが入ったって連絡を受けてな。取りに来たんだ。ベネシアの刺繍だぜ。見せてやるから、見て行けよ」

嬉しそうにエスタが言うと、ちょうど店員が持って来た箱を開け、刺繍を出して広げ、掲げて見せた。

瀟洒《しょうしゃ》な刺繍がされた薄い生地のスカーフで、よくはわからないものの、いいものだというのはわかった。ベネシアの刺繍というものは、名産品なのだろう。

「へえ。凄いな」

「うわあ、細かい刺繍だなあ」

感嘆の声をあげると、エスタも店員も得意そうに笑顔を浮かべた。

その時ちょうど若い女性が現れたが、僕達がそこにいるので後にしようと思ったのか、別の通路に行ったのが目の端に見えた。

サブリーダーにも見えたらしく、

「俺達は大旦那様に声をかけておくから」

と言うと、護衛の皆を引き連れて出て行った。

「女物だな。プレゼントか」

幹彦が気付いて言う。

「へへ。エリスちゃんにな。いやあ、シスター・ミミルとか酒場のプリシーヌちゃんとか、花屋のシモンちゃんとか雑貨屋のライラちゃんとかギルドのベーチェちゃんとかに浮気してるって嫉妬してさ」

「それだけの女性に、誤解されるような事をしてるのか」

幹彦も僕も目が冷たくなったのは仕方がないだろう。

「美人は口説くのが挨拶って常識だろう」

「そんな常識は知らん」

「エリスちゃんは領主の娘だしな。睨まれても困るんだよ」

苦笑し、小さな声で、

「花屋も雑貨屋も領主館の仕事をしてるからさ。干されたりしたらひとたまりもないし」

と言った。

「だったら誰かれ無しに口説くのをやめればいいのに」

言うと、

「それは俺じゃない」

と返された。

包装された箱を大事そうにカバンに入れ、上機嫌で出て行くのを見送り、

「いつか刺されないといいな」

「その時は史緒、解剖してやれよ」

と話していた。

先程の若い女性が苦々しい顔付きでエスタを睨みつけながら戻って来るのをしおに、僕達もモルスさんに会いにそこを離れた。

冗談で話していたのだが、まさか殺人事件が起こるとは全く考えてもいなかったのだ。


やたらと人がいて浮かれた様子なので何かと訊いたら、

「聖クルスデイだぜ。まさか知らないわけないだろう?」

と訊き返されたので、うっかりしていたと誤魔化した。

女神様の誕生日だとかで、花を飾りつけ、恋人同士でプレゼントを贈り合う日らしい。それで、

護衛達の独身で恋人もいない人達――ほぼ全員――と僕と幹彦は、夕食を食べてからも人であふれる広場で屋台を見て回ったり、芝居や大道芸を見たり、また飲んだりして過ごした。

子供は先に家へ帰され、大人だけが夜通し騒いでいると、悲鳴が上がった。

「何だ？　この向こうから悲鳴が聞こえたけど」

「祭りで酔ったやつがハメを外し過ぎたんじゃないだろうな」

言いながら、無視もできないと、声の聞こえた方へと見に行った。

「あれは、領主のボートハウスか」

池から引き込んだらしい水路をまたぐように小さい小屋がたっていた。日本の伊根にある舟屋という建物に似ており、正面からは一階部分に白いボートが係留されているのが見える。

その横に座り込んでいる女性がおり、よく見ると、夕方セルガ商店で会った女性だった。

「どうしましたか」

リーダーが声をかけると、彼女は泣きながら小屋の中の方を指さす。

小屋を覗き込むと、真ん中に水路があり、そこにボートが浮いていた。その周囲には手入れに使うと思われる色々な道具類が棚に並べてしまわれていたが、その棚の前に、仰向けに倒れている人がいた。

近寄ると若い女性で、お洒落なワンピースを着ていた。

しかし特筆すべきなのはそれではない。彼女の首にはスカーフが巻き付き、どう見ても彼女が生きているようには見えなかった事である。

それでも念のために、首に触れて脈が無いのを確認し、呼吸が無い事も確認する。

「史緒？」

幹彦が訊くのに、頷いて答える。

「死んでる」

それを聞いて、リーダーが部下に兵を呼んで来るように命令し、泣く女性に女性の護衛がつく。

僕は落ち着いて周囲の様子や遺体の様子を観察した。

被害者の首を絞めているのは、エスタが見せてくれたスカーフと思われるものだ。遺体の着衣に乱れはなく、頭部などの見える範囲に外傷はないし、被害者は真っすぐの姿勢で仰向けになっていた。

顔面は腫れてうっ血し、瞼《まぶた》をめくり上げて見ると溢血点《いっけつてん》が多く見られた。

スカーフは遺体正面から首に回して緩く絞められており、髪は巻き込まれていない。

そして首周りをよく見ると、水平にかけられたスカーフの下に斜め上に向かってロープの痕が残っており、その下には、手指と思われる扼殺痕《やくさつこん》が見られた。

指から手首、首にかけて硬直が進んでおり、直腸温度は測れないが、数時間内に死亡した事は間違いないと思われる。

そこまでざっと見た時、バタバタと走って来る足音がして、若い貴族風の男と領主かこの男の家の使用人風の男達、制服を着た兵士が現れた。

「ああ、シーガー様！　お嬢様が殺されました！」

泣いていた女性が言うと、来たばかりの男は、驚いたように中を覗き込むと、目を見開いて棒立ちになった。

「何故⁉　ばかな――――！」

「このスカーフは、冒険者のエスタさんのものです！　エスタさんがお嬢様を殺したに違いありません！」

女性が声を振り絞るようにして言い、シーガーと呼ばれていた男は、ハッとしたようになると、

「その冒険者を捕まえろ！　領主の令嬢を殺害した罪で、即刻死刑にしてやる！　それと領主のジンジャー男爵にもすぐに伝えろ！」

と命令を下した。

それで皆、テキパキと動き始めた。

「エリス⁉」

新たに声がかかる。集まり始めた野次馬の中から、名前に反応して近付いて来ていたエスタとエインとグレイだった。

「あ、エスタさん⁉」

女性が驚いたように声を上げると、周囲の兵士がエスタに注目する。

「お前か！」

「違う！　いや、違わないけど、俺は殺してない！」

「そうだぞ⁉　俺達は夕方からずっと一緒に警備の仕事を請け負って回ってたんだからな！」

揉め始める。

この世界に、指紋やらDNA鑑定やら足跡鑑定やら防犯カメラやらはない。このままではエスタ

が犯人で押し切られてしまう。

「待ってください！」

たまらず僕は立ち上がって大声をあげて注意を引いた。

「私は、このような調査のプロです。真実を明らかにするためにも、調査を任せていただけないでしょうか」

女性とシーガーが、顔を強張らせた。

しかし、新たに現れた人物によって、彼らが口を開く事はなかった。

「真実を明らかにできるのだな？」

全員の目が彼に向く。

誰だと訊く前に、リーダーが言った。

「領主様」

つまり、被害者の父親というわけか。

「ぜひ、頼む。真実を明らかにして、娘をこんな姿にしたやつを……クッ！」

「わかりました」

僕は静かに答えた。


幹彦とサブリーダーを助手に指名し、残りの者は小屋から追い出して、小屋の入り口を目隠しした。

カメラもないし、いつもなら当たり前のように使っていた道具や薬品もない。そもそも、解剖や検死の必要性や手順も知られていないので、死者を冒涜していると怒り出す可能性すらある。

それでも、できる事はあるので、それだけでもしよう。

「被害者は女性。仰臥し、手足は揃え、髪は丁寧に整えられている。スカーフが首に巻き付いているが、スカーフは緩く、スカーフの下に髪は入り込んでいない。顔面は腫れ、うっ血。溢血点は多い。鼻の周りに血液を拭いた跡が見られる」

瞼をめくったり目を近付けたりして言うのを、幹彦はメモし、サブリーダーはじっと見ている。

「服を脱がせますので、手伝ってください」

言うと、幹彦はドラマなどからもわかっているが、サブリーダーは眉をあげた。

「女性の服を？」

「隠れた傷やあざがないか調べるためです」

納得したのか手伝ってくれ、三人で被害者を裸にして横たえた。

体温計はこちらにもあるので、それを肛門に差し込もうとしたらサブリーダーに慌てて止められた。

「何をしようとしているんだ⁉」

変態を見る目である。

「深部体温を測って、死後どれだけ経ったか計算するんですよ。ほら。遺体はだんだんと冷たくなるでしょう？」

それには思い当たるらしかった。

「気温や遺体の置かれた状況で変化するんですが、これで大体わかるんですよ」

言うと、そんなものかと思ったのか渋々引き下がったので、肛門に体温計を差し込む。

そうしながら、観察を進める。

「スカーフの下に、斜め上に向かうロープ状の痕があり。その下に、大人の手と思われる扼殺痕《やくさつこん》があり。首以外に外傷はなし。女性器にも傷はなし。右手の人差し指と中指の爪の間に皮膚片。犯人のものかな。検査できれば一発だったのに」

残念だ。

そろそろかと体温計を引き抜く。

「体温は三十三度。ざっと死後五時間以内ってところだな。死斑は、足先の方に見られるほかはなし。ふうん。これはまた」

幹彦がメモを取りながら顔をあげる。

「わかったのか、史緒」

「まあね。衣服を整えてから、説明しよう」


キチンと服を着せ、リーダーや領主、シーガー、エスタ、エイン、グレイ、被害者エリスの侍女だという泣いていた女性ユリナを中に入れた。

そうして、結果を伝えた。

「以上の事から、被害者は扼殺されたもの、ああ、首を絞めて殺害されています。その後、ロープで縊死《いし》、首つりに偽装され、それから再び下ろされて横たえられたものと考えられます。梁にロープでこすった跡も見つかりました」

言うと、各々頭の中でそれを考えているように黙っていたが、幹彦が考えながら言った。

「何でそんな事を犯人はしたんだ？　首吊りに偽装したのは、自殺に見せかけようとしたからだろう？　下ろしたのは、やっぱりやめたのか？」

「いいや。殺して梁に吊るしたのは殺害した犯人だよ。だけど、おろしてスカーフを首に巻き付けたのは別人だよ。そうですよね。ユリナさん、シーガーさん」

全員がギョッとした顔付きになり、ユリナとシーガーに目を向けた。

「シーガーさんの手首に、爪でついたひっかき傷がありますね。首を絞める時に抵抗されてついたものでしょう。被害者の爪の間から皮膚片が発見されました。一致するのではないかと思いますが？」

言うと、サッとシーガーは手首を覆った。

まあね？　日本でなら、DNAを検査して証拠とできるんだけど、今は無理だ。それでもこの言い方で、皮膚片を傷に合わせれば形が一致する可能性を考え、怖くなったのだろう。

「それに、ロープで吊るすには力がいります。掌にも、擦過傷ができているのではないですか？　ロープに残った皮膚片や汗を照合すれば、一致するでしょう」

領主は、シーガーをぶるぶると怒りに震えながら睨みつけている。

「エスタは、この五時間なら警備の仕事の最中だぜ」

エインがホッとしたように言った。

「ユリナさんは、首を吊っている被害者を見付けて、たまらず下ろしたんでしょう。自殺というのは名誉に関わる、殺人の被害者の方が、同情を誘えるんじゃないかと思ったとか？」

「な、なぜ、私が」

「あなたの掌にも、擦過傷がありますね。まだ新しい」

さっと手を握り込んでユリナは隠した。

「それに、遺体はキチンと姿勢も衣服も整えられ、髪もスカーフに巻き込まれないでいました。鼻の周囲に血液を拭き取った跡もありました。被害者を大切に思う者が、大切に扱った証拠です」

それでユリナはワッと泣き崩れてしゃがみ込んだ。

「お、お嬢様が自殺なさったのは、あのエスタさんのせいだと思ったんです！　浮気ばかりしてって。それで、エスタさんが贈ったスカーフがそばにあったから――！」

「ああ。それで、エスタを犯人にしようと」

幹彦が言い、エスタは何とも言えない顔付きになった。

「ダレル・シーガー君を監禁しておくように。お父上のシーガー子爵には私から連絡をさせてもらうから、心配は不要だよ」

領主は冷たい目をシーガーに向けて言い、兵士たちは、

「俺より冒険者の方がいいとか言うから！　おかしいのはあの女だろう⁉　どういう躾《しつけ》をしたんだ！　俺は子爵家の嫡男だぞ！　わかってるのか⁉」

などとわめくシーガーを、硬い表情で連行して行った。

取り敢えずは犯人もわかり、遺体を家へ運ぶように兵士に命じ、残った僕達は領主の館に場所を

移した。

　遺体を拭き清め、穴に丸めた綿を詰めて体液が出るのを押さえ、服を着させてから、薄く化粧をする。それらをしたのはユリナさん達で、終わった後に遺体と対面すると、首の傷を覆うようにエスタさんの最後のプレゼントとなったスカーフが巻かれていた。まるで生きているのではないかという姿に領主とエスタは泣き崩れ、

「何で、振られたからって、何で殺すんだよう。俺を狙えばよかっただろう、ちくしょう！」

と叫んでエスタは遺体に取りすがり、その姿にユリナさんたちは静かに嗚咽《おえつ》を漏らした。

　エインは小声で、悔しそうに言う。

「エスタ、本気だったんだ。でも身分が違うだろ？　だから、何としても超一流の冒険者になるって。そうすれば準男爵扱いになって、あとは土下座でも日参でもして領主に認めてもらうんだって。それも、貴族のお嬢様だからすぐに結婚の話が来るはずだから、急がないとってさ」

「装備はともかく、自分の事には最低限しかお金も使わずにためてたよ。それで、超貧乏なかわいそうな人って思われてて、パン屋とか食堂とかでも気の毒がられてたんだ。それでも、いつかお嬢様に、花嫁のベールを贈るんだって。お嬢様もそれを楽しみにしてたんだよ。それを、あいつが――――！

子爵の子供だからって、ちゃんと罪に問いますよね⁉」

　エスタが怒鳴るように言うのに、領主は睨むようにして答える。

「当然だ！　許すものか！　当然だとも！」

それでユリナが号泣し始め、皆が泣き出した。

遺族の泣く姿は、何度見ても胸が痛む。

僕達は部外者なのでそれ以上は遠慮する事にし、外へ出た。

祭りの騒ぎはまだ続いているが、先程までのようには楽しめないまま歩く。

そして広場で、精進落としだと黙ったままグラスに一杯だけ献杯し、別れた。


後日、葬儀が行われた。

こちらの風習では、新郎が新婦にベールを贈り、それを式の時に被るのだそうだ。エリスはエスタが最後に贈ったスカーフをベールのようにかぶり、花嫁衣装と同じ色のドレスをまとって棺に横たえられていた。

年の数だけ鐘が鳴らされるのを聞きながら、誰もがその鐘の音の少なさを嘆き、悲しんだ。

エスタも、領主やエリスの兄も、眠るような彼女の姿を目に焼き付けようとするかのように真っ赤な目を見開いていた。

聞くところによると、犯人の親である子爵は、どうにかして自殺にするように求めたらしく、検視結果を疑ったらしい。まあ、この世界にその概念が無ければ、そうなる事もわかる。

しかし子爵は完全に、自分の子供――いや、自分の家柄に傷が付く事を避けるためにそう言い立てており、領主は後ろ盾になってくれているもっと上の貴族まで巻き込んで、きちんと決着をつけたそうだ。

加害者が貴族で被害者が平民ならば、無理矢理でも事故や自殺で片付けられることはおかしくないそうだ。被害者が格下の貴族の場合、脅しやちょっとしたエサで同じように幕引きを求められることが普通の事だという。被害者が同等の貴族だと、話し合って政治的な取引をすることになるらしい。

まるで時代劇か何かの話を聞いているようだと僕も幹彦も溜め息が出たし、貴族にはなるべく関わらないでいようと心に決めた。

子爵の息子は、絶縁の上どこかに送られたと聞いたが、それがどういう所で、殺人に釣り合う罰かどうかはわからなかった。

ただ、翌日エスタは真っ赤な目を腫れあがらせてギルドへ現れ、空元気でも笑い、少しずつ普段の陽気さを取り戻し始めたので、よかったと思う事にした。

七・若隠居はこの時を待っていた

小さいチビを連れて、幹彦の実家を久しぶりに訪問していた。幹彦をストーキングしていた女性がすっかり姿を見せなくなり、警察官から彼女が別の男性と付き合い始めたと聞いて、ストーキングが終了したと、お祝いする事にしたのだ。

手土産に持って行ったのは、魔物肉と家庭菜園の野菜類だ。

魔物の肉もダンジョンの野菜も、確かに味がいい。でも、まだまだダンジョン産の肉や野菜は高級品で、庶民だと食べた事が無い人も多い。時々幹彦の実家には別の場所で受け渡したりしておすそ分けをしてきたが、そうひんぱんにというわけにはいかなかった。

今日は鍋にしようというので、食材は任せてくれと言っておいたのだ。

選んだのはレタスしゃぶしゃぶ。これはしっかりと肉も食べられるのにあっさりとしていて美味しい。水と酒と昆布を入れた鍋を火にかけ、沸騰前に昆布は取り出す。そこに薄く斜め切りにした白ネギを入れ、レタスをしゃぶしゃぶし、しゃぶしゃぶした肉と白ネギ、針しょうがを巻いて、柚子胡椒をのせ、ポン酢に浸けて食べる。肉は牛でも豚でもいいが、豚の方があっさりするので、お好みだ。因みに僕は、豚二回に牛一回だ。締めはうどんがいいが、そうめんでもいける。

用意したのはオークと呼ばれているブタの魔物のスライス、地下室で栽培したレタスと白ネギ、スーパーで買ったショウガ。デザートにプリンの実と果物を数種類、お土産として牛の魔物肉の塊と豚の魔物肉の塊と鳥の魔物肉も持って来た。

勿論、プリンの実は未発見の果物で、まだ秘密と言ってある。

「あのお嬢さん、ほかの男を見付けたらしいけど。これで安心だな。お互いにその方がいい。うん」

おじさんはうんうんと赤い顔で頷いている。アルコールに弱いのに、アルコールが好きな人だ。

「これって彼女に振られた事になるのかしら」

おばさんが首を傾げるのに、幹彦が、

「どうでもいいよ。これでビクビクしなくて済むなら」

と肩をすくめ、お兄さんは、

「ま、ようやく諦めたんだろ。それより、だったら幹彦、家に戻って来るのか？」

と訊いた。

それに幹彦はプリンの実をきれいに食べ終えて言う。

「いいや。このまま史緒ん家にいようと思う」

「その方が何かと便利だし。な」

僕もそう言う。これについては、家で話をしていたのだ。エルゼに行く都合もあるし、この方がいい、と。

「何か悪いわ」

「いえ。どうせ僕一人だけですから」

「ワン！」

「あ、ごめん。一人と一匹だったな」

「クウン」

チビは子犬にしか見えない様子で、僕の足に体をこすりつけて甘えた。

「幹彦、迷惑かけないようにな」

おじさんが言い、

「ちゃんと家事は分担させてね」

とおばさんが言い、

「合宿みたいで楽しそうでいいなあ。それに肉も。探索者かあ」

とお兄さんが言った。お兄さんは家の剣道場を継いでいるので、副業を考えているんだろうか。

まあ、これで実家にも何かあったらすぐに戻れるし、うちで同居を続けることも決まった。

「それはそうと、斎賀君も探索者になったそうだよ」

お兄さんが思い出したように言い、幹彦はピクリと動きを止めた。

「ふうん」

「お前ら昔から宿命のライバルとか言われてたけど、とうとう仕事でもぶつかり合う事になるとはなあ。本当に宿命だったのかなあ」

おじさんが笑いながら言う。

斎賀弓弦。同い年の男で、お爺さんが元気で武道を教えていた頃、別の道場に通っていたやつだ。幹彦と同じように強く、試合でも毎回張り合う事になり、周囲に「宿命のライバル」などと呼ばれていた。

確かに、探索者になってまでそうなるとは予想外ではあったけど、そこそこ強いやつなら探索者になってもおかしくないとも言える世の中だから、まあ、なるようにしてなったとも言える。

「そのうちひょっこりどこかのダンジョンで会ったりしてな」

僕はそう言って笑いを浮かべた。

いい時間になり、そろそろ帰ると立ち上がった。

玄関まで見送られて歩き出そうとした時、たまたま散歩中の大型犬が通りかかった。

すると、大人を引きずりそうな大きさのいかにも怖そうなその犬は、チビを見ると、尻尾を巻き込んで怯えて後ずさり始めた。

ダンジョン研修の時も、猟犬達が皆こういう風に怯えていたのを思い出した。

「あらあ。どうしたのかしら」

逃げる犬に引きずられて行く飼い主を見ながらおばさんが呑気に首を傾げると、ニコニコしながらお兄さんはチビを見た。

「うん。何か、見かけ通りの子犬じゃないよな、チビって」

そして、真顔になってじっと観察する。

チビは「はっはっ」と舌を出して小首を傾げている。

僕も幹彦も、笑いながらも緊張していた。

「まあ、近いけど気を付けて帰りなさい。今日はご馳走様。ありがとう」

おじさんがニコニコとしてそう言い、僕達はお休みを言って歩き出した。

小声で、

「兄貴って昔から妙に鋭いんだよなあ」

と幹彦が言う。

「私は完璧に子犬を演じていたであろう?」

チビが言うので、僕も、

「うん。どこからどう見ても子犬だったよチビ。家に帰ったら戻っていいからな」

と言った。

「それより、斎賀ってあの斎賀だよな。いつもケンカ腰だったし、何でも張り合って来てたし、大丈夫だよな？」

「もうガキじゃねえんだぜ。大丈夫だって」

幹彦はそう言って笑ったが、嫌な予感は、すっかりとは消えなかった。


二重生活を送りながら、魔物を狩り、魔道具の開発に勤しむ。

そんなある日、僕達はいつも行くダンジョンの二十階にいた。そしてボスである魔術を使う大きいトラの魔物を倒し、二十一階へ進もうとした時、部屋の中に気配が生じた。

通常は、ボスを倒した後、倒した探索者達が部屋を出ないとボスは復活しない。

だからおかしいなと思って僕達は振り返った。

「さっきのボスじゃねえぞ」

「ふむ。完全なユニーク個体がイレギュラーで発生したようだな」

「え、チビ。そんな事ってよくあるのか？」

「ないな。でもこいつはミキヒコとフミオでどうにかなる程度の相手だ。やってみろ」

落ち着いた様子のチビと好戦的な目付きの幹彦と並んで、僕もそれを見ていた。

一言で言えば、バカでかいカエルだった。座っているが、高さは二メートルほど。足を伸ばして全長を測ったらどのくらいになるのだろう。体表はぬめぬめと光り、ゲコゲコと鳴くのに合わせて喉のあたりが膨らんだりしぼんだりする。表情の読めない目がぎょろぎょろと動き、僕達を見る。と、舌が突然目の前に伸びて来た。

「うわあ⁉」

幹彦は右側に跳び、僕はチビに襟を噛まれて左側に跳んだ。

長くて強そうな舌は僕と幹彦の間を通って壁に突き当たり、戻って行く。その舌の長さは優に四メートル強。

「ゲコ」

鳴いて、体の向きをこちらに変える。

「え、僕⁉　ぎゃああ‼」

言っているそばから再び舌が伸ばされた。

それを咄嗟に張った障壁で阻むと、ガンと物凄い音がした。

同時に幹彦が背後から斬りかかっている。

「この野郎！　ああ⁉」

体表のぬめりで、斬れないらしい。舌打ちをして素早く離れるが、それをカエルが目で追う。

「凍らせてみよう」

言いながら魔術を放つのと、カエルが舌を幹彦に向かって伸ばすのは同時だった。

幹彦はそれを動体視力に物を言わせて避け、カエルの体表にはみるみる氷が張って行く。

「ゲコ？」

やや緩慢な動きでカエルはこちらを振り返り、舌をこちらへと伸ばす。

しかしその舌にも魔術をぶつけると、舌は長い棒のような形に凍り付く。

「よし、今のうちに――！」

幹彦が言って剣を振り上げた時、カエルは全身の力を振り絞るようにジャンプした。

氷が割れ、カエルは天井近くまで跳び上がり、そこから落下してくる。

「う、わああ！」

床に魔術を叩きつけ、床からつららが逆さまに生えているような形にすると、その上にカエルが落下してきた。

「ゲゲエエエ!!」

カエルは柔らかい腹を氷の杭に串刺しにされた形で痙攣《けいれん》している。

「ど、どうしよう、幹彦？　とどめっている？」

「えっと、そ、そうだな。このままでも死にそうだけど……」

幹彦は言って、取り敢えずぶんぶんと振り回される凍った舌を刀で斬った。こちらはまだ凍り付いていたので、粘液の影響も受けずに斬れた。

「エオオ!?」

カエルはじたばたと暴れ、その度に傷は深くなり、その上傷口の内部から凍り始めた。そのまま待つとカエルは動かなくなり、ついに光って消えた。

後には巨大な氷の杭と、魔石、小さな手提げカバンと鞭《むち》が転がっていた。

「まあまあ及第点とするかな」

チビは体をブルッと震わせて言い、僕と幹彦は脱力しながらドロップ品の確認のために近付いた。

「滑って斬れねえなんて、俺には相性が悪い相手だぜ」

「魔術耐性が無くて助かったよな——って何だこれ。カバン？　それに鞭？」

革風の茶色のカバンだ。鞭の方はカエルと同じ、紫に茶色の点々という、よくわからない配色だ。

それ以上に、カエル色というのが嫌だ。

「センスの欠片もねえな、鞭」

幹彦も嫌そうに言って、嫌そうな目を向けた。

「誰が使うんだろうな。取り敢えず僕はいらないな」

「俺も嫌だぜ」

するとチビが、やれやれという風に口を開いた。

「そのカバンは、恐らくマジックバッグだろう」

その言葉に僕と幹彦はバッとチビを見、次いでカバンを見た。そして、一緒にカバンに飛びついた。

見かけは小型のボストンバッグで、ファスナーではなく、革ベルトで留める形になっていた。

どちらが開けるのか視線で譲り合い——押し付け合い——結局僕が開ける事になった。

ベルトを差し込み口から抜き、左右にパカリと開く。大きく左右に開くデザインで、口は三十センチかける二十センチほどになった。カバンの中がよく見えるはずだが、中は真っ暗な別空間という感じだ。

「何か入れてみようぜ」

幹彦が言い、失くしても困らなさそうな、鞭を入れてみる事にした。

鞭をそっとカバンの口から入れる。入れる端から見えなくなって、消えてしまった。

「消えた？」

「見えなくなっただけだろう。史緒が空間収納庫に出し入れする時ってそんな感じだぜ。今度は手を入れて鞭を思い浮かべれば出ると思うけど」

言いながら、今度は幹彦が手をカバンに入れる。そしてするすると出て来た時には、鞭を握っていた。

「おお……！」

「凄え……！」

僕達はきらきらとした目をカバンに向けた。

僕は大きさも無限なこの空間を持っているが、幹彦はない。あればかなり持ち運びが楽になるのだが。

「次は大きさだな」

言って、幹彦は刀を入れる。そしてしばらくすると、

「突き当たったな」

と言い、刀をそのまますると抜いた。

中でサラディードを長い棒にしたようで、一メートル半ほど奥まで入ったようだった。

「まあ、その程度の大きさか。もっと上のものだと無限とか、内部で時間が停止するだとかいうも

のがあるらしいけどな。まあ、人間の使う物だからよくは知らん」

チビが言う。

「そうか。もっと強い魔物がドロップしたものだとそうなるんだな」

幹彦は残念そうに言ったが、僕はゆっくりと、鞭を空間収納庫から出したり入れたりし、ニヤリと笑った。

「できるぞ」

幹彦とチビが、キョトンと僕の顔を見ていた。


趣味の悪い鞭はともかく、カバンの方は大騒ぎになった。海外でもまだ見つかっていないらしい。しかし小説やマンガではお馴染みで、「絶対にあるはず」と皆が漠然と思っていたもので、これはインターネットを利用したオークションに出品される事になった。日本探索者協会の名で出品してもらう形にしたので、売り上げの二割を手数料として渡す事になるが、こちらの名前も伏せられるし、発送も、入金の確認までもしてもらえるそうだ。

それを待つ間に、僕は地下室でコツコツと実験をしていた。カバンにカバンの容量を超えたものを入れる術式を刻む実験だ。

これまで、魔術を解析するという事をしていなかったが、この前自分で空間収納庫を使いながら観察してみたら、術式がわかったのだ。

それで、大きさは無限に入れられるような術式を自分の空間収納庫を解析して付けた。紙の箱を実験に使ったのだが、失敗作が山積みだ。

あとは、時間経過とやらだ。

「時間を止める、ねえ」

唸る。

「史緒、そろそろ休憩しろって」

幹彦とチビが様子を見に来た。

「時間を止めるのができれば完成なんだけど」

「時間を止めるなんて簡単ではないぞ。まあ強いて言えば、あるクモの一種が巣に獲物を持ち帰る習性があるから、持ち帰るのにその魔術を使うか」

チビが思い出したように言い、僕は勢い込んで言った。

「それどこにいるの!? 行きたい！」

「おう、どこだチビ!?」

「向こうの魔の森の奥だ。強い魔物がわんさかいるぞ」

僕と幹彦は、グッと詰まった。


翌日、僕達は準備を整えて地下室へ降り立った。

魔の森へクモを見に行きたいのは山々だが、いくら何でも今の実力では命の保証ができないとチビに言われ、仕方なく諦めたのだ。

代わりに、エルゼで気分転換に依頼を引き受けようという話になった。

エルゼの家へ飛び、ギルドへと行く。壁に貼りつけられた依頼票は、朝のピークを終えた今、かなり減ってスカスカだ。ついでにギルドにいる冒険者も少なく、ロビーはガラガラだった。

「ゆっくりなスタートなんですね」

カウンターの職員から声がかかる。

「高ランクのパーティーほどこうして余裕がありますわ」

カウンターから若い女性職員がにっこりと笑って小首を傾げている。確かあれは、一番人気でいつも長い列ができている職員だ。

僕も幹彦も彼女をチラリと見たが無視して、何か手頃な依頼はないかと壁に目を戻した。

「畑を荒らすイノシシ。イノシシの肉は冷凍庫にあるな」

「ヤマペンギの卵を三つ？」

抱いた子犬のチビが、小声でこっそりと教えてくれる。

「ヤマペンギというのは、山の崖に巣をつくる鳥だ。卵は濃厚で味のいい高級品だが、何せ巣の場所が場所だ。駆け出しから卒業したくらいで、日数と所持金に余裕が出た冒険者が受ける依頼だな」

「なるほど。じゃあ、これはどうだ、史緒」

「いいね、行こう」

僕達はその依頼票を剥がしてカウンターへ向かった。当然、いつもの男性職員の所だ。ここは大抵列が短いし、なのに説明はわかりやすいので、いつも彼の所にしている。

一番人気の女性職員が、それを見て言う。

「遠慮なさらないで？　今はこの通り誰も並んでいませんわよ。どこでも好きな所にいらっしゃればいいですわ」

それに幹彦が営業的笑顔で答える。

「ですので、こちらに。失礼」

彼女はムッとしたような顔をしていたし、ほかの窓口職員は笑いをこらえていたが、素知らぬ顔で僕達はいつもの窓口に行く。

「これでお願いします」

「はい。ヤマペンギの卵ですね。巣の位置が危険ですのでお気をつけください。それと、卵が割れないように、ひびにも注意してください」

僕達はほかのいくつかの注意点を神妙な顔で聞き、ギルドを出た。

「さあ、行くか」

チビが言って、僕達は山へ向かって歩き出した。


訓練の為とチビに言われ、身体強化を使ってランニングで山へ向かう。

悔しい事に僕と幹彦では元々の体力に違いがあり、身体強化をかけたところで、僕が幹彦より先にバテるのは当然だった。なので大きくなったチビに助けられながらの行程となった。

普通に行けば山まで半日以上かかるらしいところを、一時間ほどである。

「見事な禿山だな」

山裾から見上げてそう言った。

そそり立った山には木がほとんど見られず、斜面は全て崖と言いたいくらいにそそり立っていた。

「地震で崩れていったとか？　いや、鉄砲水かも」

「とにかく危険は予想以上だぜ。こりゃあ、登山用品を持ち込むべきだったかな」

僕と幹彦が言っていると、チビは先頭に立って歩き出した。

「行くぞ。隣の山から大回りして尾根伝いに行けば安全だ」

そんな安全なルートもあったのか。そうほっとして顔を見合わせ、僕と幹彦もチビに続いた。

こちらの山は木に覆われている。皆、こちらから上り、隣の山に行く前に山頂で一泊するらしい。

だが、僕達は日帰りのつもりなので、休憩はしても、そのまま向かう。

背の高い木々が数を減らして行き、背の低い木と高山植物になっていく。

それもやがては数を減らし、いつしか岩と砂しか見当たらないようになった。いつの間にか隣の禿山に入っていたようだ。

尾根は狭く、幅が四十センチほどしかない。その左右に見えるのは遥か下の崖下で、足を滑らせたら間違いなく命を落とすと確信できた。

そこを渡り切り、禿山の頂上に着く。

「まずは着いたな」

取り敢えず、尾根を渡り切った事に安堵した。

「巣のある崖ってのはどこだ？」

幹彦が言い、僕達はグルリと辺りを見回した。

と、大きな白黒の鳥が崖下から音もなく滑空して飛んで行くのが見えたので、そこの崖を覗き込んでみる。

頂上から七メートルほど下に岩が外れて落ちたのか、へこんでいる所があった。そこに、枝を集めて作られた巣があり、鶏の卵程度の大きさの卵が八つ並んでいた。先程の鳥は親鳥で、水を飲むか食べ物を探しに行ったのだろう。

「あれか？」

「そうだ。さっきのがヤマペンギだからな」

「じゃあ、親鳥がいないうちに」

作戦通りにロープを腰に巻く。

下りるのは僕で、幹彦とチビが頂上でロープの端を持つ。

「いいよ」

「気を付けろよ」

僕はそろそろと岩に手と足をかけながら、崖を下りて行った。

下を見ない事がコツと言えばコツだ。

巣に辿り着くと、

「親には気が引けるけど……ごめんなさい」

手を合わせて謝り、巣の中の卵を三つ、カバンに移す。

そして、

「戻るから」

と声をかけ、上って行く。

下りる時と反対に岩を伝って行けばいい。そう思っていたが、そう簡単ではない。下りる時には見えていた窪みが見えなかったり、手が届かなかったり。

それでいつの間にか、下りた時のルートを外れながら登っていた。

すると、それが現れた。

岩が外れた後のような窪みに、小さな何かが横たわっていた。

「小人？　まさか、妖精？」

手を伸ばしてみれば、その小人の手前で弾かれ、触れない。できるのは、見ることだけだ。

それは微動だにしないで横たわり、寝ているように見えるが、死んでいるのかもしれない。そしてその手を弾いた透明な膜をよく見れば、頭の中に「結界」だと情報が流れ込んで来た。続いて、奥のそれが、「妖精の遺体」だとわかった。

「妖精？　精霊樹がある以上妖精がいても不思議はないよな」

言いながらも、そのメルヘンな物体をよく見る。

すると、遺体は妖精の中でも代表格のもので、遺体をこの状態でとどめようとする魔術が施されている事がわかった。

「王とかそういう妖精か。じゃあ、これは妖精の王の墓か」

それで一応手を合わせてから、術式を読む。

「……ほわあ……！」

わかった。わかったが、かなりの魔力を使いそうだ。そういう意味で、できるかどうかわからない。

「おおい、史緒？　大丈夫か？」

「そろそろ親が戻って来るから急げ」

上から声をかけられ、僕は再び上り始めた。


無事に卵をカウンターで渡し、ギルドを出た。

頂上で見たものの事を幹彦とチビには話したが、チビは僕たち以上に驚いた。

チビによると、妖精は遥か昔に絶滅した種らしい。魔物の増加が原因なのか気候変動が原因なのかはわからないが、姿をとうに消しているそうだ。

いつか復活する事を願ったのか、最後の王の亡骸をとどめて妖精がいた事を残そうとしたのか。

まあ、少ししんみりとはしたが、今はもうすっかり元に戻り、試してみたくてたまらない。

家へ戻り、地下室へ飛ぶと、実験用の紙箱にその術式を書いた。そして中に氷を入れて放置する。

そのまま待つ。紙箱の外に置いた氷がすっかり解けた頃に紙箱を開けると。

「成功した！」

時間を停止させる術式がわかった。

第三章

過去の奇縁、新たな縁

一・若隠居とライバル

カエルの残したマジックバッグは、恐ろしいほどの金額になった。それを何とか解析したいと思う学者たち、解析してコピーして製品化したいメーカー、便利になるからという冒険者たち、珍しい物だから欲しいという金持ちたち。

しかしそんな彼らが競り合って付いた値段に比べ、性能はそこまでよくもない。

「何か、悪いな」

ぽつりと幹彦が言って、ニヤニヤとしながらボディーバッグを撫でる。

「こっちだとどのくらいの値段で買うんだろうな」

僕も笑いながらボディーバッグを眺める。

容量無限、時間停止の術式の構築に成功した僕は、動くのに邪魔にならないカバンを探し、このボディーバッグを買った。そして、術式を刻みつけたのだ。

僕は空間収納庫に時間停止の機能を追加し、入り口をカバンの中にして、マジックバッグに偽装している。空間収納能力は珍しく、少なくとも地球には僕の他にいない。なので、目立たないようにしたのだ。

ついでに幹彦のカバンには使用者を限定する術式も付けたので、万が一盗まれても大丈夫だ。

ただ、問題もある。元々地球ではダンジョンの外で魔術は使えなかったが、このボディーバッグもそうだった。その点ではカエルの落としたバッグも同じだ。恐らく魔道具の類は、作ってもダンジョン内でしか使えないだろう。

それはそれでいい。もしダンジョンの外でも使えるなら、犯罪者は暴れまくりだし、万引きし放題になりかねない。

まあ、買い物が楽になるのではという希望は潰えたのだが。

「エルゼではこっち以上には出回ってるみたいだから、そう気にせずに使ってもいいな」

「そうだな。日本では要注意だなあ。でも、使えると楽だよな」

「そのうち、低ランクのものが出回るだろうし、ドロップしたと言っておけばいいんじゃないか」

チビが言い、それでいこうかとなった。

「じゃあ、気分転換に別の所に行かないか。そこはちょっとドロップ品の毛色も違うらしいぜ」

幹彦の提案で、別の所へ行ってみる事にした。

家から車で一時間半ほど走ったところにそのダンジョンが現れる。

「ここかあ」

「ダンジョンができる場所って、本当にわからないな」

元は映画館だったというそのダンジョンの周りにはホテルやショッピングモールがあり、賑わっていた。もしここでスタンピードでも起こったらと、考えるだけでゾッとするような場所だ。

歩いている人の多くは普通の人で、そこに武具を背負った人が交じっている。

「ここは人型のアンデッドが多いらしいぜ」

「昔死んだ武将とか？」

「かもしれんな」

「アンデッドかあ。それ、ガイコツとか腐乱死体とかの事だよな」

「そうだな」

チビが頷くのに、僕は嘆息した。

「臭いが凄いんだよなあ」

「確かにそんな事を聞くよなあ」

幹彦も嫌そうに顔をしかめた。

そんな僕達に、声がかけられた。

「周川か」

声の方を見ると、ワンボックスカーからゾロゾロと降りて来る探索者チームがいた。全員剣を持っている、偏ったチーム編成だった。

「斎賀か？」

話に出たばかりの、幹彦のライバルだった斎賀弓弦だ。様子からすると、彼がリーダーらしい。

「久しぶりだな！　元気そうじゃねえか！」

幹彦がフレンドリーに話しかけたが、斎賀は硬い表情を崩さず、周囲の皆は斎賀を守るように立ち位置を変え、警戒心も露わに睨みつけて来る。

「え？」

戸惑うのは僕と幹彦だ。

「探索者第一期生に入っていたようだな。道場はお兄さんが継いだそうだが、やっぱり剣道は続けていたのか」

「いや、実家に帰った時、たまにくらいだったかな」

斎賀はフンと嗤った。

「それじゃあ、知れてるだろうな。俺達はここを先へ先へとトップに立って潜っている。ここを狩場にするのはやめておいた方がいいぞ。臭いがどうとか言ってビビってるようなお上品なボンボンはな」

斎賀はそう言うと、仲間を引き連れて更衣室の方へと歩いて行った。

それを呆然と眺めていたが、チビが小声で訊く。

「あれが斎賀とやらか？　友人とは言えないようだな」

「まあ、ライバルと呼ばれてたな。周りの奴らからは」

幹彦は辟易《へきえき》したように嘆息した。

「もうガキじゃないから大丈夫とか言ってたけど、向こうは相変わらずだったね」

「ガキか、あいつは。まあ、いいか。気にしないで行こうぜ」

僕達はそう言って、更衣室に向かって歩き出した。

昔から幽霊に効くものと言って思い浮かべるものは、塩、お経、お札、聖水辺りだろうか。それでダンジョンでアンデッドが確認された時に、やってみたそうだ。

お経はまるで効かなかったというか、聞こえているのかどうかも怪しいらしい。

塩や聖水もダメだったというし、お札は貼り付けるのがそもそも難しいし、自分がお札を持っていても効果は無かったとか。

そこで今では、ガイコツは心臓があった辺りに魔石ができており、ゾンビは心臓の近くに魔石ができているので、それを取り出す事となっている。元々死体だからか、倒しても消えて勝手に魔石を残したりはしない。自分で取り出さないと、いつまでも、何度でも甦って来るのだ。

ただ、ガイコツの場合は殴って骨をバラバラにすれば組み上がるまでの間に魔石を取れるので比較的楽だ。だがゾンビの場合は斬っても殴っても痛覚が無いので、頭を切り離すか体を動けないほど切り刻むかして、その上で、胸を開いて手を差し入れ、魔石を取り出さなくてはならない。

それで一部の探索者は、倒しても倒しても魔石を取らなければ甦るのを利用して、「修行場」として使っているらしい。

「じゃあ、ここに入る人って、全員自分で魔石を抉り出せるんだな」

言うと、幹彦はいいやと首を振った。

「ガイコツは崩したら組み上がるまで時間がかかるから、その間に立ち去れるらしい。まあ、そこまでグロい感じはしないから、最後に魔石を持ち帰る奴は多いだろうな。ゾンビは取り敢えず切り刻むか潰すかすれば復活まで時間がかかるらしいから、その間に立ち去るらしいぜ」

免許証をかざしてダンジョンの中に入り、進みながら話していた。

「ふうん。でもそれじゃあ、いつかスタンピードとか起こらないのかな」

言うと、幹彦は首を傾げた。

「さあ。でも、その可能性はあるよな。まあ、ガイコツは倒すにしてもなあ」

言っていると、出て来る。ガイコツだ。

「うわ！　面白い！　動く骨格標本だよ、幹彦！　ははは！　あ。骨格標本は、頭は女性なのに首から下は男性なんだけど、こいつらはちゃんとどっちも同じだ」

怖くもなんともない。

薙刀で気楽に突き、払い、魔石を取った。幹彦も苦労する事も無いし、チビは暇そうに頭を掻いていた。


進んでも、低層階はガイコツばかりだった。

やはりこの低層階にいるのは、修行目当ての者か、スカッとしたいという者が多いようだ。

「この次の階からは、ゾンビになるってさ」

幹彦が言い、僕は淡々と、チビは仕方なく頷く。チビの方が鼻が利くので、臭いは辛いだろう。

「帰る前に施設内に風呂があるらしいから入ろうな、チビ」

「はあ。絶対だぞ」

チビが小声で念押しする。

シャワーくらいならほかでもあるが、しっかりとした風呂というのはここだけだ。それがないと臭いが取れず、ここには誰も来なくなるだろうというのが明らかだからな。

「よし。風呂を楽しみにがんばるか！」

幹彦がそう言って、僕達は先へと向かった。

しかし、広くなった場所に十五人ほどおり、剣呑な雰囲気だったので足を止めた。

どうやら、四人対十一人らしい。

「確かにとどめを刺したのはそっちだけど、元々僕らが相手をしていたのに入って来たんじゃないですか」

四人の方が言うと、十一人の方は鼻でせせら笑った。

「加勢してやったのに恩知らずだな？」

「加勢してほしいなんて言ってないでしょう」

「状況判断ってやつだろ。返事もできないほどピンチに見えたんでね」

それに、四人の方の一人が、ケガをしたらしい腕を押さえ一歩引いた。

「死んでから加勢した方がよかったのか、そちらさんは？」

「そんな事は言ってない！　ぼくらでやれたって――――！」

「はいはい。後ではどうとでも言えるわな」

「そうそう。今から本気を出すところだったとか？」

それで十一人の方はぎゃははと笑い出す。

見るからに危なそうでも、声をかけて「助けてくれ」という返事をもらってからでないと手を出すなという、典型的なもめごとらしいと僕達は見ていて思った。

しかし、四人の方が諦めて十一人の方が立ち去った後、単純なもめごとではなかったと知った。

四人のうちの一人が溜め息交じりに腕にケガをした仲間に近寄り、手当を始めると、その仲間は、泣き出した。

「ごめん。ケガなんかしたから、あいつらに介入の口実を与えちゃって」

「バカ言うな。どうせあいつらは、同じ事をしたんだよ」

さっき答えていた男が怒ったように言う。

僕と幹彦は顔を見合わせ、近付いた。

「大丈夫ですか？　腕、折れてませんか？　ポーションは？」

大学生らしき彼らは、ハッとしたように僕達の方を見て首を振った。

「ありがとうございます。骨は大丈夫だと思います」

「さっきの、横取り？　ちょっと聞こえて」

幹彦が言うと、彼らはどんよりとした顔を俯けた。

「あいつらはよくやるんです。言った、言ってないの水掛け論になるし、そうなったら、あいつら『天空』は大きいし、上は強い探索者ばっかりだし、抗議してもかなわないから」

幹彦は訊き返した。

「天空？」

「ええ。リーダーの斎賀弓弦さんと幹部は同じ剣道場の仲間で、探索者免許取得者の二期生です。特に斎賀さんは強くて、ここのトップです」

「だから大きい顔をしてるんです。例えば一緒に魔物を倒しても、ドロップ品は向こうがいつもいい物を持って行くんです。文句を言ったら『こっちは最前線を張ってるんだから当然だろう。文句があるならトップで攻略しろ』ですからね」

「美味しい場所の独占もするんですよ。この階はガイコツの中で一番強いから、天空の狩場なんです。だから、いい獲物が出たのを見たら、さっきみたいに介入されるんですよ。あと、ボス部屋も天空が周回してます」

メンバーが怒りを思い出したように言う。

その間に、僕はケガを診た。

「ああ。深くはないけど、傷口はギザギザだな。ポーションでないと痕が残りそうだし、長引きそうですね。ポーション、ありますか？」

それに彼らは、恨みがましい目を天空メンバーの去った方へ向けた。

「今出たんですけど、彼らが持って行きましたよ」

僕と幹彦は肩をすくめ、僕のバッグと見せかけた空間収納庫から自作のポーションを出して渡した。

「はい、どうぞ」

それに彼らは驚き、次いで、迷った。

「五万はしますよね？　更衣室に戻れば、二万はあるけど……」

「俺一万四千円あるぜ」

「あ、俺一万二千円ちょっと」

「じゃあ、一万円ずつで」

「いや、悪いよ」

「誰がケガしててもおかしくなかったんだ。これは、俺達のケガだ」

そう小声で相談し、どうにか決着した。

気が咎めるな。ほぼゼロ円なのに。

「えっと、これはいいですよ。今回は災難に遭った後輩へのお見舞いで。でも次からは、余分に持っておいた方がいいですね」

言いながら自作のポーションを渡し、飲んでもらってビンは回収した。

何度も頭を下げて礼を言う彼らに手を振り、幹彦とチビと連れ立って先へと歩き出した。

「なあ、幹彦」

「ああ。これはちょっと、な」

幹彦は表情を引き締めて、低い声で言う。

「黙ってはおけないだろう？」

それで僕達は、斎賀のいる所を目指す事にした。

ボス部屋の前にはたくさんの人がいた。その中の大人数はお互いにリラックスしたような様子で話をし、少人数のグループは、疲れたような顔で順番待ちをしていた。

この大人数が天空のメンバーなのだろう。

列に並んだ時に扉が開いて、天空のメンバーが四人入って行った。

それから待つ事十五分。ようやく扉が開いて次の天空メンバーが四人入って行く。

「ボス部屋待ちですか。もう大分？」

幹彦が、うんざりした顔で並んでいる前の人に訊く。

「そうだよ。もう、長い長い」

「ガマンだって。これを倒せばエレベーターで直に次の階まで行けるようになるから」

仲間が、やはりガマンしているような顔付きで、自分にも言い聞かせるように言う。

ダンジョン内にはエレベーターと呼ばれているものがあり、五階毎にこれがあった。五階毎にあるボス部屋をクリアする事で、倒したボスの部屋を出た所にあるエレベーターまで入り口から直に行けるようになる。

システムは解明されていない。

「ああ。そうだな」

苦々しい顔付きで天空メンバーを睨みつけるが、彼らは気付かないし、気付いても気にしない。

「あれって天空のメンバーですよね。何か、ここで幅を利かせてるって聞いたんだけど」

重ねて幹彦が言うと、彼らは忌々し気に頷いた。

「悔しいが、トップは強いし、人数は多いし、ここの最前線って言われりゃ何にも言えねえ」

「ここのボス部屋だって、何度も戻って来て順番に周回して訓練してやがるから、チャレンジするのも一苦労だ。かと言って、ほかのダンジョンと言っても、車のない俺達じゃ遠くて行けないし」

「ここさえ越えれば」

「ああ。あ、でももしかして、次のボスでもこれをやってないだろうな？」

彼らは顔を見合わせ、シンとした。

そうしているうちに順番が来て、彼らはボス部屋へ入り、八分後に扉が開いたので僕達が入った。

「何だ。八分とかでできるのか」

「下っ端が訓練に使ってんだろ」

幹彦がうんざりしたように言い、首をコキコキと鳴らす。

「たいした敵じゃないな。私は見学だ」

チビは欠伸をして座り込んだ。

「なんて事の無いヤツだもんな。ただの大きい骨格標本じゃないか」

僕も、つまらないというのが声に表れてしまった。

「とっとと片付けて出るぜ」

幹彦が言って無造作に前進し、刀を振るう。その一撃でボスは反撃する間もなく簡単に崩れ、魔石を取られて塵と消えた。

魔石と、骨でできた槌が出たので、拾って部屋を出た。

部屋に入って二分も経っていなかった。

下の階からはゾンビが出始めると聞いていた通り、ゾンビが出た。

「うわ。映画やゲームみたいだな」

幹彦が言うと、チビは不機嫌そうに後ずさる。

「映画やゲームではこの悪臭はわからないだろうがな。とっととやってしまえ」

その時、誰か数人が現れた。朝駐車場で会ったメンバーで、斎賀も入っていた。

楽しそうに昼食の話をしているので、外に出て昼食にするのだろう。

しかし彼らと僕達は目が合った。

「周川」

「斎賀か」

途端に険悪な空気になる。

「ああ……ああああ……」

ゾンビだけが空気を読まず、唸りながら近付いて来る。しかし動きが遅いので、なかなかここまで到達しない。

「ゾンビだぜ、臭いし、怖いかなあ」

斎賀の仲間がそう言って、クスクスと笑った。

「そうなんだよな。鬼はこれだから」

ぼくは溜め息をつき、全員がこちらを見た。

「鬼？」

幹彦が言い、首を傾げた。

「人が死んで放置されると腐敗が進んで、硫化水素とアンモニアを主成分とする腐敗ガスが死体内に発生するんだ。それから血色素と硫化水素が結合して硫化ヘモグロビンになるため、全身が淡青藍色になる。これが青鬼。死体はガスによって膨隆しながら、暗赤褐色に変化しながらさらに膨らんだ巨人のように。これが赤鬼。それから黒色になって、それが黒鬼。最後は白い骨格だけになるから、これが白鬼。白鬼はともかく、腐敗途中のほかの鬼はやっぱり臭いがね。白鬼にしたって、現場はやっぱり体液やウジやらで大変だし」

言いながら、近付いてゾンビの首を薙刀で落とすと、体は遅れて転がり、ビクビクと痙攣を起こした。

そのそばにしゃがみ込み、ナイフを出して胸部に縦に切り込みを入れると、腐汁が少し流れた。肋骨も折れていて、生きていれば、平気な顔で歩ける状態ではない。

「ああ。肋骨を切り取る手間は省けたね。今の死因は頸部切断だけど、その前の死因は胸部骨折による内臓損傷かな。いや、頭蓋骨にも骨折があるようだし、解剖してみないとわからないな。でも怖いのは怖いよ。どんな細菌やウイルスを持っているかわからないからね、ご遺体は」

言って、腐肉の間に手を突っ込んで、硬いそれを掴み、引き抜く。魔石だ。それでゾンビはビクリとしたのを最後に硬直し、消えて行った。

僕は手の中の魔石を見て言った。

「それに、御遺体だと衣服や体にも臭いが染みついてなかなか取れないんだよ。何枚服を捨てる事になったたか。その上、組織を取ってすり潰したりする必要もないんだし、ウジの長さや卵やハエの死骸を調べなくてもいいんだし、ご遺体を放置しててもいいんだから楽だよね、ダンジョンは」

そう言って笑ったら、全員が青い顔でこちらを見ていた。中には、しゃがみ込んで口を押さえる者もいる。

「え？」

あ。何かまずかったかな？

幹彦が青い顔の斎賀に言った。

「ちょっと、場所を変えよう」

「え、何で⁉　幹彦⁉」

それで全員、ゾロゾロとエレベーターの方へと歩き出した。

青く強張った顔をして一階へ下りて来る天空のメンバーに、居合わせた探索者は目を丸くした。

ゲートを通ると、そのままロビーの端に寄り、深呼吸する。

「大丈夫ですか？　いつもこんな感じなんですか？」

聞くと、涙目で天空メンバーは反論した。

「そんなわけあるか！　斬って転がしておしまいだ！」

「ううん？　魔石は？」

「ゾンビなんて練習のための動く人形だろう⁉」

「元は誰かの御遺体じゃないんですか？　最低限の敬意は払うべきでしょう。それもできずにここのダンジョンには来るべきじゃないんじゃないですか、お坊ちゃま？」

言うと、天空のメンバー全員に睨まれた。朝のやり取りが知られているようだ。

「お前、意外と根に持つタイプだったよな、そう言えば」

幹彦がぼそりと言う。

「そんな事は無いよ。いつまでも覚えているし、今後の対応は変わっても、根には持たないよ」

「持ってる、それ、持ってるから」

幹彦は言って、嘆息した。

「周川。いつもいつも、俺とお前は決勝でぶつかり合っては、ライバルと言われて来た。成績では互角、どちらが上か決着はつかなかった。お前は師範を許されたが、流派が違うし、お前の師は身内だ。比べる事はできない。お前に探索者になるのは先を越されたが、俺は毎日真剣に修練をしている。なあ。決着をつけるべき時が、来たと思わないか。今はどっちが強いか」

斎賀がそう言って口の端に笑みを浮かべ、天空のメンバーが挑戦的な笑みを浮かべて幹彦を見る。

対して幹彦は、つまらなさそうに言った。

「お前ら天空の話は色々聞いたぞ。斎賀、お前がやらせている事か？」

それに斎賀は怪訝な顔をした。

「何の事だ？　ゾンビの魔石を取ってない事か？」

「違う――けど、それもある。これじゃあゾンビは減ってないから、いくらガイコツの魔石は抜いていても、スタンピードを起こしかねないんじゃないのか？」

それに、斎賀達幹部と思われる連中はハッとした表情を浮かべたが、下っ端らしき連中は眉を吊り上げた。

「ゾンビだぞ⁉　それに、ここに潜る探索者は俺達だけじゃない！」

「そうだ！　俺達天空は前へ進むから、ゾンビの始末はあとから楽して来るやつがやりゃあいいだろ」

それに、チビは鼻を鳴らして丸くなり、僕は笑顔を浮べた。

「何言ってるのかな。怖いの？　死体が怖いんですか？　それでよくここに来てますね？　そんな事言ってましたよね、さっき？」

「う、ぐうう！」

幹彦が割って入るように口を開く。

「ああ後は、獲物の割り込みとか、ドロップ品の分配の不公平とか、要領よくできる階の実質独占とか、ボス部屋のほぼ周回占拠とか」

それを聞いて斎賀は疑うような目を仲間に向け、幹部は気まずそうに目を逸らしたり僕や幹彦を睨んだりし、下っ端は噛みついて来る。

「力の無い奴が文句ばっかり言ってるだけだろ！」

それに、ある者は同意するような顔をし、ある者は後ろめたそうな顔をした。

斎賀はそんな皆を見て、愕然としたような顔をしていた。

「お前ら、そんな事をしていたのか」

それに数人が被せるように言った。

「斎賀さんは知らない事だ。斎賀さんの命令ではない」

「そうだ。そんな些細な事は、斎賀さんが命令するまでもない」

それに斎賀は目を泳がせて幹彦を見、幹彦は斎賀を真っすぐに見た。

「それもリーダーの責任だ。斎賀。リーダーとして、この現状を恥ずかしく思わないのか」

斎賀は唇をかみしめ、下を向いた。それでメンバーは慌て、幹彦に敵意をぶつける。

「お前に関係ないだろうが⁉」

「すっこんでろ！」

「斎賀さんは強さを追求すればいいんだよ！」

それに幹彦は、目を鋭くする。

「武道の師範は、ただ強ければいいというわけではないと思っている。お前は強くなる事、誰かに勝つ事には貪欲だったが、それだけだ。それが、お前の師がお前に師範を許さなかった理由じゃないのか。曲がりなりにもチームのトップなら、部下の行動に責任を持てよ」

下っ端はまだ何か文句を言いかけたが、斎賀が、

「黙れ」

と言ってやめさせた。

「迷惑をかけた事は、謝る」

「いや。迷惑は、俺達はたかが今日半日だ」

「……そうだな」

斎賀は硬い表情で俯き加減でいたが、幹部はすっかり意気消沈し、下っ端の半分はわかっていないらしく、こちらを睨みつけている。

「ああ……」

幹彦は困ったように頭を掻き、

「まあ、じゃあな」

と言ったが、斎賀は何も言わず、拳を握りしめていた。

「はあ、腹減ったな。史緒、チビ、飯にしようぜ！　何がいい？」

「そうだなあ。焼肉！　ネギトロ丼もいいな！」

「……フミオ、なかなかその選択はないぞ」

「いや、何かあれを見たら思い出したんだよ」

「尚更ねえよ」

言いながら、僕達は彼らから離れて行った。

二・若隠居の因縁と衝突

日本のダンジョンでも、とうとうほかにもマジックバッグとプリンの実が出た。

僕達は待ってましたと、マジックバッグもプリンの実も解禁した。

マジックバッグが高い事は知っていたが、プリンの実も高かった。プリンの実もポーションも、定期的にドロップ品として売ろうと考えてしまう。

探索者専用ウィークリーマンションも無事に出来上がり、入居が始まった。全室すぐに埋まっており、来月からの家賃収入でローン返済は順調に行きそうだ。

が、それも、裏の資源ダンジョンにかかっている。

「ああ。どうか攻略される事もスタンピードが起こる事も無く、長く続きますように」

エルゼにある教会で、見物ついでに拝んでおいた。ギルドへ行くと、「教会へ薬草とニジハネトリ五羽を届ける」という依頼があったので、虹色の鳥を捕まえ、薬草を採取し、届けに来たついでに見物していたのだ。

「熱心に祈ってらっしゃいましたね」

シスターが現れた。

シスター・ミミル。治癒ができる魔術士で、教会が運営する治療院で働いている若いシスターだ。

治癒の魔術も使うが、ポーション作りもしていると聞いた。

「まあ。我々冒険者は、安全祈願しないと」

幹彦がそう言う。

知っているぞ。幹彦が祈ったのは「新たな必殺技を編み出せますように」で、チビが祈ったのは「美味い肉が食いたい」だという事を。

踏まれないようにチビは抱き上げられており、ミミルはそのチビを指で突いてから、胸の前で祈る時にする四角形を指で作り、

「あなた方に女神様のご加護がありますように」

と唱えた。

それで僕達は教会を出て、近くの丘に向かった。そこにサルの魔物が棲み着いて、畑や家畜の被害が出ているらしい。

チビは散歩するような足取りで歩きながら、レクチャーする。

「何といっても、すばしっこい」

「弱点は？」

「火には弱いな。でも、林が焼けるから火をばらまくのはまずいぞ」

僕と幹彦はなるほどと頷いた。

「動きを止められれば焼けるし斬れるだろうけど、どうやって止めるかだな」

「こっちも動くしかねえかな？」

「何か、しんどそうだなあ。不意を衝くとかできないかな」

言っているうちに、幹彦がピクリと肩を揺らして林の方を見た。

「来たぜ」

楽しそうだ。

チビも伸びをして、

「ちょっと運動するか」

と呟く。

「頑張ってみるかな」

跳んでいる最中を狙おう。

考えているうちに、林の木の枝にサルの群れが現れた。

ニホンザルよりも大きく、チンパンジーよりは小さい。そして、どこかヒトを馬鹿にしたように歯をむき出して笑った。

「腹が立つ野郎どもだな！　行くぜ、史緒、チビ！」

「おう！」

「おう！」

まず氷の球をばら撒くと、跳んで逃げようとする。それを狙って火の球を撃とうとしたが、尻尾で巧みに方向を変えて避けられる。

「器用なやつだな」

腹が立つが、感心もした。

幹彦は飛剣を飛ばしてから避けた先へと刀を振るう。

チビは器用に爪で斬撃を加えていた。

「当たらない！　キイー！」

視線の先には、ニヤニヤしたように見えるサルが、お尻を見せて尻尾を振っていた。挑発だろう。

「貴様。後悔させてやる」

僕は大きな水の球を撃った。サルは慌てて逃げようとしたが、多少跳んだところで逃げられないほどの大きさの水球だ。

「フフフ。逃げられない大きさにすればいいだけだ」

サルは水の中でもがき、溺れ、やがてぐったりとして沈んで行った。

幹彦もチビも奮闘し、どうにかサルの群れを片付け、魔石を取り出し、尻尾をちょん切る。

「手こずらせやがって」

幹彦はそう言うが、見事なものだった。

「幹彦は凄かったよな。背中とか頭のてっぺんにも目が付いてるみたいな動きだった」

言うと、幹彦は満更でもない顔で照れ、チビは、

「フミオは大人気なかったな」

と短く言って嘆息し、幹彦は噴き出した。

するとと幹彦が、

「ん？」

と目を林の中に向けた。

「カニ？　林に？」

そこにいたのは、巨大なカニだった。


カニと睨み合う。

「そう言えば、ヤシガニは陸上生活するんだったな。沖縄に行った時に見たぜ。ヤドカリの仲間とか言ってたな、ガイドさんが」

幹彦が言う。

「沖縄か。いいな」

「ああ。それに、確か食えるんだったかな？」

「ふうん。でも、こいつもヤシガニってことでいいのか？」

ハサミが一対、足が三対で、胴体は両手を回しても届きそうにないくらいあるし、全長は三メートル近くありそうだ。色は大体茶色で、緑や黒の線が入っている。少なくとも、沖縄のヤシガニはこれより小さいに違いない。

「わからん。チビ、食えるのか？」

チビはううむと唸り、答えた。

「何せ硬いし、食おうと思った事が無いからなあ」

「じゃあ、ゆでてみようよ」

それで決まった。

風の刃でハサミを斬り落とそうとしてみるが、弾かれた。

「風の耐性持ちか」

チビが舌打ちをする。

「火には弱そうだけど」

火を飛ばしてみる。

「耐性があるね、やっぱり」

肩をすくめる。

「じゃあ、物理だぜ！」

幹彦が刀を振るが、歯が立たない。

「硬え！　サラディードじゃなかったら折れてたかもな」

幹彦は悔しそうに言った。

水で包んでも窒息は狙えそうにない。

いや。

「ウォーターカッターならどうかな？」

飛ばしてみようとしたが、ビョンと跳んで来て、薙刀でハサミを受け止めるので精いっぱいだ。

「うわあ！　足が！　気持ち悪い！　足！」

三対の足が僕を潰そうと蠢く。

「史緒！　このカニ野郎！」

幹彦は刀を振るが傷も付かず、カニも気にも留めない。チビの爪でも無理だった。

「ウォーターカッターとは何だ？」

チビが訊き、それどころではない僕に代わって幹彦が答える。

「高い圧力をかけて水を噴き出すものだよ。何でも斬れるんだぜ」

言って、ふと刀に目をやった。

そして、

「そうか」

と呟いて、なにやら唸り始めた。

「幹彦！　チビ！　早く！　何とかして！　重いよ！」

僕は力比べに限界が来そうだ。

と、幹彦が、

「うおおおお！」

と叫んで刀を振り上げた。

刀がいつもと違う。そう思った時には、刀が振り下ろされてカニの頭が飛んでいた。

「やった！」

カニは後ろにひっくり返って、しばらくしたら動かなくなった。

カニもマジックバッグに入れ、ギルドへ戻る。そしてサルの魔石と尻尾、カニを出す。

「これ、食いたいんだけど。魔石ってある？」

幹彦がカウンターで訊くと、いつもの職員は目を瞬かせてから言った。

「大きいですね。魔石は目と目の間にありますよ。あと、外骨格はいい盾や防具の素材になりますから、買い取り価格もそれなりにします。傷の有無などを確認してからになりますが。それと、肉には毒がありますので、食用にはできません。魔石も取り出すなら、こちらで解体しますか」

食べられないと聞いて、僕も幹彦もチビもガッカリだ。

「はい。お願いします」

すっかり元気も無くした僕達だった。


その日の夕食は、カニコロッケだった。かにかまをほぐしたものと豆乳のベシャメルソースを混ぜてパン粉を付けて揚げた、なんちゃってカニコロッケだ。

「どこかに海産物の採れるダンジョンってないかな」

幹彦がカニコロッケを食べながら言う。

「それより、今日の幹彦の攻撃は凄かったな！　必殺技だな！」

チビも、

「うむ。よくやった」

と褒め、幹彦は照れながらも胸を張った。

刀身に高圧の水をまとわりつかせ、高圧の水の刃を作って切断したのだ。サラディードを芯にしたウォーターカッターと呼ぶべきだろうか。

「へへっ！　いやあ、できて良かったぜ」

新必殺技の完成に、乾杯をした。


またいつもの、近所のダンジョンへ戻った。正式には東京港区ダンジョンと呼ぶらしい。

アンデッド・ダンジョンは確かにドロップ品が変わっていたが、「幼女の大腿骨」とか「襲撃を受け難くなる数珠」とか僕達があまり欲しい物でもなかったので、旨味を感じなかった。

「やっぱりここが落ちつくなあ」

言いながら、スパンッと走って枝を鞭のようにして攻撃して来る樹の魔物を斬る。

これはいい建築素材などになるらしく、買い取り価格もいい。

「だな！　エルゼのが魔物の強さで言えば一番で、次がここだな、行ったところでは」

幹彦も笑いながら樹を斬って行く。

「まあ、魔素の濃さがな」

チビも言いながら、無造作に腕をふるって爪で樹を斬る。

こうしているところを見ると簡単そうだが、枝は邪魔だし、当たり方によっては骨くらいは折れる。その上幹は硬く、普通の刃物では斬れない。厄介な魔物らしい。

魔石とドロップした丸太をバッグに入れ、ふうと息をついて水分補給をする。僕と幹彦はペットボトルだが、チビには皿に水を出してやる。

それで辺りを見回してみれば、うっそうとした林の中に所々切り株があり、どこかホラーじみていた。

「そう言えば、アンデッド・ダンジョン、不人気なんだってな」

言うと、幹彦は当然だろうと頷いた。

「ゾンビの魔石も取らないと危ないって協会に言っただろ? それで、入場時間に応じて魔石をカウンターに出すようにしたんだって。そうしたら、ガイコツフロアばっかりに人が集中してるらしいぜ」

「まあな。大概の奴は、ゾンビの胸に手を突っ込んで魔石を取るのなんて嫌がるだろうしな」

チビが同意しながら、僕を見た。

「だから、わざわざゾンビの魔石を取るっていう依頼を協会が出す事になったんだってさ」

「それでも集まらなかったら、探索者の義務とか、何かした時の罰則とかにするって話だな」

幹彦とチビは言いながら、絶対に行きたくないというオーラを醸していた。

「そりゃ、僕だって進んで行きたい所じゃないよ。オーケー。皆、クレームとか受けないように気を付けような」

僕達はしっかりと頷き合った。

それからしばらくサイやカバの魔物を狩り、魔石とドロップ品を拾って次を目指す。

「サイとかカバとか、何かのんびりゆったりなイメージがあるよなあ」

「意外と速いよな」

「角や牙も危険だしな」

言い合いながらも周囲を警戒する。

まあ警戒は、チビと幹彦がいれば大丈夫だ。

「これまでにもいた動物が魔物化したようなものが割と多いよな。何か、ファンタジー色の強い魔物っているのかな」

ふと思いついて言うと、幹彦もああと言った。

「唯一な感じなのが、ゴーレムかな。ロボット的な」

「そうそう」

するとチビが、上を見て言った。

「じゃあ、例えばああいうものはどうだ？」

「うん？」

「ああいうもの？」

僕と幹彦もひょいと上を見た。

そして、口をパカッと開けて、それを見た。

「何、あれは⁉　翼竜⁉」

悠々と空を——ダンジョンの中だというのに高い空があるという不思議にはもう慣れた——飛んでいるのは、大きな骨ばったような翼に鋭いくちばしと長い首が特徴的な、鳥のようで鳥じゃない何かだった。

「あれって前チビが獲って来たエイみたいなやつだよね？」

「ワイバーンだな」

チビが落ちついて答えるが、幹彦はそれで興奮していた。

「ワイバーン!?　すっげえ！」

子供のようになっている。

そのワイバーンはトンビが飛ぶように悠々と空で八の字を描いていたが、いきなり急降下したと思ったら地表をかすめた後急上昇に転じた。よく見るとくちばしには何かを咥えている。

「イノシシか」

僕も幹彦も、一瞬言葉を失ってから叫ぶように言う。

「イノシシ!?　あいつイノシシを襲うの!?　あんなに簡単に!?」

イノシシは突進力が強く、速く、牙も鋭い。正面から一対一でやり合うには油断できない相手だし、大抵は複数人で、何度も攻撃を重ねて倒す。初心者などはケガもしかねない。

幹彦なら何度も攻撃を重ねて倒すし、僕なら薙刀だと打ち負けそうなので、魔術頼りだ。

「一撃かよ」

幹彦が呆然として言うが、その声にはまぎれもなく興味が含まれていた。

「幹彦。あれとやり合いたいとか思ってる？　いや、やり合わないといけないとは思うんだけど」

聞くと、幹彦はキラキラと目を輝かせて答えた。

「ええ？　いや、別に？　危ないやつだし？」

嘘つけ。僕はひっそりと嘆息した。

そう時間もかからず、ワイバーンの目撃例は広まった。

「ヤバいだろ、あれは」

「ああ。ヤバすぎる」

目を輝かせている者もいれば、沈んだ様子で考え込んでいる者もいるように、「ヤバい」の意味は二通りあったが。

ワイバーンをどうにかしないと次へ進む事ができず、かと言ってワイバーンはこれまでの魔物とは決定的に格が違う。空を飛ぶし、硬いし、風と火の魔術を使うし、くちばしと爪と尻尾の物理的攻撃力も高い。

もういくつかのチームがワイバーンに挑み、全チームが敗退している。大ケガを負った者もいれば、死んだ者もいる。

協会としてもどうにかしてこれの攻略を成功させたいところだ。

僕と幹彦も、チャレンジする気ではいる。

そんな時、チーム天空が名乗りを上げた。いや、僕達に挑戦状を突き付けて来た。「どちらが先にワイバーンを仕留めるか勝負だ」と。

やる気ではいたものの、勝負とかする気はなかったので、正直微妙だった。

しかし、いつの間にか周囲が「元々因縁のあった永遠のライバルの最終決着」などと言い、それでお互いの剣道場の弟子までもが騒ぎ出し、勝負を受けざるを得ない流れになってしまった。

「斎賀の野郎、こだわってやがるな。前よりも酷くなってるじゃねえか」

幹彦は嘆息して言う。

「斎賀もだろうけど、斎賀の仲間もだよな」

言うと、幹彦は溜め息とともに頷いた。

「だな。チームを束ねる者としてどっちが上か決着をつけよう？　チームったって、こっちは二人と一匹じゃねえか。勝負にしてはおかしいだろ」

「取り敢えず勝って溜飲を下げたいんだろ」

僕も呆れて、苦笑した。

チビはフンと嗤って言う。

「私がよもや、子犬の皮を被ったフェンリルだとは思ってもいないだろう？　なあに。私がやつらの有象無象二十人分やそこら、力を貸してやろう」

チビもなかなかの負けず嫌いなようだ。

「ま、これで決着がついてスッキリすると思えばいいか。幹彦だって、いつまでも永遠のライバルとか言われるのも鬱陶しいだろ？　勝って、永遠に下へ置いてやろう」

幹彦が笑う。

「史緒も意外と負けず嫌いだもんな」

「幹彦もだろ？」

「ああ。負けられるかよ。勝つぜ」

それで僕達は、作戦を練り始めた。

まずはいかにして地上に引きずり下ろすかが問題だ。これまでのチームは、襲って来たところでロープを足や尾に巻き付けるという方法をとっていた。

次に攻撃を防ぎつつ、こちらの攻撃を通らせる事になるのだが、これも難しい。硬いし、スキルで魔術を得た者もいるが、効く前にワイバーンからの攻撃でこちらが薙ぎ払われ、逃げられるというのがパターンらしい。

「やりがいがあるじゃねえか」

幹彦はそう言って笑った。


ズラリと天空のメンバーが並び、向かい合うように僕と幹彦とチビが並ぶ。そしてそれを取り巻くようにして、ギャラリーがいた。

ダンジョンへ入るゲートの手前だ。

「天空と周川さん達は今から同時にダンジョンに入り、どちらかが先にワイバーンのドロップ品を持ってここへ戻って来たら終了。同時なら、数や状態で判断する。どちらも六時間以内に狩れなかったら、その他の魔物の魔石の数で決める。エレベーターの使用は禁止。それでいいですね」

一応仕切り役になっている探索者がそうルールを確認した。

協会は勝負という形にいい顔をしなかった。天空は色々と苦情の多いチームで、もしもここで負けて大人しくなればという気持ちはあったらしいが、勝てば逆効果だ。

それに、こういうやり方は安全とは言えない。

しかし、探索者が勝手にすることに、一言注意する事は出来ても、禁止することはできない。

「ああ」

斎賀が幹彦を睨みながらも余裕の笑みを浮かべて返事をすると、幹彦はどうという事もなさそうに、

「はい」

と返事をした。

このルールを聞けば、人数の多い天空がどうしても有利に思える。

だが要は、ワイバーンを狩ればいいのだ。ワイバーンを狩れば、ほかにどれだけ魔物を狩っていようと関係ない。そうなると、天空には確かに人数は多いが、飛んでいるものをどうにかできるような者はいない事もわかっている。

なので僕達のする事は、ワイバーンを狩る事だけだ。

「行こうぜ、史緒、チビ！」

スタートの合図と共に、僕達はダンジョンのゲートに突入した。

天空のメンバーより後になれば、先へ行く妨害をされるだろう。なので、とにかく急いで、ワイバーン以外のものには目もくれず、走る。

このルールが不平等だと指摘する声もあったが、

「それならメンバーを増やせ」

などと言う始末で、話にならない。

天空をよく思っていない探索者達が、

「今だけメンバーになって、ワイバーン以外のものを狙おうか」

とも言ってくれたが、

「これで勝ったら、本当にギャフンと言わせられるだろ」

と言ったら、大笑いされた。

とにかく、ワイバーンを狩れば問題はないのだ。

斎賀達もほかの皆も、ワイバーンをどうやったら狩れるのかわかっていないので、できないだろうと思っているのがよくわかる。

チビが魔力を全開で漏らして走れば、大抵のものは恐れて寄って来ない。

それでさしたる邪魔もなく、ワイバーンの手前までランニングで到着した。

「フフン。上の階では、混乱した魔物たちが興奮したまま天空のやつらに襲い掛かってるぞ」

チビが面白そうに言って笑う。

「向こうはワイバーン以外のものをたくさん狩るつもりだろうからな。まあ、親切じゃねえの？」

幹彦が笑いながら言い、ワイバーンの姿を探すように空を見上げた。

「ポーションがあるから、死なない限り安心だもんな」

僕も言いながら空を見てワイバーンの姿を探す。

ポーションって凄い。

この階は、草原とまばらに固まって生えている木と池でできている。草原でも、木が目隠しになっていて、見通す事はできない。

「お、いたぜ」

幹彦が嬉しそうに言う。

青い空を、悠々とワイバーンが飛んでいた。

天空は、半分をほかの魔物を狩っておく班に回し、斎賀などの手練れのメンバーをワイバーン狙いにしているようだ。

少し遅れてこの階に着いた彼らも、ワイバーンを探し始める。

お互いに別々のワイバーンに目星をつけ、追い始めた。

それを、見物に来た探索者達が見ている。

「さて。行こうか」

言って、まずはワイバーンに向けて風の刃を放つ。

「グギャ!?」

上空のワイバーンを落とせるほどの威力は無いが、気を引いて、こちらをエサと認識させる事には成功する。

「来たぜ、来たぜ」

ワイバーンはこちらを目掛けて高度を落として突っ込んで来る。

それに向けて、幹彦が飛剣を飛ばす。するとそれは翼に穴を開け、ワイバーンはバランスを崩しながら向きを変えて逃げようとする。

そこに重力を増加させる魔術を当てると、ワイバーンは地響きを立てて地上に落下した。

「地上に引きずり下ろしたぞ！」

「いや、それでもこの先どうするか。硬いからそう簡単に斬れねえし、そもそも尾もくちばしも爪もあるから近付けねえ」

「火も吐くし風も使って来るしな」

「魔術攻撃か？　でも、耐性も持ってるだろ」

見物している探索者達が、興奮しながらそう言い合っているのが聞こえる。

僕は頭の方へ、幹彦は尾の方に、チビは横へとばらけると、ワイバーンは重さにのたうちながら、尾を振り回し、喉の奥に火の球を準備しながら僕達を狙っている。

「いくぜ！」

幹彦が、刀の刃に魔力をまとわせて尾に振り下ろすと、尾はきれいに切断されて飛んだ。

「ギャア！」

大きくクチバシが開き、僕はそこに氷の槍を突きたてた。いくら体表が硬くても、喉や体内まで硬くはない。

「ゴオオ！」

ジタバタと手足を動かし、暴れる。その肩にチビが飛び乗り、押さえ込む。

「暴れんなって！」

幹彦は背中に駆け上がると、刀の刃に魔力をまとわせ、首の付け根に一閃させた。

それで首は、ゴトリと落ちた。

一瞬の静寂の後、歓声が上がる。

「ふう」

幹彦とチビはワイバーンの上から飛び降り、僕は近くに寄った。

「やったな！」

「ワン！」

「おう！」

言っている間に、魔石と皮と爪を残してワイバーンの死体は消える。

天空はと見ると、魔術のスキルを得たメンバーが気を引いてワイバーンを近付け、別のメンバーらでロープを足に引っかけて地上に引きずり下ろそうとしていた。

そしてそれと同時に、斎賀達が寄ってたかって剣で斬りかかる。

しかし硬い体表に傷はつかず、ワイバーンの尾で薙ぎ払われ、ケガを負う。

ワイバーンのクチバシがうっすら開き、火が吐き出される。それを盾で受け止めるが、火は受け止めたが、盾を構えていた者はフッ飛ばされた。

そして、羽をバサリとさせる。それで風の刃が撒き散らされ、ほとんどの者が地に伏せ、血を流す。

足からロープが外れ、自由を取り戻したワイバーンは怒りを込めた目を天空メンバーに向けた。

「まずいんじゃないか、あれ」

言うと、幹彦も目を離さずに、

「ああ」

と言った。

ワイバーンが再び、喉の奥に火を吐く準備をするのが、魔力の高まりで見えた。正面は斎賀だ。

火の塊を吐き出し、斎賀は目を閉じた。

が、その前に滑り込んだ僕が、障壁を張って火を受け止める。

「助けはいりますか」

斎賀は答えないが、メンバーが、

「助けてくれえ」

と言い、斎賀は、

「情けのつもりか！」

と怒鳴った。

「流石に死ぬかもしれないだろうが。意地で仲間を殺す気かよ」

幹彦がそう言うと、斎賀は首を垂れ、

「……頼む。俺の負けだ」

と絞り出すような声で答えた。

「おう」

幹彦が刀の刃に魔力をまとわせ、ワイバーンの首に斬りつける。

ゴトリと首が落ち、体が倒れ、そうして、魔石と皮を残して消えて行った。

三・若隠居の拾いものは厄介事

決着がつき、天空の面々達は肩を落とし、天空に迷惑した事のある者はいい気味だとはしゃいだ。

しかしそれ以上に、ワイバーンの討伐に誰もが興奮していた。

「あれって風の刃か？　刀で飛ばすやつ」

「でも、何か地面に激突させてたよな、次？」

「それに、どうやってあの硬い体を斬ったんだ？」

ギャラリーはああでもないこうでもないと話し合っている。

異世界ではこういう戦い方は既になされているが、こちらでは、魔力を飛ばすのも魔力を刀にまとわせるのも、誰もしていないか、成功していないらしい。それに魔術の種類も練度も、地球人では僕がリードしているようだ。

僕も幹彦も、エルゼでの修練の結果だ。

ゲート前に戻って来た斎賀は、僕と幹彦とチビの前に立った。

「悔しいが、完敗だ。修行をやり直して、また挑もうと思う」

幹彦は困ったように頭を掻いた。

「まあ、なんて言うか、あれだ。お互い、剣の道を追求して行こうぜ。死ぬまで修行だ」

そう言って別れたのだが、ふと気付いた。

「なあ、幹彦。また挑むって、ワイバーンにだよな？」

「え……そう、だぜ？　俺はそのつもり……大丈夫だよなあ？」

幹彦は目を泳がせていたが、チビが、

「その時はまた返り討ちにしてやればいい」

と小声で言ったので、笑った。

「そうだな。そうしようぜ！」

「次はドラゴンとかだったりして」

僕達はそんな冗談を言って笑った。


それからしばらくは、家庭菜園の手入れをしたり魔道具やポーションを作ったり、幹彦はナイフを作って過ごした。

チビは昼寝だ。

これぞ正しい隠居生活！

それらを販売コーナーに並べるべくエルゼのギルドへ行った。

ギルドに入ると、混みあう時間帯は避けて行ったので、カウンターの職員もたむろする冒険者も暇そうにしていた。

「ああ、入荷ですね」

いつもの職員にポーションとナイフを渡すと、頬を緩めた。

「ポーションもナイフも人気で、入荷したらすぐに売り切れるんですよ」

そう言われると、悪い気はしない。

幹彦のナイフは、切れ味がよく、錆《さ》びたりしにくい。僕達も解体用のナイフを早々に幹彦の手作りに替えているし、薙刀の刃も幹彦の作ったものに替えた。

製品を渡して納品リストにサインを入れたものを受け取り、足りなくなったものの補充に向かう事にする。

僕は六花スイレンの花弁とヒモグラの肝、幹彦はミズトカゲのウロコとヒクイガメの甲羅。どちらも、町の郊外にある森の中の池の周囲にあるはずだ。

「幹彦も鍛冶が楽しそうだな」

「おう！　金属にウロコとかを混ぜるなんて地球じゃ考えられないけど、やればその性質が出るんだからなあ。まさにファンタジーだぜ」

「だよなあ」

金属は、マンション裏の資源ダンジョンで採っている。幹彦は羨ましい事に、ついている性質なのだ。子供の頃から、アイスもお菓子もやたらと当たる。宝くじこそ買わないが、買えば当たっているに違いない。

そんな幹彦だから、ちょっと掘ればいろいろな金属がザクザクと出て来る。僕のように、珍しくもない石が出るという事も無い。

その上、襲って来るゴーレムを倒せば高確率で希少金属まで手に入る。

「ミストカゲというからには、水の魔術の付与か？　ヒクイガメは火を噴くとか」

訊くと、幹彦は首を傾げながら、

「さあ。やってみないとわからないけどなあ。例えば、ヒクイガメが火関係にしても、火を出すのか、火を斬るのか」

「火を斬る！　カッコいいな！」

言いながら、目的の魔物を狩り、植物を採取する。

それで大体欲しい物を採取し終えた時、その音が聞こえた。金属の武器を打ち合うような音と悲鳴になりそこなったような声だ。

幹彦とチビは表情を引き締めて、その発生源を突き止めていた。

「誰か襲われているようだぞ」

「あっちだ！」

そう言って走り出すので、僕もついて行った。

森の木々の間を走って行くと、道から外れた場所で、女性が地面に倒れ込んでいるのと、こちらに気付いて逃げていく男の背中が見えた。

女性は中年に入ったくらいの年齢で、移動中の庶民という格好をしている。そして護身用らしき短剣が水仕事に荒れた手の先に転がっていた。

「バッサリやられてるぜ」

幹彦の言う通り、肩から腹にかけて大きく刃物で切り裂かれ、勢いよく血が服と地面に染み込んでいく。

「出血性ショックを起こすかも」

本人の意思を確認するにも、意識がないので不可能だ。

ポーションを取り出そうとし、それを作るためにここへ材料を採りに来ていた事を思い出した。

幹彦も同時に思い出したような顔をした。

だったら治癒の魔術を――と思った時、新たな人物が飛び込んで来た。

「何事だ!? と、お前らか！　やっぱりな。胡散くさいと思っていたぜ！」

飛び込んで来たのは、町の警備隊長だった。言いながらこちらを睨み、剣を抜いている。

チビはそんな警備隊長と僕達の間に立って、低く唸り声をあげた。

「待ってくれ！　駆けつけて来たらこの人が倒れていて、男が逃げていくところだったんだ！　それで今から救助活動をしようと！　な!?」

「そう！」

うんうんと頷き、僕は小瓶を出した。中身はただの水だが、それを上半身を抱き起した彼女の口にあてがおうとしたが、飲めるわけもないし、誤嚥《ごえん》の因だ。

傷口に直にかける。

そしてこっそりと背中に当てた手から、治癒の魔術を発動させて彼女に浴びせた。

「あっちに！　逃げましたよ、男！」

幹彦は男の逃げた方を指さし、警備隊長はこちらを気にしながらもそちらを見ている。

そうしているうちに彼女はうっすらと目を開け、瞬きをしてから飛び起きるように身を起こした。

「あぁっ⁉」

それで幹彦も警備隊長もこちらを見、彼女は周囲を警戒するように見回し、肩の力を抜いた。

「助けてくださったのですね。ありがとうございます」

警備隊長が大きく息を吐き、僕と幹彦も安堵の息をついた。

しかしこれが、厄介事の始まりだった。


女性はメアリ・ナムと名乗り、エルゼへ仕事を探しに来る途中だったと言った。ひとつ前の村までは運良く荷馬車に乗せてもらえ、そこからエルゼまでなら森を抜ければ早いと思って歩いていたら知らない男に襲われたのだと供述。

「とどめを刺される前に悲鳴を聞いて駆けつけて来てくれ、ポーションまでかけてくださって、ありがとうございます」

メアリはそう言って僕と幹彦に頭を下げた。

そして、

「警備隊長様まで来てくださって、ありがとうございます」

と警備隊長にも頭を下げた。

警備隊長は、今日は休日なので森で食材を集めていたのだという。それで悲鳴が聞こえて駆けつけてみれば、血まみれの女とかねてからおかしいと感じていた二人組——僕と幹彦だ——がおり、女を殺したのだと思ったそうだ。

失礼な。

「隊長。フミオとミキヒコはそんな事しませんって。追剥ぎするより稼いでいるし、女性を襲うようなまねはしませんぜ」

「そう。なんたって、冒険者に見えないで貴族疑惑が出たくらいスマートなんだから」

辿り着いたエルゼの門の所にある詰所で部下がそう言って苦笑すると、警備隊長は不機嫌そうに眉を寄せた。

「まあ、気にしないでください。たまたま近くにいただけですし」

幹彦がメアリに言うが、メアリは食い下がった。

「いえ。高価なポーションも使っていただきましたし。あれは少なくとも中級以上でしょう。死にかけていた事を考えれば、もっとのはず」

かけたのは水だとは言いにくいし、治したのは魔術だとは言いたくない。

「自作なので、本当に気にしなくて結構ですよ」

言って、僕達は詰所を出た。

チビ共々、息をつく。

「治癒、バレなくてよかったな」

「ああ。バレれば教会のやつらがすっ飛んで来るぞ」

「それはごめんだぜ」

「ああ。隠居できないもんな」

こそっと言いながらギルドへ向かった。ついでにギルドから依頼が出ていたものもいくつか狩って来たからだ。

と、入り口近くで若い冒険者とぶつかりそうになる。ジラール・クライという男で、いくつか年下らしい。同じ黒目、黒髪だが、こちらは目付きが鋭く、髪は枝毛が多く艶が無い。ガサツというか大雑把なところがあるので、髪など洗っても、乾かしたりしていないのだろう。

ジラールを見る度に、黒猫のようだと思っている。

軽く目で挨拶をしてすれ違い、中に入ると売るものをカウンターへ持って行き、さっさと手続きをして家へ帰った。


日本のダンジョンへも行きながら、僕も幹彦も趣味を兼ねた内職に励む。そして出来上がったそれらを持ってエルゼへと行き、ギルドへ納品に行く。ついでにダンジョンにも行って来た。

「遅くなったし、今日は食って帰るか」

幹彦が言う。

今から帰って支度していると、確かに遅くなる。

「そうだな。そうしようか」

「ワン！」

それで僕達は食べて帰る事にして、隣の食堂へ行く。

隣と言っても、間に仕切り代わりに鉢植えを置いているだけで、ほぼロビーだ。客もほぼ全員冒険者で、「早い、安い、美味い、多い」を旨としている店で、夜はほぼ居酒屋状態だ。

それと、チビのような動物も同席してもいいというのが、ほかの街のレストランとの違いだ。

膝の上に乗せたチビにもメニューを見せて注文を決め、食事を始めた。

アルコールの入った冒険者たちが陽気に騒ぐのを聞きながら、ブルーラビットのソテーにナイフを入れる。

「柔らかいな」

「それに、あっさりしてるのに味が濃いぞ、史緒」

「本当だ。これ、どこにいるんだろう」

「雨季の後、風に乗って飛んで来る渡りウサギだ」

「え。ウサギって飛ぶの？」

「しかも渡りか」

異世界だなあ。

和やかに話しながら食事を楽しんでそろそろ帰ろうかと立ち上がると、エイン達「明けの星」と会った。

「よう！」

にこやかに言いながら、グレイが小声で言う。

「お前らが助けた女、お前らの事を訊きまわってたぜ。単に礼をしたいだけとかだったらいいけど、厄介事なら言えよ。手を貸すから」

言っている背後に、ギルドを出て行くメアリの背中が見えた。

「うん。ありがとう」

幹彦は眉を寄せ、チビは嫌そうに鼻を鳴らした。


メアリがエルゼに来て二日経った。

「ヘイド伯爵は御存じですか。もしくはヘイド領にお知り合いはいらっしゃいますか」

そうギルドのカウンターでいつもの職員に訊かれた。

それに、僕と幹彦は顔を見合わせ、首を振った。

「いいえ?」

「何かあったんですか?」

職員は言う。

「ヘイド伯の家臣の方が、人を捜しているそうなのです。それが、ヘイド領から来た黒目黒髪の若い男性らしくて、冒険者ギルドに所属していないかと」

黒目も黒髪も、この世界でも目撃はしている。しかし片方だけでも珍しいらしく、両方揃うとなるとかなり珍しいらしい。恐らくこちらの世界では、黒目も黒髪も潜性遺伝なのだろう。

潜性遺伝というのは、かつては劣性遺伝と呼ばれていたものだ。ヒトも含めた有性生殖で増殖する生物は両親から二種類の遺伝子を受け継ぐのだが、この時、それに関わる遺伝子をどちらかの親からのみ受け継いでいたなら発現しないが、両親ともから受け継いでいた場合だけ発現するというものがある。髪や目や肌の色、一部の病気などだ。

別に劣っているわけでも何でもないが、「劣性」という言葉からそういう誤解を与えるとして、名前を変える事になったものだ。

黒髪も黒目も潜性遺伝なら少数でも不思議はないし、それが揃う確率がもっと低くなるのも頷ける。髪を染めるかカラーコンタクトレンズを入れていれば、僕達も多数派だったな。

「へえ。確かに黒髪黒目は少ないですけどね。僕達じゃないですよ」

「それなら構いません。珍しいとは言え、他にも黒目黒髪の方はいらっしゃいますし。ましてやあなた方がヘイド領から捜される何かをしたとも思えませんし」

職員はそう言い、僕達はギルドの外に出た。

すると、ほんの数歩歩いたところで護衛部隊リーダーを連れたモルスさんに会った。

「やあ、こんにちは」

「こんにちは」

にこにことしながら挨拶をかわし、モルスさんは声を潜めて訊いた。

「ちょっと訊いてもいいかの。ヘイド領に知り合いはおるかの？」

僕と幹彦は顔を見合わせた。

「もしかして、ヘイド伯爵の家臣ですか？　黒目黒髪の若い男を捜しているとかいう」

幹彦が訊くと、モルスさんは頷いた。

「冒険者ギルドにも問い合わせたか。商業ギルドにも問い合わせをしたらしく、そういう人物を雇ってはいないかと問い合わせが来てたの」

僕も幹彦も苦笑した。

「完全に人違いですけど、どうかしたんですかね」

「その人、誰なんでしょうね。指名手配されるような事をしたのかな」

「いや、犯罪で手配されるなら手配書を張り出すだろうから、そういうものじゃないはずだ」

リーダーが考えながら言い、極悪人と間違われる危険はないと少しだけ安心した。

「まあ、厄介な事になりそうなら、いつでも来なさい」

そう言って、モルスさんはリーダーを連れて歩いて行った。

「人違いだけど、何だろうな」

「気になるね」

「お家騒動とかじゃないのか」

チビが小声で言い、僕も幹彦も唸った。

「あり得るぜ」

「ね」

言いながら歩き出すと、メアリが鬼気迫る顔付きで寄って来た。

「まさか、幹彦」

「ああ。まさか、な」

小声でかわしていると、メアリが言った。

「あなた達、ヘイド領に知り合いはいらっしゃる？」

僕達は顔を見合わせた。

「ヘイド伯爵は御存じですか。もしくはヘイド領にお知り合いはいらっしゃいますか。いえ、お母様は今どちらに」

そうギルドの前で切羽詰まったような顔付きのメアリに訊かれた。

それに、僕と幹彦は顔を見合わせてから首を振った。

「知り合いはいませんし、行った事もないです」

「一体何なんですか」

メアリは困惑したように呟く。

「黒目黒髪なんてそうそういないし、間違いないはずなのに」

「確かに黒目黒髪は少ないようですけどね。僕達じゃないですよ」

言うと、メアリは疑わしそうな顔をしている。

「ほら。現に他にも黒目黒髪の若い男っているじゃないですか。ジラール・クライだっけ」

幹彦が言い、僕も思い当たった。

「ああ。ちょっと目の鋭い。あ。いた」

ジラール・クライ。その冒険者は、僕達よりいくつか年下だそうだが。

僕達がそう言ってジラールを見ていると、その視線に気付いたジラールが、つかつかと寄って来た。

「何か用かよ？」

ぶっきらぼうだが、怒っているわけではない。これが普通だ。

が、それは普通ではないだろうと僕は彼の額を指さした。

「額から血が出てますよ」

するとジラールは額を流れる血を面倒くさそうに、

「ああ。ちょっと失敗してかすっただけだ。大丈夫」

と言いながらグイッと袖口で拭いた。

「うわあっ⁉」

僕も幹彦も驚いた。日本ではちょっとワイルドすぎる光景だろう。

「しょ、消毒しないんですか？　せめて清潔な布で拭かないと！」

「ポーションは？」

僕も幹彦もそう言うのに、ジラールはフンと笑い、メアリも平然としていた。

「この程度でそんな高い物使えるかよ」

「あ！　傷口がガタガタじゃないですか！　残りますよ⁉」

「女でもあるまいし、構うかよ」

ジラールはそう呆れたように言った。

そんなジラールにメアリが訊く。

「ジラール・クライさんの出身地はどこでしょうか。お母様は。ヘイド領にお知り合いはいらっしゃいますか」

「母親はミモザの出身だって聞いたし、父親は知らねえ。俺はミモザで生まれたらしいな。ヘイドには行った事もねえ。もういいか？」

ジラールはそう言って、狩ってぶら下げて来たトリを持ってギルドに入って行った。

「……ジラールさんは貴族に見えないわ……。ああ、どうしよう。先に見付けないと殺されてしまう……！」

メアリは泣きそうな顔でそう言って俯いた。

困ったな。

「誰を捜しているんですか、あなた方は。もしかして、森であなたが襲われた事も関係しているんですか」

メアリは肩を揺らし、泣き出した。

往来の目を気にしながら、取り敢えずメアリを路地に引っ張り込んだ。

そして落ち着くのを待って話を聞く。

「この前領主様が倒れて、ヘイド領は後継者争いで揺れているんです。本来なら長男様なのですけど、出来がお世辞にもよろしくなくて。次男様はとにかく浪費家で、三男様は女癖にかなり問題がおありで。それで領主様は、正妻愛人構わずに全ご子息から公平に選ぶと仰ったんです。それで一人、昔メイドとの間に生まれた黒目黒髪の子がいたはずだと」

使い古されたドラマかマンガの筋書きのような話に、僕達の興味はやや外れかけていた。

「その母子はこのエルゼにいるんですか」

「はい。私の母はその奥様によくしてもらって、ミスをして打ち首になるところを助けていただいた恩があったんです。それで、若様を連れて逃げられる時、こっそりと匿って逃走の手助けをしたんです。その時に、エルゼに行くと聞いたそうです。先に家臣団に見つかったら、殺されてしまうんです。私は若様に逃げるようにと伝えに来たんです」

てっきりシンデレラストーリーかと思っていたので、驚いた。

「え。後継者争いに……」

「加われないようにするために捜させているのです。正妻のご子息三人が。妾腹のご子息は既に五人が不自然な事故と病で亡くなられています」

一気に、ジャンルが変わったぞ。

「誰だ、本物は」

言うと、メアリは嘆息した。

「黒目だけ、黒髪だけでも少ないのに、両方揃うとなると、そうはいません。私がこれまでに会った黒目黒髪は、あなた方とさきほどの方だけです」

幹彦がポツンと言った。

「じゃあ、ジラールがそうじゃないのか？」

その可能性を考えるようにメアリは遠い所を見ていたが、首を振った。

「お母様は、お取り潰しになった元伯爵家の御令嬢だったそうで、上品で美しくて頭の良い方だったと聞いています。あんながさつな方は、ちょっと。むしろ噂からもこの目で見た感じも、あなた方のどちらかがそうではないかと思っております。どうか本当の事を仰ってください。私は捕まえに来たのではなく、逃げるようにと言いに来ただけなのですから」

縋るように、どこか確信のこもった目を向けて来るメアリだった。

「何でそう思ったのかわからないんだけどなあ」

「僕達、完全な庶民ですよ」

「どこがです」

メアリはキッとした目を向けて来た。

「ギルドでも宿泊された宿でも店でも、あなた方を知る方は皆仰います。『本当は貴族なんじゃないのか』『貴族のご落胤か』『貴族の子息が勉強のために平民のふりをして冒険者をしているに違いない』と」

ドヤ顔である。

僕達は嘆息した。なぜそう言われるのかよくわからないが、日本人のマナーは、こちらではずいぶんとお上品に見えるらしい。

「本当に違うんです」

言っていると、チビがつまらなさそうに丸くなって寝始めた。

メアリは納得しきれないようだったが、僕達が違うのはわかっているのだから、若様候補はジラールだ。

僕達はジラールにもう一度訊く事にした。

ジラールはトリを売った後、そのまま隣の食堂で仲間と飲み始めた。

「目付きは悪いけど、腕も悪くないし、仲間想いみたいだぜ」

幹彦が聞き込んで来た。

「乳児の頃にエルゼに母親と来て、以後母子家庭。母親はジラールが冒険者になった次の年に流行り病で亡くなっている」

そう幹彦が続け、メアリは目を軽く伏せた。

「生きていらっしゃれば、何かわかったかもしれなかったのに。残念です」

僕は、検査機械やキットがあれば親子鑑定ですぐだったのに、と思っていた。

僕達の視線の先で、ジラールはジョッキを傾け、笑い合い、肩を叩く。かと思えば通りすがりの男がぶつかって仲間と揉め合うと、チーム対チームで殴り合いを始めた。それをゲンコツでマスターに仲裁されると、ふてくされたように骨付きのもも肉を手づかみでかぶりつき、ついでのようにウィンナーを指でつまんでくわえた。

「あれが、貴族の子弟のマナーでしょうか。貴族の食事というものは、そういうものです」

メアリが憮然として言い、僕達を見る。

僕達は食堂の端のテーブルで、食事をしていた。今日はマジックサーモンのフライだ。タルタルソースを乗せたサーモンフライをフォークに乗せて食べていた僕達は、首を傾げた。

「まあ、子供の頃から一般人として育てられていれば、貴族のマナーなんて知らなくても不思議じゃないぜ。その母親も、元は貴族のお嬢さんだったとしても、もう一般人だったんだろ？」

幹彦が気を取り直して言うが、メアリはにべもない。

「それはそうですけど、マナーとか物腰というものはそうそう変わるものではありませんし、子供は親の真似をするものですわ」

「ああ。確かに」

僕達のへっぽこ推理は、なかなか進まない。

「もう、聞いたらわかるかな」

「待て、史緒。親が全部話しているかどうかわからんぞ」

「では、まずは母親の名前を聞いてみるというのは？」

チビがソテーとサラダとハムを食べて満足し、丸くなって寝ていたが、不意に起き上がって入り口の方を見た。

鎧を着た男が二人、ギルドに入って来た。

まあ、鎧を着た男というなら、冒険者にもたくさんいる。ほぼ全員に近い。

しかしそれが、ヘイド領のマークを付けたピカピカのものだというなら話は別だ。

彼らは何事かをカウンターで職員に話していたが、向きを変えて食堂の方へとやって来る。

「まずい。もうジラールの事に勘付きやがったのか」

幹彦が言う間にも彼らは食堂を見回し、なにやら小声で相談し、外へ出て行った。

それと入れ違いに、彼らの近くにいたエイン達「明けの星」が足早に近付いて来て声を潜めて言う。

「お前ら、今の奴ら知ってるのか」

「あいつら黒目黒髪の若い男を捜してるらしいけど、どうもお前らに絞ったみたいで、やたらと住んでる場所とか聞いてたぜ」

僕も幹彦も、この情報に溜め息が出そうになった。

「人違いなのに……」

「参ったな」

今夜、訪問されるかもしれない。

「行くか」

僕達はテーブルを立った。

それで、同じくテーブルを立ったジラールに、外に出たところで声をかけた。

「ちょっといいかな」

ジラールは振り返り、僕、幹彦、チビ、メアリという面々に、不審そうに眉をひそめた。

「ヘイド伯のご子息方が、後継者を減らすために兄弟を殺しています。今は逃げた黒目黒髪のお子様を捜させています」

メアリも不信感を押し隠しきれない顔付きでそう言うと、ジラールの顔付きが一瞬引き締まった。

しかし、すぐに頭をかいてごまかす。

「へえ。俺じゃねえな。そっちこそ貴族のご落胤って噂だろ」

それに、笑顔で答えた。

「どこに出しても恥ずかしくない庶民ですよ」

「嘘つけ。年だってそのくらいだろう？」

ジラールが言うので、初めて僕と幹彦はその子の年齢の事を訊いていない事に気付いた。まあ、戸籍もはっきりしていない世界なので、そういうものはあいまいだと思っていたのだ。

「今年で二十三歳です」

メアリが言うと、僕と幹彦は安心した。

「なあんだ。だったら俺達は完全に違うぜ。俺達、三十二だからな」

それにジラールが目を丸くした。

「え⁉　年下だと思ってた！　特にフミオ！」

「ジラールっていくつ？」

「二十三」

それに僕達が驚く。

「嘘⁉　ちょっと下くらいかと思ってた！」

「ああ⁉　老けてるといいたいのかよ⁉」

「そっちはこっちを子供扱い⁉」

チビが噴き出したのをくしゃみでごまかし、幹彦が咳払いをして、僕達は冷静さを取り戻した。

そうだな。日本人は若く見られるからな。

「えっと、そうだ。よくその捜し人の年を知ってたな、ジラール。犯人は――じゃねえ。隠し子は
お前だ！」

幹彦が指を突き付けて言うと、ジラールはガリガリと頭をかいて横を向いた。

「くそっ。確かに母ちゃんが死に際にそう言ったんで、びっくりしたし、死に際に渾身の冗談を言ったのかと疑ったさ。でも、母ちゃんは『お前には向いてないから、バレないようにしなさい』って言ったんだよ。俺も貴族は向いてないと確信してるし、そんなろくでもないやつらが身内なんて冗談でもねえから、名乗り出るとか嫌だぜ。しらばっくれてやる」

メアリはぶつぶつと、

「嘘。信じられない。何でこんなガサツに育つの？　わざと？」

と呟き出した。

「まあとにかく、今後の対策のために話をしましょう」

僕はそうジラールとメアリに言った。


夜は更けて、外を歩いているのは千鳥足の酔っ払いくらいかと思われる時間になった。家の周囲は大通りから外れているため、更に人気がない。

その暗闇の中を、黒い服に身を包んだ四人の男達が静かに歩いていた。

「ここで間違いないんだな」

押し殺した声で一人が確認するように言い、それに二人が頷く。

「間違いない。貴族みたいだと言われている二人組はここに住んでいるらしい」

「最近来たばかりなんだろう？」

「ああ。どこかよその町に預けられていたんだろうな。でも、母親の墓がここにあるからここに来たんだろう」

「じゃあ、行くぞ。物取りに見せかけて二人共殺せ」

そうして彼らは、家へと近付いて行った。

敷地をぐるりと囲むように塀があり、表門の扉は開いていた。

裏に回ってみると裏にも通用口があったが、閂がかかっているほか、たらいやバケツを立てかけて乾かしているため、扉を開けると派手な音がしそうだった。

そこで彼らは表門から入る事にして、表に戻った。

周囲に人影が無い事を再確認し、庭に入って建物へと近付いて行く。

そして、音を立てないようにそっとドアを開け、中に滑り込んだ。

その途端、足元で子犬が鳴いた。


「ワン！」

「うわっ!?」

その声を合図に、僕はリビングから顔を出した。

「どうした、チビ。うわっ、誰ですか⁉」

言って、さっと引っ込む。

すると反射的になのか、騒がれると面倒だと思ったのか、彼らはリビングへと飛び込んで来た。

そして、動きを止める。

計算通りだ。

テーブルの上には一段高くなるように箱を置き、そこに子供用の動物のぬいぐるみと女物のスカーフを飾っている。その下には果物や花を供え、ろうそくと線香を置いてある。

それに向かって座り、彼らを見ているのは、幹彦、ジラール、モルスさん、護衛部隊のリーダーとサブリーダーだ。

「ああ？　何だ、お前ら」

ジラールが睨むように言うと、幹彦が手を打ってニコニコとして言う。

「ああ、彼女のお知り合いだったんですか。それでお参りにいらしたんですね」

「でも、よくわかりましたね。今日が最後の法事だって」

それで彼らは戸惑ったように顔を見合わせたが、

「遠慮しないで、さあ、さあ！」

と幹彦に追い立てられて祭壇正面の薄っぺらいクッションこと座布団に座った。

そして、見た事の無い「線香」や「おりん」を見て、ますます混乱したかのようにキョロキョロとした。

冷や汗が見えるようだ。

「我々の日本はここから遠く離れた国ですから、法事も、この三人しか参加できないと思っていたんですよねえ。そこにあのセルガ商会の前会長や、冒険者を代表するような今でも語り草のリーダー、騎士中で一番の実力者と今でも言われるサブリーダーまで来てくださって。その上あなた方はヘイド伯爵の家臣の方ですよね。ありがたい事です」

国どころか大陸中に名を轟かせるビッグネーム三人に、彼らの顔色が悪くなった。

「えっと、我々も詳しくは……」

彼らのリーダーが、探るように笑いながら言う。

それに、笑って答えた。

「あれ？　ヘイド領からいらしてわざわざ捜していたという事は、法事に参加するためですよね？それにわざわざ喪服まで着て」

リーダーが言うのに、彼らは乗った。

「そういう命令を、はい」

「ですよね。彼女はヘイド伯爵の屋敷に勤めていたのに急に辞めてこの少ない同郷者のいるエルゼへと来たのに、子供は一歳にもならないうちに死んでしまった」

悲しそうな顔をしてサブリーダーが言うと、モルスさんが続ける。

「彼女もやっと立ち直ったと思ったら流行り病で。儚いのう」

はあ、と溜め息をつく。

「日本では、死者を決まった年に祀り直しますけど、今年が最後です」

「ぜひ最後までご一緒に」

有無を言わさず笑顔で言うと、彼らの後ろに座り、

「あ、正座でお願いしますよ。作法を守らないと、祟られますからね。あなたが」

と脅し、正座を強要する。

した事の無い人間にこれはキツイだろう。

それから、お経のテープをこっそりとかけて流す。

わけのわからない言葉の経文、動くに動けない正座、線香はこれでもかというほどたいて煙は魔術で彼らの周囲にもくもくと漂わせる。

そうして二時間。僕達は後ろでこっそりと楽な座り方でいたのでどうという事も無い。

「さあ、楽にしてください」

言うが、もはや彼らの足に感覚はなく、崩す事もできないでいる。

「では、故人と最後の語らいを」

厳かに言い、あわせて全員で手を合わせると、彼らはキョトキョトと落ち着きなく僕達の顔を見た。

「こ、こ、故人との、語らい?」

それに幹彦が答える。

「ええ。日本の法事は独特ですからねえ」

ジラールも頷いて、殊勝な顔でチビを見た。

「故人の霊魂を呼び寄せて動物の口を借りて話をするなんて、こっちではなかなか見た事も無いよな。でも、犬の口から人の言葉が出て来ると、信じるしかなくなるよな」

彼らは信じられないという顔で、チビを見た。

チビは大人しく座って、尻尾を振っている。

「じゃあ、始めますか」

彼らは足のしびれで逃げ出せないまま、降霊会に強制参加する運びとなった。

室内に線香の煙が充満する中、ピシャンと雷が発生して真ん中に落ち、チビはウオオンと鳴いて、伏せた。

「――――！！！！」

「お久しぶりです。モニカさん、ジル君」

幹彦が言うと、チビが答える。

「お久しぶりです。懐かしいわね。また黒目黒髪の日本人に会えるなんてね」

チビが喋るのは、腹話術だと皆には言ってある。本来の声は低く子犬の時の鳴き声は高いが、今の声は、本来の声を無理に高くしてかすれさせたような声だ。

あとでチビのいない時にもう一度やってくれと言われたらどうしよう。

「こちらはわざわざへイド領から来てくださった方たちですよ」

僕が言って彼らを示すと、彼らはビクンと背を伸ばした。

「え、あ、はい！」

「まさか……。本当に？　私を殺そうとしたのに？　どうして？」

全員の目が彼らに向き、彼らは青い顔を真っ白にして震えあがった。

「いや、それは、その」

「まさか、息子が生きていると思って？　跡継ぎにならないように、殺しに来たの？　死んでいたから、墓を暴くの？　だったら、許さないわよぉ。あのヘイド家を家臣の家共々末代まで祟って祟って祟り殺してやりましょうかぁ」

そこでこっそりと氷の魔術を使って、ひんやりとした空気を彼らに送る。

「ヒイイイ⁉　ご、誤解、誤解です！」

「命令で、しかたなく！」

「そそそう！　ご子息は亡くなっていました！　間違いなく！」

「きちんと報告して、おきます！」

「しし失礼します！」

そう言って、彼らは痛みが戻ってき始めた足を引きずりながら、文字通りに逃げるように――精神的には逃げるようにだが、物理的には這うように――家を飛び出して行った。

それを見て皆で噴き出した。

「わははは！　そんな秘儀があってたまるかってんだ」

ジラールが涙が出るほど笑い出す。

「そうそう。こんな座り方、拷問以外の何ものでもないだろ」

いえ、リーダー。それはれっきとした正座という座り方なんですよ。

「足がそうとう痺れてるだろう、あれは！　見たか、あの慌てぶりを！　ふははははは！」

モルスさんも膝をバンバンと叩いて笑う。

「いやあ、そのなぞの経文？　雰囲気あるよなあ。地獄からの呪文みたいに暗い」

サブリーダー。これは般若心経というものです。

「ま、これで母子共々死んでいると報告するだろう。何せ、祟りがあるんだから」

幹彦が言って、プッと噴き出した。

「まあ、本当にこれでいいんですね。家を乗っ取るとかしないで」

言うと、ジラールは、

「恐ろしいな。言っただろ。放っておいてほしいだけだってよ。これで十分だぜ」

と肩をすくめる。

「じゃあ、精進落としにしましょうか。皆さん、ご協力ありがとうございました」

モルスさん達は笑い、

「このくらいどうという事も無いさ。楽しかったしの」

「ああ。ヘイドー家は気に食わない奴らだったしな」

「いやあ、よくぞ誘ってくれた」

などと言いながら椅子に座り、僕と幹彦は棚の下からと見せかけて空間収納庫やマジックバッグから食べ物や飲み物を出して並べる。

「チビも名演技だったね。お疲れさん」

「ワン！」

チビは鳴いて伸びをすると、皿の前に陣取る。

日本という国の風習などとでっちあげて協力を仰いだが、風習の中身そのものも日本という国も、皆は架空のものだと思っているだろう。

風習の一部は架空だが、一部の本物についてもけちょんけちょんにされたのは、複雑だ……。

御礼がてら、乾杯して宴会をした。


翌早朝、青い顔をしたヘイド領の騎士たちが馬を飛ばしてエルゼを出て行ったと警備隊が言っていた。

「それが揃いも揃って、夜中に教会でシスターを叩き起こしてお札と聖水を買ってってったんだと。それで明るくなるのを待ちかねて飛び出して行きやがったぜ。ヘイドで何かあったのかねえ？」

そう言って警備隊も教会のシスターたちも首を傾げていた。


地下室で家庭菜園の手入れと収穫をしていた。

「そう言えば、モーツァルトを聞かせたら生育がいいとか言うな」

ふとそう思い出し、モーツァルトのＣＤをかける。

エルゼにしかない果物なども植えているが、反対にエルゼにはないものを向こうに植えてみようかと思う。例えば枝豆だ。ビールのつまみにいいのに、向こうではない。これはぜひ紹介したい。

それに、エルゼの家の警備も考えた方がいい。

と言うのも、この前はわざとヘイド伯爵の家臣を誘い込んだが、その後、ポーションやナイフを狙って侵入しようとした盗賊がいたのだ。

まあ、計画していた時点で捕まって何事もなかったのだが、考えさせられたのは事実だ。

こちらでは警備会社があるが、向こうではない。留守中に侵入者があった時に駆けつけてくれるようなサービスはないのだ。

「はあ。どうするかなあ。ゴーレムでも作って庭に配置するか？　なんか邪魔そうだな。魔物でも連れて来て庭に放つとか？　近所から苦情が来そうだな」

ううむ。

悩みながらも収穫し、次は枝豆だと、隣の畝を見た。

「え」

一株だけ、何か揺れている。幽霊か？　いや、よく見ると、音楽に合わせて揺れていた。

そこで、ＣＤをとめて、ヘビーメタルをかけてみた。

するとその枝豆は、頭を上下に激しくブンブンと振り回し始めた。

「!?」

驚き、それ以上に面白くてそのまま見ていると、訓練していたチビと幹彦が隣にしゃがみ込んで一緒に見ていた。

「凄えな、あれ。何だ？」

「枝豆だけど、何だろうな」

「ここの魔素を過剰に吸収して魔物化したようだな」

チビがさらりと言い、ポイッと小さなおやつの骨の欠片を放ると、枝豆は器用にそれを根で取り込み、やがてさやからペッと弾き出した。

僕と幹彦はどうしようかとそれを凝視した。

「あれは食べられないのかな」

「史緒、そういう問題じゃない」

枝豆はこちらに気付くと、ハッとしたように動きを止め、普通のふりをした。

「いや、遅いから。バレてるから」

言って葉を突くと、テレーンと揺れていた。

「まあ、実は普通に食えるんじゃねえ？」

幹彦が言うと、枝豆は「ガーン」と言うように体を捩じって幹彦を見上げ、しおしおと上体を倒す。

「言葉がわかってるのかな？」

枝豆はちらりと僕を見るようにして、わさわさと蔓を揺らした。

「言葉が通じると、食べにくいよね」

言うと、幹彦が言う。

「名前なんか付けたらもっとだめになるよな」

「そうだよな。枝豆の豆太郎とかね」

言って、僕と幹彦は笑った。もうこいつは、ペットだ。

枝豆は揺れて、さやからペッと何かを吐き出した。

「あ、小石だ。そうか。いらないものとかを出してくれるんだな。いい事思いついたぞ。エルゼの警備主任をしてみないか」

枝豆は体を捩じって考えていたが、頭を勢いよく上下に振った。


枝豆をエルゼの家の庭に移植した。元は大した大きさではなかったが、例の踊る枝豆は植えた途端に大きくなり、高さは家の二階くらいの高さに成長した。

「ご近所になんて言おう」

幹彦が言うが、気にしない。

「ただの突然変異の警備主任、豆太郎だよ」

言って、次に敷地に術式を書き込んで行く。

「誰か、侵入して来ないかな」

チビはやれやれと言いながらも面白そうに尻尾を振り、幹彦も目を輝かせて、

「噂でもまいて来るか?」

と実験に協力的な姿勢を見せる。

そこで僕達は、実験に使えそうな人材はいないかと街に探しに出た。

善良な市民を使うわけにもいかない。

「あ。ひったくり！」

老人が叫び、若い男が走り出す。

「あいつにしようぜ！」

幹彦が嬉しそうに言って、チビと追いかけ、絶妙に家の方へと追い込んでいく。

僕は家の前を男が通り過ぎないように、先に家の前に戻り、道路を封鎖する。

するとひったくり犯は、

「ゲッ！」

と呻き、我が家の庭を通り抜けて逃げようと門の内側に入った。

そこで魔術が発動する。敷地内に正式な手順を踏まずに侵入した侵入者は警備主任の根元に転送される。家屋に侵入しようとした者も同様になる。

それをすかさず主任は根で取り込み、侵入者は悲鳴をあげながら土の下へ消えて行く。

追って来た警備隊の面々はそれを見て青くなっているが、心配はいらない。

主任は体をゆすり、ペッとさやから侵入者を吐き出した。

侵入者はさやの中で三半規管を揺さぶられて平衡感覚がバカになっており、立つ事すらままならず、逃げ出す事ができない。

「よし、成功だ！」

言うと、豆太郎は嬉しそうにわさわさと体を揺らし、幹彦と僕はハイタッチをかわし、チビは跳びはねた。

警備隊長は部下に失神寸前のひったくり犯を捕まえさせ、鬼のような形相で僕達に詰め寄って来た。

「あの危険な植物は何だ⁉　食虫植物の魔物か⁉　あんなものを町中に持ち込むんじゃない！」

それに僕達は不満そうな顔をする。

「警備主任の豆太郎ですよ」

「陽気で無害なやつです。ただの訪問者にはしませんからご心配なく」

「ワン」

「犯人をあのまま食ったりしないのか？」

警備隊長が言うのに、僕は心外だと文句を言う。

「食べませんよ。ちゃんと、警備の人とかが来たらペッてさせます。お腹壊したらどうするんですか」

警備隊長は豆太郎を見上げ、唸る。

「来るまで時間がかかったら？」

「シェイクして待つ？　あ。中で吐いたら嫌だな。よし。麻痺させるとかに、術式を書き換えよう」

「でも、豆太郎は振りたいみたいだぜ？」

「じゃあ、麻痺無効とかで逃げそうなやつとかには豆太郎のシェイクで。仲間が助け出そうとしたりした場合は、ベトベト粘液を吐くとか」

「あ。株が増えたらレンタルとかして警備会社ができるぜ」

豆太郎はつるで「グッ」といいねサインを送ったが、警備隊長は頭を掻きむしった。

「これが町中で何件もだと？　町の妙な噂が広がったらどうするんだ！」

なぜかお気に召さないようだった。

四・男三人の飲み会「気付いてないふりをしよう」

冒険者ギルドの隣というかロビーの端というか、植木鉢で仕切られただけのその食堂は、「早い、安い、美味い、多い」で冒険者のための店という感じだ。昼は食堂で夜は居酒屋になり、客はほぼ冒険者ばかりだが、そうとも限らない。

この日は、満員のこの店で、そういう冒険者ではない男三人が相席をしていた。

「やっぱりビールだな」

この町の警備隊の隊長をしているセブン・フラウはビールを注文した。

「俺もまずはビールで」

セルガ商会の護衛部隊のリーダーをしているオルゼ・ガンツは考える前にそう言う。オルゼは、元は有名な冒険者で、今でも最高に強かったと語り草になっている。

「俺もビールかな」

セルガ商会の護衛部隊サブリーダー、ロイド・ハーパスもそう店員に注文した。ロイドは元は剣も魔術も使うエリートに分類されるような騎士だったが、上司や貴族の同僚連中と合わず、退職して今の職についた。腕っぷしの強さは隊で一番だったが、平民だったのが貴族達に気に入られず、やっかみと嫌がらせをうけていたのだが、今もロイドの腕を惜しむ声は根強い。

「はあ。ヘイド領の騒ぎもどうやら落ち着いたようだな」

ビールを待ちながら、世間話にオルゼが言った。

「ヘイド伯の隠し子を正妻の子が殺すために捜してたんだろう？　貴族様ってのは、嫌だねえ」

セブンは嘆息して肩をすくめる。

「黒目黒髪の男っていうから少なくて良かったけど、これが金髪とか茶色の目とかだったら、間違いで殺されてた人がいたかもな。候補が多すぎる」

ロイドが苦笑すると、セブンが顔をしかめた。

「冗談じゃねえよ。まあ、結果的には珍しい特徴に助けられたようなもんだな」

そう言い、奇しくも三人共、黒目黒髪のコンビを反射的に思い出した。

「しかしあいつら、どういうやつらだろうな」

セブンがしみじみと言うと、オルゼとロイドは真面目な顔付きで頷いた。

「どこかおっとりとしていて、危機感が足りない。守られ慣れているという事か？」

ロイドが言うと、

「誤魔化そうとはしているが、子供でも知っているような事を知らなかったりするしな。この国の常識を知らないというよりも、根本的におかしい」

とオルゼが続く。

「外国人かとも思ったけど、言葉に訛りもねえしな。所作は品があるし、文字もやたらときれいだぜ。服も何か上等そうだし、貴族じゃねえかって言われてたのも無理はねえ」

セブンが考えながら言う。

「確かにミキヒコの剣は、子供の頃からしっかりとした正式な訓練を受けて来たとわかるものがあるな。それほどの師匠を雇うだけの金銭的余裕とツテが必要だ。フミオも動きはきれいで、やはり師匠について正式に習ったとしか思えない」

オルゼはどこか好戦的な目付きで言う。

「フミオの魔術にしてもそうだ。魔術の訓練は長くかかる。無詠唱で発動までの時間が限りなくゼロに近く、完全に威力のコントロールもできている。上級貴族の子弟なら子供の頃から魔術士を雇って教育を施すが、その教育者の上を行くほどだ。その上魔道具を思いついて作るにも慣れた様子だし、何を作れば便利かの発想も、庶民なら不満を感じないような事を不便だと感じての発想らしいしな」

ロイドが言うと、セブンは嘆息した。

「じゃあ、やっぱりどこぞの貴族の子弟だというのか？　まさか、やっぱりどっちかがヘイド伯の愛人の子か？」

ロイドもオルゼもそれには目をチラリと見交わして苦笑した。

「まあ、それはない」

「ああ。大体、貴族に見えて、微妙に庶民的なところもあるんだよなあ。謎だよ」

「やめてくれよ。あの、子犬と言い張っているチビも、ありゃあ、フェンリルだろう？　テイムしてるからいいようなものの、何かあったらどうするんだよ。待てよ。あいつらに何かあったら、チビが暴れるんじゃねえのか？」

その可能性について三人は各々想像し、恐ろしさに腕をさすった。

「あいつらが妙な事にならないように気を付けてやるのが、この町のためかもな」

セブンが言うのに、オルゼとロイドは神妙な顔で頷いた。

「さりげなく常識を教えてやらんとな」

オルゼが言い、ロイドとセブンは頷いた。

と、店員がビールとつまみの皿を運んで来た。

「ああ、来た来た。ん？　これは？」

皿の上に、豆があった。セブンはこれに、見覚えがあった。

「枝豆ですよ。塩ゆでしたものがビールのつまみに絶品だとミキフミ様に教えてもらって、サンプルをいただいたんです。評判は上々ですよ。次からはメニューに載せるので、注文してくださいね」

店員は上機嫌でそう言って去って行った。

ミキフミ様とは、陰で二人を指して言う時の呼び名だ。

セブンは枝豆を凝視したまま、戦慄《せんりつ》したように言う。

「これは、あれじゃねえのか。あいつらの家に生えた、食虫植物の魔物の警備主任」

オルゼとロイドも、緑色の豆を見た。

「まさか」

「このさやが大きくなったやつから、ペッと侵入者を吐き出しやがったぞ」

周囲を見ると、サンプルとして出されたものを、客は美味い美味いと食べている。

「大丈夫らしいな」

恐る恐る、見た事の無い枝豆を食べてみる。

「……美味いな。豆だ」

「これはいい。人気メニューになるな」

「市場や畑でこいつが人を食わないなら俺はそれでいい」

「よし。今後も、何も気付いてないふりをしておこう」

諦めたようにセブンが言い、それで三人は黙々と枝豆を食べ、ビールを飲んだ。

五・若隠居のピンチが数珠つなぎ

幹彦の実家に魔素を含んだ果物や野菜や肉を持って行こうとしたら、おばさんに時間を指定された。

幹彦の実家では剣道の道場を開いており、お兄さんの雅彦さんが教えている。

昔から子供が習い事として通うのは相変わらずだが、最近では探索者や探索者になろうと考えている者も通うようになった。

最初は素人の自己流も多かったが、やはり基本を知っている者の方が強いし安全だというのはすぐにわかり、こういう流れになっているらしい。

しかもこの道場は、この前天空とやり合った時のことがきっかけで幹彦の実家だと知れ渡り、門下生が急増したらしい。

今の時間も、探索者や探索者を志す者の時間らしかった。

「こんばんは」

家の方へ入ると、おばさんがすぐに玄関に出て来て、ニコニコとして言う。

「あらあ、いつもありがとう。悪いわね。史緒君、手伝ってもらってもいいかしら」

「はい。勿論いいですよ」

僕もにこにことして、クーラーボックスや袋をキッチンへと運んで行きかける。

と、幹彦も運ぼうとしたのだが、おばさんが止めた。

「ああ、幹彦はちょっと道場へこれを持って行ってちょうだい」

冷えた経口補水液だ。

「ええ？　こんなの、してなかっただろ？」

幹彦は妙な顔をした。

「ライバル道場は多いのよ。いいから、早く！」

言われて、幹彦はペットボトルを並べたお盆を持って道場へ向かった。

チビはやや迷ったようだが、幹彦の後をついて行った。

そして僕はおばさんと持って来たものを冷蔵庫に入れたりしながら話をしていたのだが、幹彦が一向に帰って来ない。

「どうかしたのかな？　見て来ようか」

「い、いいのよ、史緒君。それで、聞いたんだけど、ワイバーンってどんなのだったの？」

おばさんに訊かれ、色々と話していた。

しばらくして戻って来た幹彦は、ブスッとして機嫌が悪かった。

「帰るぞ、史緒」

「え？」

僕は何かあったのかと首を傾げ、おばさんはオロオロとし始めた。

「雅彦さんと喧嘩でもしたのか？」

「いいや。兄貴は悪くないぜ」

幹彦は言って、ジロリとおばさんを見て、玄関に足音高く向かう。

僕は何が何だかわからないまま、おばさんにさよならを言って後を追う。

「ま、待って。幹彦」

おばさんも後を追って来たが、幹彦は足を止めると大きく溜め息をつき、おばさんに言った。

「こんな風に画策するの、やめてくれよな。俺の生き方は俺が決める。迷惑はかけてないだろうし、もしそうだとしても、言葉で言ってくれ」

おばさんはおろおろしていたが、それでキッと幹彦を睨み据えた。

「迷惑はかかってないわよ。でも、心配して当然でしょう？　子供が不安定な職業に就いただけでなく、結婚までしそうにないなんて」

「大きなお世話だね。女は当分ごめんだ」

「当分っていつまでよ」

「何年か」

「バカな事を言ってるんじゃありません。恥ずかしいでしょう？」

「何がどう恥ずかしいんだ？　結婚しない奴なんて今時珍しくもねえし、世間体のためにその気も無い人と結婚なんてできるかよ」

口を挟めないまま二人の言い合いを聞いていて、親子のよくある会話だろうな、と思っていた。

結婚しない人が増えているのはそうなのだが、やはり親世代では、結婚してこそという考えの人もまだ多い。特に幹彦のおばさんは、男ばかりを産んで、娘が欲しかったとよく嘆き、息子が嫁を取るのだけが楽しみだと昔から言っていた。

雅彦さんの彼女はきっぱり、しっかりとしていて、かわいらしい嫁を願うおばさんの希望からは外れていたらしい。それでおばさんは、幹彦には可愛くて優しく義母によく懐く大人しい女性をと願っているとは察していた。

どうもそれでおばさんが何かしたようだ。

幹彦はおばさんをムスッとした顔で睨むと、何かを思いついたような顔をした。

嫌な予感がした。

「そんなに結婚してほしいなら、してやろうか」

「まあ！　本当に？」

喜ぶおばさんだが、幹彦がこちらを見たので、いよいよ嫌な予感が膨らんだ。

「史緒、結婚しようぜ」

やっぱりな。

「同性婚は法律で認められた婚姻だからな！」

勝ち誇ったように言って胸を張る幹彦の向こうに、道場から出て来た雅彦さんが頭を抱えるのが見えた。

「幹彦。いくら何でも、それはあんまりだと思う」

「え？　あ、指輪か？　邪魔にならねえか？」

「そういう意味じゃなくてね」

頭が痛い。

おばさんが倒れそうになっているが、僕だってそれどころじゃない。

「取り敢えず婚約でいいじゃねえか。俺達、上手くやってるだろ？　仕事も趣味も生活も」

「それはまあ、なあ」

「結婚というのは、愛し合い、お互いを大事に思う二人が新しく家庭を築く事だよな」

「そう、だな」

「俺達、よっぽどそこらの夫婦より相性いいんじゃやねえ？」

「ううん？　そう、かな？」

わからなくなって来たぞ。え。結婚ってなんだっけ？

「子供はいない夫婦だっているんだし、いいじゃねえか。欲しいなら養子でもいいし」

「いや、別に子供は……あれえ？」

混乱する僕だったが、はっとする。幹彦はおばさんを諦めさせるために暴論を吐いているのだ。

ならばここは、乗るべきなのか？

チビを見たが、チビは見上げて来るだけで何も言わない。

しかしここで、茶番は終了した。

「幹彦の気持ちは分かったから。売り言葉に買い言葉で史緒君に八つ当たりの片棒を担がせるんじゃないよ。おふくろもいい加減にしろよな。こういうの、嫌がるって言っただろ」

雅彦さんがそう言って、僕と幹彦とチビは家へ帰る事にし、おばさんは不満たらたらながらも、今日は引き下がった。

「すまんな」

雅彦さんは苦笑して片拝みで謝り、おばさんを家へと強引に連れて入った。


家へ戻ると、不機嫌な幹彦に代わってチビが説明を始めた。

「道場に行くと、門下生に交じって、明らかにそうじゃない女がいてな。見学だと言っていた。どうも幹彦の母の友人の娘らしくて、見学に来ないかと誘われたとか」

そこで幹彦が、頭をガリガリと掻いた。

「いかにもおふくろの好きそうな、かわいらしくて女の子女の子した子だったぜ。見学にしてはフリフリでおしゃれな場違いな服で、化粧ばっちりで。学校にもいただろ、いかにもかわいくてか弱くて優しくて自分だけに一途に見えるように実は計算してる女。ああいうタイプ」

「ああ……」

聞きながら想像した。いたな、そういうの。ちなみに職場にもいたよ。

「上目遣いで作り声を出しながら、幹彦にべったりくっついておったぞ」

「訊く事は、年収だったな」

「はっきりしてるね」

「料理が得意だって言うから、史緒も得意だから今度一緒に解体からしてみたらどうかと言ったら青くなってたぜ」

「それは青くなるんじゃないかなあ」

少しだけ同情する。

「それで遅かったんだなあ」

「おふくろも、いい加減にしてほしいぜ」

幹彦は言って、チビを膝に抱き上げて乱暴に撫でまわした。

「まあ、おばさんはおばさんで、心配してるんだろうけどね。サラリーマンより不安定で危険な仕事だし」

「だったら口で言えって。だまし討ちみたいなことをせずに」

結婚しろと言ったところで、幹彦が「はい」と言うわけもないからな。

これが自分だったら確かに迷惑だと言うに違いないと思いながらも、息子を心配する親がいるというのは羨ましい気がした。

「でも、幹彦。同性婚は言い過ぎだろ。おばさん、卒倒したらどうするんだよ」

「そんなか弱い神経かあ？」

「……どうかな……。でも、幹彦のかわいい嫁を夢想するんだから、ショックだろ」

「おふくろのために結婚してどうするんだよ」

正論だな。

「確かにそれはな」

「な？」

僕達はちょっと笑い、

「そのうちに、仲直りしろよ。おばさんだって今頃は反省して落ち込んでるかもしれないからな」

「まあ、向こうからそれとなく言って来るだろうから、その時にな」

と言っていたのだが、翌日、幹彦は激怒し、雅彦さんとおじさんが頭をさらに痛める事になるのだった。

というのも、翌日僕達の家におばさんが来て、それを追いかけておじさんと雅彦さんが来たのだ。

「結婚式場のパンフレット？」

おばさんが持って来たものを、僕と幹彦は目を疑いながら凝視した。

「ええ。男同士の場合、二人共タキシードですって」

涼しい顔で言うおばさんに、僕と幹彦は顔を見合わせた。

「それとも史緒君はドレスがいいかしら？」

「え。僕がそっち？」

「幹彦に似合うわけないんだもの」

「僕も、どうかなあ」

冷や汗が流れる。

幹彦は怒りでプルプルと震え、雅彦さんとおじさんは頭を抱えて、

「もうやめろ、な？」

「いい加減に諦めろ。幹彦の好きにさせなさい」

とおばさんの説得を試みている。

「あら。本気よ。史緒君なら悪くないわ。いい子だっていうのは知ってるし、生意気で可愛げのない嫁が来るよりよっぽどいいわ」

おばさんは、挑戦的な目付きをしていた。ああ、これは昨日の幹彦に対する報復か。

「ええっと、喜んでいいんですかね？」

ヤケクソで言うと、おばさんはにっこりと笑った。

「もう、出て行けー!!」

幹彦の怒鳴り声が響き渡り、おばさんの笑い声も重なる。

「ほほほほほ！　売り言葉に買い言葉で反抗なんてするからこうなるのよ。わかったら反省しなさい。それでちゃんと考えなさい」

幹彦はガックリと肩を落とし、僕はおばさんの心配をして損をしたとガックリと来たのだった。

チーム貴婦人といい、おばさんといい、女は強い。


大皿にのった大きな塊肉のローストをスライスしたものを一枚食べ、うんと頷く。

「ジャイアントパイソンの子供か。美味しいな。ダンジョンの一七階に出るんだったよね」

幹彦は同じくゴクンと呑み込み、言う。

「ああ。皮は硬いし、力は強いし、でもそれだけだったな」

「チビも来られたら良かったのに」

「流石に犬はだめだろう?」

「まあそうだけどね」

僕達はそっと周囲を見回した。横浜の海の見える有名なホテルの大広間には、若い男女が百名ほど集められていた。男性はほとんどがスーツで、女性はスーツもワンピースもいるが、総じてカラフルだ。

これは、婚活パーティーだ。探索者と、探索者と結婚したい人のための婚活パーティーで、探索者は白い名札を、探索者でない人は緑の名札を胸に着けている。

どうしてこんな所に僕と幹彦が出席しているのかと言えば、おばさんだ。おばさんは、

「あなた達、いつまでウジウジと引きずっているの！　傷ついたのを言い訳に、長い夏休みを楽しんでるだけじゃないの！」

とあながち外れてもいない点をついて怒り、僕達に、

「仕事はともかく、ちゃんと女性と話をしてごらんなさい！　あれは運がわるかっただけよ！」

と言った。

それでおじさんと雅彦さんが、妥協案として、この婚活パーティーに一回参加することを思いついたのだ。

まあ、これを乗り切れば後は放っておいてもらえると、僕と幹彦は、こうして参加をしているのだった。

しかし探索者と言えば、成功者はとんでもない資産家になり、そうでない大多数はそれなりか貧乏という生活だ。なので、探索者と結婚したいという人は、まず間違いなく成功者を狙うわけで、値踏みする目付きと、それとなく収入やランクを探る会話のやり取りがえげつない。

僕も幹彦も、苦手とするタイプの女性ばかりの会場で、早々に食べ物を楽しむ事に切り替えたのはお察しの通りだ。

ヘタレと言われても、ダメなものはダメなのだ。

ただ、僕と幹彦は色々と知られてしまっているようで、

「大したことはないんですよ。ただの隠居なんで」

とか言っても信じてもらえず、目をぎらつかせた女性に離してもらえなかったのだが、なぜかここで例のプロポーズを知る者がいてそれを暴露したものだから、こちらを狙っていた女性達は全く来なくなった。

助かったような、そうでないような、複雑な気分である。

「ん？　政府の発表ですって」

同じように飲食に切り替えていた女性探索者が、スマホを見ながら声をあげた。

「どうしたって？」

「えっと、ああ。資源ダンジョン、資源を採り続けるために永遠に存続させる事になって、もし誰かが攻略したとしても、コアを外す事は法律で禁止ですって」

それを聞いて、僕は万歳しそうになった。

これであのマンションは、ずっと需要がある！

それが聞こえた探索者達は、口々に喋り出した。

「そりゃあ、そうだよな」

「ああ。資源の輸入をその分しなくて済むんだから。探索者から買い取る方が安く済む」

「俺達もその方が助かるから、ウィンウィンだな」

「あそこでいい鉱石を掘り当てたら、それで武器を作りたいのよね」

「いいよな、誂え！」

「ミスリルとかって出ると思うか？」

「合金の方が却っていいかもしれんぞ。科学はバカにしたもんじゃない」

「いや、魔術の伝導率がやっぱりいいんじゃないか、創作物では。ろくな魔術が使えない俺達としては、伝導率は大事だろ」

もう、ああでもないこうでもないと、非探索者そっちのけで議論し始めた。

それを聞きながら、僕と幹彦はオレンジのグラスを軽く当てて乾杯した。

一応ちゃんと参加した事と、やはり相手は見付からなかった事を報告しに、僕と幹彦は幹彦の実家に来ていた。

チビも万が一の時には場を和ませるために来ている。

「ダメだったの？　どうして？」

よほどガツガツした女性が集まっていたと言えば、違うお見合いパーティーに行かされそうだ。

「何か、そういうめぐり合わせなんじゃねえの？」

幹彦が短くそう言うと、おばさんは、

「そういう運命なのかしらねえ」

と嘆息した。

気の毒とか申し訳ないとか思ってはいけない。これもおばさんの手だ。知らん顔、知らん顔。僕は膝のチビを撫でていた。

と、居たたまれない空気を破るように、緊急速報の音声が皆のスマホから一斉に流れ出した。

「地震⁉」

「母さん、火の元だ、火の元！」

「いや、違うぞ」

慌てるおじさん、おばさんをよそに、雅彦さんが真剣な目でスマホ画面を見ている。

僕と幹彦も確認した。

「ああ。ダンジョンにスタンピードの恐れだ」

「僕達は緊急招集されたので、行きますね」

探索者にはこういう時、駆け付ける義務が生じるのだ。罰則はないが、協会に記録が残る。

立ち上がって足早に玄関に向かうのを、おじさん、おばさん、雅彦さんが付いて来た。

「大丈夫なのか、気を付けろよ」

「そうだぞ。自分達の命を大事にしなさい」

「電話してちょうだいね」

それらに、

「行って来ます」

と返し、家へ急いで戻って装備を身に着け、飛び出した。

「アンデッド・ダンジョンかあ」

「危ないと思ってたんだよねえ」

溜め息が出た。訓練目的で使う者が大半で、あまり人気が無い。だからこの結果なのだろう。

「この近くの免許講習、あそこで研修する事にそのうち変わったりして」

「探索者になるのを嫌がるやつが続出しそうだな」

言いながら、急いで向かう。

着くと、ここでは見た事も無いほどたくさんの車が停まり、案内をする協会職員がいた。行く事は返信してあるので、車を停めると職員の案内で受付へ行って免許証を出してリーダーに通してもらい、受け持ちを聞く。

「今、元々いた人と先に着いた人で一階と二階の安全は確保している所です。あと二十分で全員集まる予定ですので、かたまって三階以降に進んでもらいます。そこで、班分けに従ってその階をクリーンにしてもらう事にしています。麻生さんと周川さんは一班に編入されていますので、十二階以降担当になります。詳しくは一班の集合場所で、係の者に訊いてください」

そう言われて一班と手書きで書かれたプラカードの所へ行くと、見た事のある顔があった。

「お前らもか」

斎賀ら天空の幹部が揃っていた。ほかにも見た顔がある。

目とあげた片手で軽く挨拶を済ませると、係員が、

「揃いましたのでミーティングを行います」

と言って、説明を始めた。

現在の最高階は一二階。力量で分けられた探索者を突入させて、担当階の維持を図るらしい。それで、低層階の担当班を階に残していく形で進んで行き、漏らしたものを後ろの階の者で片付けるという方針だ。

厄介な事にここの魔物は魔石を外さなければすぐに復活するので、十二階の方で魔石を外す手が足りない場合は、魔石外し要員を送り込むという話だ。

「でも、危なそうだな」

「ああ。なるべく雑にでもいいから外した方がよさそうだな」

「チビ、迷子になるなよ」

「ワン！」

言っているうちに時間になり、突入が始まった。


いつもより人が多い。それだけで、雰囲気がかなり違う。

一階と二階はうまく片付けられていて、いつもと魔物の数はそう変わらないくらいだ。

三階に着くと、やはりいつもより多い気がした。

そこで三階担当の班を残し、そこは任せて次に進む。ただし今回は、エレベーターの使用は禁止だ。

同じ事の繰り返しで、どんどんと班を切り離して残し、少なくなっていく。

やがて十二階に着いた。

ここまでの魔物の相手はほかの階の担当班がして来たが、ここからは僕達の仕事だ。

討ち漏らしたものは十一階の担当班が処理する手筈になっているが、なるべくここでやっておきたい。

「どんな奴が出てくるんだろうな」

いつもとほぼ変わらないアンデッドを斬り、殴り、燃やし、魔石を弾き飛ばしながら会話する。

「スタンピードについても、よくわかっていねえからなあ」

どこの階から多くなって出て来るのか。奥からなのか、攻略したところだけなのか、少し先からなのか。もし奥からだとしたら、これまでにまだ出て来ていない強力な大物が出て来る可能性が高くなる。そうなると、それが外に出るのを防げるかどうか、怪しくなる。

ダンジョンの歴史そのものがまだ浅いのだ。わかっている事の方が少なくても仕方がない。

次から次に出て来るガイコツやゾンビが、足元に倒れて魔石を弾き出されて消えて行く。

と、初めて見る物が来た。

武器を振っても空気のように体をすり抜け、火を叩きつけようとも火の玉は体を通り抜けて飛んで行く。

「ど、どうすりゃいいんだ⁉」

「な、南無妙法蓮華経」

「アーメン」

「南無阿弥陀仏」

「かしこみ、かしこみ」

「だめじゃねえか！」

班の皆は浮足立った。これまで映画などで見た事があったガイコツもゾンビも、目の前に出て来ても対処法があるから恐怖はなかった。汚いとか臭いとか魔石を取るのがグロイとか、そうだった。

しかし、対処法がわからない幽霊が出て、ビビる者が出た。

「祟りか？」

「ゾンビとかを、倒して胸を開くから、怒ってるんだぜ、きっと」

腰の引けた青い顔でそう言い出す。

「バカ言うなよ。だったらほかの魔物も幽霊になってないとおかしいだろ」

「出るんじゃねえ？」

「ゲームだと聖水とか聖魔法とかでやれるんだけど」

はて。

「聖魔法って何？」

僕は震える探索者に訊いてみた。

「さあ？　でも、僧侶とか聖女とか教会関係者が使うやつだよ」

わからないな。

「光魔法っていうマンガもあるな」

ほかの者がそう言う。

ただただ恨めし気な顔でふらふらと寄って来る幽霊にじりじりと下がる事を強制されながら、僕は考えた。聖魔法とやらはわからないが、光ならわかる。やってみて、だめならまた考えよう。そう思い、魔術で光を幽霊の前で出してみた。やや眩しいくらいのものだ。

「あ？」

幽霊は薄く透け、消えて行った。

「史緒？」

幹彦が驚いたような顔で下がりながら目を向けて来る。

「任せろ」

僕は張り切って眩しすぎる光を出現させた。

「ぐわあ⁉　何だ⁉」

皆が口々に叫んでいるが、出した本人の僕も見えなくなった。

やがて視力が回復してみると、辺りに幽霊の姿はなくなっていた。

「幽霊は？　あれ？」

自己治癒の能力で一番先に回復した僕と幹彦だったが、ほかの皆も順次回復し、キョロキョロと辺りを見回す。

「あの光か？」

「LED？　持ち込めないだろ、ダンジョン内にそういう機械ものは？」

「でも、松明とかじゃないわよ」

言い合う皆だったが、向こうから新たなガイコツが来るのが見え、

「まだまだ来るぞ！」

と話を終わらせた。

さっきの光は何だったのかと話をする暇もなく、まだまだ来る。

ゾンビはゾンビでも、魔物のゾンビだ。

「傷を付けても怯まないから厄介だな」

斎賀はそう言って舌打ちをする。

「でも、動きはかなり遅いからどうにでもなるぜ」

幹彦は大きなサイを切り刻みながら言った。

首を落とし、胸をえぐって魔石を弾き出す。ガイコツは魔物でも速いし硬いが、魔石の位置が丸見えだし、思い切り殴りでもして骨を崩せば動きが止まる。

僕達は対処に慣れて来た。

「これなら、アンデッド・ダンジョンにこれからも皆来られるかな」

そう言ったら、

「それはまた話が別だ」

とほかのチームの探索者が渋い顔で言った。

大河の奔流のように押し寄せて来ていた魔物が、気が付けばまばらになって来ていた。

「終わりが近いのか」

ホッとしたように誰かが言うと、斎賀が面倒くさい事を言い出した。

「誰が一番やった?」

それで皆が、互いの顔と足元を見た。

「わからないだろ、今日は」

幹彦が言う。ここまで魔石を拾う余裕もなく、転がすままにして来た。低階層から順に、新人などの「魔石拾い係」になった者が拾い集めているはずだが、暇になったらと班ごとに布の袋も持たされている。

「拾っとくか」

幹彦や斎賀などの強い者を残し、手分けして魔石を拾い集めて袋へ入れる。

「これだけあったら、ありがたみもないねえ」

言うと、袋を持っていた探索者も苦笑をもらした。

「全くだな」

明確な「終わり」がわからないが、そろそろ帰ってもいいんじゃないだろうか。そう思っていたら、職員が来た。

「どうですか。落ち着いたようですか」

「そうですね。数も減ったし、おしまいかもしれないですね」

幹彦たちがそう言うと、一旦外に出る事になった。

しばらく監視を続けて、数に変化がなければ終了宣言となるそうだ。

例の資源ダンジョンも、そうしたらしい。

安全がわかっているので、戻るのはエレベーターを使う。

「今日の分は、危険手当だけになるんですか。それとも、集めた魔石を頭割りとかにするんですか」

誰かがそう訊いた。それで誰もが、職員の答えに耳を澄ませる。

「スタンピードの時は入場の手続きで特殊な処理をする事になっていまして、今日もしています。それで、誰がどれだけ倒したかわかるようになっているんです」

皆一様に、「へえー」と言った。

何人かが免許証を出して眺めたが、見た目にはわからない。

「またリーダーに通すとわかるんですよ」

職員は、一応の終了で気が楽になっているらしく、笑って答えた。

光で幽霊を全部消したけど、あれはどのくらいいいたんだろう？　光を出しただけで申し訳ないけどな。誰か文句を言い出さないかと心配になって来た。

このまま忘れてくれる事を密かに祈った。

やがて地上に着き、集めた魔石を渡して、免許証も出す。

「大変だったけど、危険というより、精神的に大変だったな」

そういう会話が方々でなされ、皆、疲れたような顔付きだ。

「それにしても、あの光は何だったんだ」

斎賀が言い出した。余計な事を。

「光？」

ほかの階を担当していた、天空のメンバーなどが訊き返す。

「ああ。これまでは出なかった幽霊――ゲームとかではレイスとか言うんだな。あれが出たんだ。物理は効かないし、火も通り抜けるし、経文も効かない。その時、やたらと目も開けられないほど眩しい光が広がってな。視界が戻った時には、ゾンビもガイコツも幽霊も一体も残っていなかったんだ。光が消し去ったのか、あれでただ逃げただけなのか。あの光は何なのか」

難しい顔付きの斎賀や班のメンバーたち、それを興奮した顔で聞くほかの探索者たち。僕と幹彦は口を開かず、チビを抱いて目立たないように突っ立っていた。

やがて順番に免許証を返却されることになり、職員の所に集まる。

「討伐数に応じた料金と危険手当を、後日登録されている口座に振り込みます。もし今日拾った魔石をまだ提出していない人がいれば、出してください。後でわかった場合は、詐欺罪が適用される見込みです」

ザワザワと低くざわめきが満ちた。

職員が、免許証を班ごとに返し始める。

僕達の班も返されたが、ふと一人が言った。

「そう言えば、あの光って麻生さんでしょ？」

全員の目がこちらを向く。

「麻生さんが『任せろ』って言った直後だったし、その前に『ゲームだと聖魔法とか光魔法が効く』って話をしてたところだし」

悪気はないらしく、キラキラと目を輝かせている。

「言ってたよね、うん。光魔法が何かもよくはわからなかったけど。あはは」

「いやあ、凄いなあ、魔術師ってのは」

すると、別の一人が反論した。

「え。私もできないわよ、あんな光」

「俺も無理だな。松明みたいなやつか、弾を飛ばすようなやつだけで」

「何か、おかしい」

僕はチビをひたすら撫でまくっていた。

職員も言い出した。

「妙に、討伐数が多いのですが。麻生さん、思い当たる事はありませんか」

訊いている口調ではなかった。

「幽霊が出た時、最初に小さい光が麻生さんの目の前に出て一体が消失したなあ。見間違いじゃなかったんだ」

余計な事を言うのはやめてほしい。

「周川さんもおかしいよな。離れた所の奴に向かって刀を振ったら、刃は届いてないのにそいつが切れて」

「それ、この前のワイバーンの時にも見たぜ、俺！」

興奮したように言い出す者もいれば、斎賀はしかめっ面をして幹彦を睨む。

「麻生さん、周川さん。できれば免許証の裏を開示していただければありがたいのですが。勿論、他の人には秘密にします」

僕と幹彦は、抵抗を試みた。

「何でですか。そういうのは見せないようにした方がいいって、免許を貰った時に聞きましたよ」

「聞きました」

しかし職員は、きっぱりと言った。

「今後スタンピードとかどうしようもない魔物が現れた時、それに対抗できる能力のある探索者に協力を求める事があるかもしれません。なので、協会にはそれがわかるようにしておこうという議論がなされており、新法が近々国会で可決されるでしょう」

それに対して、個人情報とか言う者がいたが、大体は仕方がないかという顔付きだ。日本人らしい反応だ。

そして僕達も、仕方がないかと諦めた。

麻生史緒
称号
地球のダンジョンを初めて踏破した人類／神獣の主／精霊樹を地球に根付かせた人類／魔術の求道者／分解と観察と構築の王／技能／魔力増大／体力増大／魔術耐性／物理耐性／異常耐性／魔力回復／体力回復／解体／鑑定／製作／魔術の素質

周川幹彦
称号
地球のダンジョンを初めて踏破した人類／神獣の主／精霊樹を地球に根付かせた人類／魔剣『サラディード』の持ち主／剣聖の候補者／技能／身体強化／体力増大／魔術耐性／物理耐性／異常耐性／魔力回復／体力回復／刀剣の極意／隠密／気配察知／自然治癒／鍛冶

それを見て、職員達は黙り込み、次いで、叫んだ。

「ええーっ!?」

「こんなの見た事も聞いた事も無い！」

「いや、マンガではあるけど！」

「どこから訊けばいいのかわからないけど、神獣ってなんですか。魔剣ってどうして。ダンジョンをいつの間に踏破したんですか」

もう、何から答えればいいやら。

その後、ダンジョン庁の事務所に移動した僕と幹彦とチビは、支部長や幹部に囲まれて、質問攻めにあっていた。

そこで、ある日突然地下室ができていたのを発見した事。それを防空壕だと思い込んでいた事と、そこに剣が放置されていておもちゃと思っていた事。子犬だと思ってチビを飼い始めた事。小枝を拾って土に突き刺して水をやっていたら根付いた事。地下室は家庭菜園に使っている事。それだけを話した。それは万が一の時にはこう話そうと、あらかじめ決めてあった事だ。

チビは大きくなって、フェンリルとしての姿を見せていた。僕と幹彦よりも落ち着いているのではないだろうか。

支部長と幹部達は、ある者は頭を抱え込んで俯き、ある者はソファーにもたれて天井を睨みつけ、考え込んでいた。

「テレビでは危険な魔物がいると言っていたのにいなかったので、防空壕跡か何かと思っていたんです」

言うと、支部長は重い溜め息をつきながら言った。

「情報を出さなかったのが裏目に出たか……。でも野党が、国民を脅すつもりかって与党を脅したそうだからなあ」

そして、

「政府と協議する必要があります。あとで出頭してもらう事になるでしょう」

と重々しく言う。

これだけは聞いておかなければと、前のめりになって確認した。

「チビはどうなりますか。実験とか解剖とか、そういう事になったりしませんか」

もしそうなら、チビはエルゼへ逃がす。

チビの為でもあるし、怒ってチビが本気で暴れたら大変な事になるだろうから、その人の為でもある。

「それは……まあ、ないのでは。きちんとしつけられているということであれば。ああ、保健所に届け出はいるか」

「大型の危険動物を個人が飼育するには檻などの施設が――」

「予防注射はどうなるのかな?」

言い合う彼らの前で、チビは頭を足でかいて、小さくなった。

「ワン！」

それは、「もううるさい、黙れ」と言っていたが、彼らにもなんとなく通じたようだ。

その日は家に帰され、後日調査員が地下室を見に来る事になった。

「どうしよう」

僕は心配で仕方がない。

「枝はバレてもチビだけが転移できる事にすれば問題ないだろうし、ダンジョンだったって事には気付かずにいたんだし、今は危険もないし、問題ないだろう。あの踊る枝豆、エルゼに移植しておいてよかったぜ」

幹彦が笑い、僕もああと思い出した。

「そうだよな。家庭菜園で魔物がいたら、問題視されるもんな」

「ほかにいないだろうな」

チビが言い、僕と幹彦は心配になって家庭菜園を見に行った。


調査員が地下室に来て、隅々まで地下室を見て回った。

ちゃんとおかしなものはないか確認し、掃除もしてあるし、ダンジョンコアも拭いてある。

精霊樹は、どうにかして政府の管理下に移植したかったようだが、チビが、

「枯れるぞ」

と言えば、諦めた。

それに精霊樹の役割も、精霊樹を目印にしての転移と免許証に出て来るような能力の鑑定で、で

きるのが神獣であるチビだけだと言ってあるため、まあいいかと思ったらしい。

地下室はこれまで通りに、うちの地下室という事になった。

それらの次は、僕と幹彦の事になった。

ほかの人は、身体強化や魔術はあっても、規模が違うらしい。それに、火も水も風もというわけにも行かないようだ。

確かに、事故みたいなもので覚えもないが色々なスライムを倒した事によるそうだから、他の人とは色々と違うのかもしれない。

魔剣も地球上でほかには見つかっていないし、特異な探索者と言われれば、確かにそうだ。

地球上の全探索者の一番強い部類に入っているのは確実で、できる事も桁外れだというのもそうだろう。

「だから、何か起こった時には協力をお願いします」

「はあ……」

「……ここに魔石があったはずですが。チビがどこかへ持って行ったらしいと言っても、責任者として魔石の保管に問題があったとして、立件することも可能――」

「はい、協力させていただきます」

面倒くさいが、将来の隠居生活のためだ。

が、厄介事が増えそうな予感はするし、この手の予感は大抵外れないということは思い知っている。ああ。どうか無事な隠居生活を送れますように……。

［特別書き下ろし番外編］

エルゼ警戒態勢

人気のない森の中は、枝の間から差し込む日光がキラキラと輝き、どこかから小鳥の声なども聞こえてきて、平和的で神秘的にすら思える。

休日にトレッキングをしたりするには、絶好の場所だろうか。

と、不意に植物の新芽を食べていたシカが何かを感じたように顔を上げ、その場から跳びはねて逃げようとしたが、一瞬遅く、巨大なヘビがそのシカの体に巻き付き、締め上げる。

食物連鎖の図式だ。

しかしこの食物連鎖は、これまでと同じじゃなかった。いきなり飛び出してきた何かがそのヘビに切りつけたのだ。

＊＊＊

借金というものは、ある人もいればない人もいる。また額も理由も様々だ。

僕は親が建てたビルやマンションの建築費用のローンがあったが、予定では家賃収入でどうにかできる範囲だったし、日々の生活費は自分が働いている給料で十分だった。

それが、仕事を辞めることになり、マンションまでもが日本初のダンジョンのスタンピードで壊れてローンだけが残るという事になり、予定が大幅に狂ってしまった。

ダンジョンのスタンピードなどで損害を被った時のために備える保険というものはまだなく、今回のこの騒動を受けてやっと某保険会社が発売したが、当然のことながら、僕には手遅れだ。

それで悩んでいても仕方がないと幹彦にもチビにも元気付けられて、今日はエルゼで思い切り冒険者活動をしようとしてエルゼ近郊の森に来ていた。

「やったぜ！　何だろうな、このデカいヘビ。金色だぜ。それに毒もあるらしいな」

幹彦が刀をしまいながら転がった頭を胴体から離して言う。

「シカまでおまけで付いてきたよ。ラッキー」

毒の出る牙にかまれたわけでもなく、締め付けられての圧死だ。肉は無事だと、僕はほくほくした。

「こいつはゴールデンパイソン、要するに金色のデカいヘビだな。皮は人気だし、毒腺も需要がある。それに肉は白身であっさりとして美味い」

チビが太鼓判を捺し、僕たちはいそいそとそれを回収することにした。

シカをヘビから解放し、シカもヘビもそれぞれを魔術を使って解体した。ほかにも狙うのだ。時間が惜しい。

それらを冷蔵バッグに入れてから空間収納庫に入れる。

「お、あれはフライングダック、空飛ぶアヒルだぞ、フミオ」

「アヒル……北京ダックも久しぶりにいいな」

幹彦が舌なめずりをするのに、チビが注意した。

「あれは飛ぶし、羽根を飛ばして来るぞ」

「じゃあ、一気に丸焼きにすればいいかな。どうせ焼くんだし」

「そうだな。あれはほかにはあんまり需要ないしな」

チビが言うので、僕がやることになった。

どうせだ。試してみたい事もある。

「遠赤外線焼きで」

「え、なんだそれは」

チビが目を丸くし、幹彦は、

「中までふっくらジューシーってやつだな！」

と嬉しそうに頷く。

よし。それっ！

「遠赤外線無煙焼き！」

「クワアァッ!?　クワッ、クワアァッ!!」

アヒルはジタバタと慌てたが、火に包まれ、香ばしい香りを漂わせた肉の塊になった。

「へへへ。中華スペシャルにしようぜ」

「外の皮は北京ダック風に使うとして、その下の肉はスープと炒め物と、照り焼きとか唐揚げ用に切っておこうか」

「私は唐揚げが食べたいぞ」

僕達は食欲全開で、気分転換に、剣の技量アップに、試作した魔術の試し撃ちにと存分に一日楽しんだのだった。

いい一日だったと僕たちは鼻歌交じりでエルゼに戻ってきたのだが、入った途端、ピリピリとした空気に笑顔も引っ込んだ。

「何かあったのか」

幹彦が手近な冒険者に訊くと、彼は難しい顔をしたまま、興奮気味に言った。

「どうも近くまで上級の魔物でも来ているらしい」

するともう一人が、

「小さいスタンピードかもしれないとギルドが発表したぞ。群れの移動の可能性もあるらしい」

と言う。

どうしたものかと僕と幹彦が顔を見合わせていると、ギルドから全冒険者に向けて発表があった。

「エルゼに脅威が迫っているとの報告があった。上級の魔物を含む、群れの移動が原因のスタンピードの可能性が高い。近隣の住民の避難を受け入れ、エルゼを守るために警戒態勢に入る。冒険者は職員に受け持ちを聞き、待機してもらいたい」

「行こうぜ」

職員が数名名簿を持って散らばっており、冒険者はそこに訊きに行けということらしかった。

「ああ」

「ワン」

僕たちは手近な職員に近寄り、名前を言うと、

「門付近は領兵が担当しますので、その後ろについてください。今はそこで、待機を」

そう言われ、僕たちはその辺りへと移動した。

「スタンピードかあ。嫌だな」

　倒壊したマンションの姿が脳裏によみがえる。

「まあ、こっちの皆は慣れてるからな。それを見ながら、ケガをしないようにやろうぜ」

　そう言い合い、待機を始めた。

　魔物はまだ来る様子はなく、冒険者と兵士で町の周囲を警戒しているだけだ。斥候が様子を見に出て行っているが、種類も数も位置もまだ不明ということで、不気味な静けさを保っていた。

　それでもじりじりと時間は過ぎ、夕食時になる。それで方々で、各自が携帯食をかじりだした。

「俺たちも食うか」

　幹彦が言うのに、チビが即座に小声ながら賛成した。

「腹が減ったぞ」

　僕もお腹は空いてきた。何せ昼は持ってきたお弁当を早めに食べたきりだ。

「腹が減っては軍はできぬって言うからな」

　バッグの中には、一応標準的な干し肉も入れてはいるが、便利なものが入っている。おにぎりとカップ麺だ。ただしカップ麺は中身を普通のマグカップに入れてお湯を注ぎ、皿で蓋をする。

　幹彦はラーメン、チビは焼きそば、僕はうどんにした。

「できたか」

「あと十五秒」

「……できたか」

「あと八秒……よし、できた」

チビの分だけ中身を皿にのせ、それでいただきますをした。

「こういう時に食べるカップ麺って美味いよな」

「そう言えば初めてのカップ麺は、浅間山荘事件で待機中の機動隊員に差し入れたのがきっかけで売れたんだって」

「へえ。テレビで中継されて、いい宣伝になったんだろうな」

「ワン」

簡単な夕食を済ませ、また警戒を続ける。

「明日はトリかクマかヘビかシカを食えるかな」

幹彦が言うのに、

「片付いてるといいけど」

と希望を言う。それにチビが小声で、

「いつ来るかもわからんからな」

とぼやくと、

「来るなら来いってんだ」

と幹彦は言い、腹ごなしだと素振りを始めた。

それを横目に僕は小説を開き、チビは丸くなって居眠りを始めた。

明日には片付いていればいいのにと、輝き始めた星を見上げて思った。

深夜になっても、それらしい報告はない。

「来ないな」

「夜は活動しないタイプかな」

「油断はできんぞ」

兵士も冒険者も小声で言いながら、待機を続けていた。

そのうちに、

「夜は活動しないのかもしれない。しっかりと食って仮眠をとろう」

という通達が来て、後ろの広場の大きなたき火で、各々が持っていた肉を焼き始めた。

「焼き肉祭りだぜ」

「おお。やるか、フミオ、ミキヒコ」

チビが目を輝かせる。

「どれがいいかな。クマとシカは煮込みがいいし、たくさんあるからアヒルにする？」

「そうしようぜ」

それで僕たちも、いそいそとそこに交ざった。

「お、今日狩ってきたやつか」

明けの星のメンバーが隣に来て、ウサギをあぶり始めた。

「そうなんだよな。シカとクマは煮込みがいいから今度。今日はトリだぜ」

幹彦が言って、明けの星のメンバーはへぇと相づちを打つ。

僕はいそいそとアヒルを取り出して、表面をそぎ切りにした。

内部の肉は、唐揚げ用のものとチキン南蛮用のものをバッグに戻し、まずは鍋に無洗米を入れ、おろしニンニク、おろししょうが、鶏ガラスープの素、水を入れ、塩をすり込んだ肉を乗せる。それを卓上カセットコンロならぬ卓上魔石コンロに載せて火を付けた。沸騰するまで強火で、それからは極々弱火で十四分、火を止めて十分ほど置いておく。

火にかけながら、表面をそぎ切りにした部分ときゅうりと白ネギを斜め薄切りにしたものを春巻きの皮の上に置き、甜麺醬《てんめんじゃん》と蜂蜜と酢を同量ずつ混ぜたタレを垂らして巻いた。なんちゃって北京ダックだ。

手羽の部分に片栗粉をつけて揚げる準備をして置いておくと、醬油、酒、みりんを混ぜた甘辛い液を用意してから手羽を揚げ、熱いうちにこの液に入れる。ジュッという音と香ばしい匂いが立つ。まんべんなく液に浸すと引き上げ、白ごまを振る。甘辛チキンの完成だ。おつまみにもいい。

それと細かく裂いた部分を中華風スープに仕立てて白ごまと青ネギを散らす。

その頃にはご飯の蒸らしが終わっている頃なので、肉を取り出して切り、ご飯を混ぜて切った肉を乗せればシンガポールチキンライスの完成だ。

幹彦はその間に、レタスをちぎってキャベツの千切りとトマトのくしがた切りと温泉卵を乗せ、黒こしょうをふったサラダを作った。

チビは、ご飯ができあがるのを尻尾を振りながら監督だ。

「さあできた」

幹彦とチビが寄ってくるが、明けの星のメンバーも寄ってきた。

いや、周囲の目が向いていた。

「この揚げてあるやつ、ビールに合いそうだな」

ゴクリとつばを呑むエインだが、その通り。ビールや焼酎によく合う。なんちゃって北京ダックも、ご飯としてはもちろん、つまみにもいい。

「えっと、一緒に食べようか」

言うと、エインたちはウサギを差し出し、ジラールはパンとチーズを差し出し、また別の誰かはワインを差し出してきた。そうして次々に、何かを差し出してくる。

それを見ていたギルドマスターは、

「肉は買い取って金も上乗せする。あるだけ作ってくれ」

と言いだし、雄叫びの中、深夜のグルメフェスタが開催される運びとなったのだった。


大して難しいわけでも時間がかかるわけでもない。僕と幹彦、それに説明を聞きながら料理のできる人間が手分けしてそれらを作り、他の肉を串に刺してあぶり、パンとチーズを切り分けて並べる。アルコールは少量までなら可。

交代で見張りには立つものの、随分と豪勢な夜食だ。

「美味いな、これは」

「ええっと、故郷の近くの料理です。北京ダックと、シンガポールチキンライスと、中華スープと、温玉サラダです」

こちらで北京もシンガポールもないが、仕方がないな。

「皆、明日も頼むぞ！」

ギルドマスターの声に、皆は力強い声で答えたのだった。


交代で仮眠をとりながら朝を迎え、警戒を続けていたのだが、だんだんと、

「来ねえな」

「本当に来るのか」

という懐疑的なささやきが交わされ始めた。

ここで気を緩めるのは危険だ。それがわかっているから、立場が上のものは、

「気を引き締めろ！」

「班で周囲を見回ってこい！」

と、檄《げき》を飛ばしたり、緊張感を保つように工夫をしているが、一向に斥候がそれらしい報告を持ち帰らないので、内心では焦りが生まれていた。

もしかしたら進行方向が変化したのではないか。

気配を断つのがそれほど上手いとなると、ザコではない。大丈夫なのか。

見逃していて、魔物はすぐそこで様子をうかがっているのではないか。

そして斥候も、万が一自分が見逃していたら責任重大だと、目を皿のようにし、五感を研ぎ澄まし、自分の気配は空気のように消し、魔物の姿や痕跡を捜していた。

「来ねえなあ」

幹彦がやる気を保つのも限界とばかりにストレッチをしながら言った。

「来るならそろそろ来てくれないかなあ」

僕も嘆息する。

明日は生ゴミの日なのだ。どうしても帰らなければならない。

「進路を変えたのかもしれんな。まあ、そうとなればその痕跡が残る。どっちみち待つしかないな」

チビは小声でそう言って、丸くなった。

周囲の冒険者たちも似たような感じで、ベテラン冒険者たちが、

「緊張しすぎるのもいかんが、気を抜くのもいかん」

と言っている。

「じゃあどうするんです」

「適度に、だ」

「適度ってどのくらいです？　わかりません」

「……すぐに動けるくらいだ」

そんな声を聞きながら、僕と幹彦は、暇つぶしにしりとりを始めることにした。

指揮を執るトップたちは、現状の把握をしかねていた。

「酷く暴れたらしい跡はあるんだろう。昨日見つかった。その後が見当たらないというのはどういうことだ」

「進路を変更したらしたで、その痕跡が残るはずなんだが……」

「これではまるで、消えてしまったかのようじゃないか」

そう言って、難しくしかめた顔を突き合わせ、重い溜息をついていた。

解散してしまえば、もしその後襲って来たり近くに潜んでいたりした時、無防備になって、被害が大きくなるかもしれない。

それに次に同じようなことが起こったとき、「また来ないのではないか」と緊張感が薄れる可能性がある。

かといってこのまま警戒を続けるのは、無駄な上、町としての経済的損失も大きい。食料の不足や医薬品の不足などといった問題も起こるだろう。

冒険者にしても、町を守る間は手当も出るが、自分で森やダンジョンへ行って稼いだりする方が稼ぎがいい者は不満がたまるだろうし、魔物の買い取りもないのに賃金だけ出すギルドは赤字だ。こういう時は、魔物の素材などは全てギルドのものとなり、それを換金した収入を賃金へ補填するのが決まりだからだ。魔物が来なければ、収入はないのに賃金という支出だけが発生する。

「どうしたものか」

「斥候の報告をもう少し待つしかないか」

そして、同じ結論にしか達しないのだった。

「士気はどうだ。問題はないか」

領主に訊かれたギルドマスターは、

「はい。問題ありません。昨夜も交代で見張りをしながら、十分に夜食を食べて仮眠しましたから」

と答え、領主は満足げに頷いた。

ギルドマスターは昨夜のグルメフェスタを思いだし、そして、ふと思った。

あれって何の肉だったんだろう。


「ミジンコ」

「こんぶ」

「ぶり」

「り、り、離婚、調停。ふう、危ねえ」

僕と幹彦のしりとりを子守歌にして、チビは居眠りをしていたが、耳をピクピクとさせると、頭を上げて後方を見た。

前なら魔物が来たのかと思うところだが、後ろだ。

何かと思って僕と幹彦も振り返った。

「あ、ギルドマスター」

ギルドマスターが近づいてきていた。

「おう、ちょっといいか。昨日のアレの、買い取りをしようと思ってな」

それに僕たちは笑って言った。

「あれはいいですって。なあ」

「はい。たくさんあったし、こういう時ですから」

「いいから、来い」

ギルドマスターはにこやかながらもどこか緊張感を押し殺したような声音で言い、僕たちは何かあるのかと後に続いた。

周りに誰もいないところまで来て、周囲を確認し、ギルドマスターは真面目な顔で言った。

「昨日のあの肉だが、あれは一体なんだったんだ」

「ええっと、ゴールデンパイソンとグレートクレイジーベアとシカとフライングダックです」

幹彦が言い、

「皮とか牙とかは残してありますよ」

と僕が言うと、ギルドマスターは顔を覆ってしゃがみこんだ。

「な、何があったんですか⁉」

「大丈夫ですか⁉」

ぎょっとした僕と幹彦は声をかけたが、蚊の鳴くような声が返ってきただけだ。

「そんなことだと思ったんだよな。はあ。嫌な予感は何でよく当たるんだ。ああ、どうしよう。何て言おう」

ぶつぶつというつぶやきに顔を見合わせた僕と幹彦だったが、なんとなく察した。

「もしかして、町に近づいている脅威っていうのは」

恐る恐る幹彦が訊き、ギルドマスターは恨めしげな顔を上げる。

「森の奥で大蛇が通ったらしき跡と爪痕の残った木、剥がれた金色の大きいうろこと赤いクマの毛。それを屠った事を示すような血痕。量からそこそこ危険な規模の群れだと推測し、しかもそれを屠る化け物が現れたと推測された」

僕と幹彦とチビは、なんともいえない顔で、

「それ、昨日俺たちが狩った跡だぜ」

「ちょっと最近鬱憤がたまってたので、つい」

「ワン」

ギルドマスターは黙ってガックリと首を垂れていたが、幽鬼のような顔つきでこちらを見た。

「どうするんだ、これを。このまま解散にしたら、赤字が出ただけだ。しかも今後気の緩みで、大惨事が起こりかねない」

そんなことを言われても困る。

「進路を変えたように偽装するとか」

幹彦が仕方がないという感じで言うが、

「誰がそれをどうやってするんだ。偽装なんてどうやれと」

とギルドマスターは力なく笑った。

ギルドマスターは、偽装自体には反対はしないのか。清濁併《せいだくあわ》せのむというやつか。上の立場の人間は大変だなあ。

その考えを読んだように、

「ひとごとみたいに感心してる場合か」

とキレた。

「はい、すみませんでした」

そこで僕たちは、一計を案じた。


幹彦のインビジブルで町の外に出ると、適当な所へ潜み、森の向こうの方へよく目立つような大きな威力の魔術を放つ。

途端に、地面を揺るがすような爆発が起こり、町を守る壁の上に緊張したような顔つきの兵と冒険者が様子を見るために顔を出した。

その次に、大きくなったチビが森の中から躍り出ると、一声、

「ウオオオオン！」

と高らかに吠えた。

ビリビリとした魔力が伝わってくる。

見ていた兵や冒険者の一部は、それで動けなくなっているようだ。

その後チビは悠々と森の中に姿を隠し、そこで小さくなってこちらへ姿を隠しながら町へと戻っ

て来、適当なところで僕たちと合流して町の中へ戻るだけだ。

「あれはフェンリルか！　どうやらフェンリルが魔物の集団を狩っていたんだな。それで魔物がこちらへ逃げてきていたのか。結果的に、掃討されることになったようだな」

ギルドマスターが馬鹿でかい声で叫ぶ。少し棒読みだったが、この空気の中で、それに気付く者はいなかった。

　こうして、エルゼの警戒態勢は解かれた。


「なんか、凄く悪いことをした気がする」

僕が言えば、幹彦も、

「まあ、仕方がないだろ。ギルドマスターの懸念もわかるしな」

と言って、妙な顔つきで頭をかいた。

チビは足下で毛繕いをしていた。

「まあ、あれだ、史緒。今回は皮とか牙とかを寄付したんだし、これでよかったことにしようぜ」

「そうだな。そうしよう」

うんうんと頷き合うと、チビがあくびをした。

「帰るか。明日はゴミの日だし」

「そうだな」

それで僕たちは家へ戻り、そこから地下室へと帰ったのだった。

［特別書き下ろし番外編］

五十年ものの梅酒の行方

それに、ある時突然、意識が生まれた。

自分はダンジョンコアだと。

その時にはどこかに力の奔流のままに流されており、ようやく落ち着いたのは暗い土の中だった。

どうやら洞窟のようになっているらしいとわかった。

どうすればいいかは本能でわかったので、力を使って空間を徐々に広げて行くと同時に、魔物と呼ばれている生物も産みだした。スライム、基本である。

自分が硬いからか、私はそれが気に入ってしまい、スライムばかり、色々な種類を作った。私の空間だ。どうしようと私の勝手である。

スライムと一口に言っても様々で、弱いものも、強いものも、好戦的なものもいる。スライムだけのダンジョンだが、種類は豊富で単調ではない。

しかしここに、一緒に閉じ込められた生き物もいた。フェンリルの子だ。

このフェンリルも、力の奔流に流されてここへと放り込まれたらしい。まだ呆然としているようだ。

その時、この空間ができた事による接触事故の結果か、見たことのないものがこのダンジョン内に転がってきた。

なんだろう。液体の入った容器や、銀色の薄っぺらいパック、軽そうでカラカラと音が鳴るコップのような形のものや、液体が入っていそうではあるが中身が見えない容器もあった。

手近なスライムが、コップのようなものを取り込んだ。

「オイシイ！」

声は出なくとも、そう言いたいのはわかった。

それを見て、ほかのスライムたちもそれらの転がってきたダンジョンの暫定最深部、縦穴の底へと殺到してくる。

あるものはコップ形のものを取り込んでバリバリとしたものがへなっとする食感を楽しんだし、あるものは色の付いた粉末を取り込んで黄色やオフホワイトの色に変わっていた。そして薄っぺらいパックを取り込んだものは、あるものは黄色くなったし、あるものは赤くなった。黄色い方は何だかスパイシーな香りがしたし、赤い方は、あるものは刺激的な香りが、あるものは酸味のある香りがした。

私は動くことはできず、それらを取り込むこともできなかったが、それらを見て楽しんでいた。

そのうちに、液体の入っていた容器が割れ、中身がこぼれていたのに気付いたものが、中身を少しとりこんだ。

そして、ふわふわ、ぷよぷよと踊りだした。

それを見て、ほかのスライムたちも、我も我もとその液体を取り込む。

その中にあった何かの実らしきものを取り込んだものもいた。

スライムたちはほとんどが、ぷよぷよふらふらと踊り、漂うように転がっている。なかなか愉快な光景だ。あの液体は何だったのだろう。まろやかで甘いような匂いがするが、特殊な効果を持つアイテムだったのだろうか。

そのうち、初めての侵入者が現れた。ヒトが二体だ。

それらはこわごわ私のダンジョンへと足を踏み入れて来た。

フフフ。来るがいい。そうして私の養分と――しまった。スライムたちは皆ここでぷよぷよしていた！

だが、天は我を見放してはいなかった！　底に来るのに乗り遅れたスライムが一匹、そいつらの近くにいた。今はフェンリルの子を取り込もうと必死だ。

フェンリルか。子供だとしても、養分としてはこの上ないごちそうだ。何せ神獣、それが持つ魔力は高くて濃く、そうそう吸収できるものではない。

わくわくした私だったが、思わぬ事が起きた。

フェンリルの子を助けようと思ったのか、ヒトは火を付けてスライムを攻撃した。

そのスライムが火に強いタイプだったら良かったのに、あいにく、火がダメなタイプだった。

「つかえない！」

怒鳴りたかったが、声は出ない。

そのスライムは火を避けようとしたがかなわず、火もろとも落ちてきた。

ここでこのダンジョンの構造があだとなった。縦穴だ。暫定最深部まで一直線だった。

スライムが落ちてきて、当たった先が悪かった。そいつと当たった瞬間、弾けて中身が混ざり合い、大きな炎になって燃え上がった。

そうだった。このスライムはさっき、中身の見えない青い容器を取り込んだのだが、あれがきっと、油だったに違いない。

その炎で火に弱いスライムが弾け、方々で変化を生み、別のスライムが弾けた。それが、あれよあれよという間に芋づる式につながっていき、呆然としているうちに、辺りは阿鼻叫喚——繰り返すが、雰囲気だ。スライムはしゃべれない無口な魔物だ——の地獄絵図となってしまった。

全滅するのに、一分とかかっていないかもしれない。

造り上げるのに、時間をかけたのに！

力を注ぎ込んで、その分の魔力も回収してないのに！

私は泣いて怒りたかったが、それはかなわない。硬くてしゃべることができないのだ。なぜなら、球だからだ。

心ではすすり泣き、心を慰めてくれていたぷよぷよのスライムたちを返せと言いたかった。

やがてそのヒトはフェンリルの子を連れて、私の所まで降りてきた。

なんということだ。私がダンジョンコアとして覚醒してから、まだ数時間も経っていない。しかもこのヒトが放った攻撃はただの一度である。

私は戦慄を禁じ得なかった。

このヒトは、最も効率的な方法でこのダンジョンを攻略しようと瞬時に考えたのだ！

完敗である。言葉もない——しゃべれないからな——。

「何だこれ」

ヒトは言いながら魔石を拾い上げる。フッ。スライムの魔石だ。ダンジョンを攻略した割につまらないと言いたいのだろうな。

「防犯上、窓の下などに砂利を敷いておくと、足音がしていいらしいぞ」

「ちょうどいい。拾って裏口の周囲に撒くか」

そんなことを言い合いながら、片方が魔術を使ったらしくそれらを収納した。

私はそれらを、虚しさで放心状態になりながら見ていた。

フェンリルの子は、チラリと私を見ると、クウーン、クウーンと鳴いた。私の下の宝箱の存在を教えているのだろう。このダンジョン唯一の宝箱である。

「おい、史緒。あれは何だ？」

片方が言って、もう片方もこちらを見た。

ああ、これまでか。

ヒトがこちらに近づいて来て、手を伸ばす。

この台座から離れたとき、リンクが切れて、私と私のダンジョンは終わる。

ダンジョンコアに生まれて、なんと短い一生だったことだろうか。しかしこのような合理的な攻略法を瞬時に考えつくあっぱれな敵ならば、悔いはない……ような気もする。

そうしてヒトの手が私に触れ、次の瞬間、私の意識は消えた。

＊＊＊

僕と幹彦とチビが見つけたきれいな球は、地下室の一角に置いて飾り、毎日磨いている。

「これ、何かなあ。占い師の水晶玉とか？」

「大きいな。あ。昔、ボーリングが流行したんだろう？　その時たくさんの人がマイボールを作って、その後ブームが去ってから処分に困ったって聞いたぞ」

　幹彦が言うのに、僕は納得した。

「そう言えば聞いた事あるな。水晶で作ったはいいけど、困ってあそこに放置したのか。あれ。指を入れる穴がないぞ」

「作ろうと思ったものの、水晶だと実用性に欠けると思って断念したのかもな。それであそこに放置したんだぜ、たぶん」

「なるほどねえ」

「ワン」

「まあ、きれいだし、何か御利益ありそうだし、願い事が叶いそうじゃないか？　無事に隠居生活が送れますように」

　そして僕は今日も、水晶玉を磨くのだった。

参考文献

『死体は語る2　上野博士の法医学ノート』　上野正彦（文芸春秋　二〇一〇年）

あとがき

はじめまして、ＪＵＮと申します。ウェブ小説から読んでくださっている方、この本で知ってくださった方、どちらもありがとうございます。

まずは自己紹介を。物心の付く前から本が好きで、食べ物の好き嫌いはあれど、本の好き嫌いはありません。どこに行くときも本持参。本読みたさに、まだ死ねない、死んだら成仏せずに図書館の地縛霊になりたいと考える本の虫ことめがねです。

小説を書いては投稿し、いただく感想に一喜一憂したり、いろんなジャンルに挑戦したりとする毎日ですが、思いがけなく書籍化しませんかというお話をＴＯブックス様からいただき、驚きと喜びに万歳しました。それから、いや、これは新手のサギか何かかもしれない、と小心者らしく少し震え、恐る恐る連絡させていただいた日のことが昨日のように思い出されます。

本をさんざん読んできた私ですが、作る方は初めて。大体の流れは知っていたつもりでしたが、考えていた以上に手順もたくさんあって、丁寧に時間をかけられていたことに驚きました。

子供の頃、読むのがあまりに早い私に母が、「そんなに早く読んだら、一生懸命本を作った人に申し訳ないから」と一日に読んでいいページ数を決められた事がありました。まあそれは、本にかじりついて余計目を悪くするのではという親心と、当時図書館まで子供だけでは行けなかったので、そう頻繁に図書館通いに付き合わされてはかなわないからという母の目論見のためだと今はわかっているのですが、そのことを久しぶりに思い出しました。

見直していたのになぜか残っている誤字脱字、もっと適切な表現、正しい漢字。自分の未熟さに歯がみし、恥じ入る思いでした。宮尾様はじめ関係者の皆様に、改めてお礼を申し上げます。

頭の中のイメージでしかなかったのに、姿形を与え、色をつけてくださったLINO様。ありがとうございます。ある場面はかっこよく、ある場面はかわいく、感動しました。尻尾があればちぎれんばかりに振っていたことでしょう。

そして数ある本の中からこの本を手にし、読んでくださった読者の皆様に、心から御礼を申し上げます。楽しんでいただけたでしょうか。楽しんでいただけたのならば嬉しく思います。

人生は残念ながら、楽しいことばかりではありません。ですがせめて、史緒たちといっしょに隠居生活を疑似体験し、のんびり、たまにハラハラし、美味しいを楽しんでいただけたらと思っています。

この後も彼らは、騒動にも巻き込まれつつ、あるいは巻き込みつつ楽しんでいきますし、別の大陸にも行きます。是非皆様にも、イケメンでスペック高め、なのに時々残念な彼らの、大人の長い夏休みにお付き合いいただければ幸いです。

最後に改めて、皆様、本当にありがとうございました。

強すぎる二人は
俗世を避け
しばし異世界に
逃亡?
次巻予告
若隠居のススメ
の、はず
2
ペットと家庭菜園で
気ままなのんびり生活。
仲良し若隠居
コンビの
まったり冒険譚
第二弾!
WAKAINKYO
no
SUSUME
JUN ill. LINO

fumio
なんできのこが走り回るんだ!?
mikihiko
落ち武者のゾンビだと?
chibi
はやく倒してメシにするぞ
2023年発売予定!

若隠居のススメ
～ペットと家庭菜園で気ままなのんびり生活。の、はず

2023年7月1日　第1刷発行

著　者　JUN

発行者　本田武市

発行所　TOブックス
〒150-0002
東京都渋谷区渋谷三丁目1番1号　PMO渋谷Ⅱ　11階
TEL 0120-933-772（営業フリーダイヤル）
FAX 050-3156-0508

印刷・製本　中央精版印刷株式会社

ISBN978-4-86699-869-5